KB272801

유주대에 올라 노래하다

登幽州臺歌

앞으로는 옛사람을 만날 수 없고

뒤로는 올 사람을 만날 수 없네

천지의 무궁함을 생각하다가

홀로 슬퍼하니 눈물이 흘러버린다

前不見古人 後不見來者.

念天地之悠悠 獨愴然而涕下.

말하기

열하일기 1
손승윤 新무협 판타지 소설

초판 1쇄 찍은 날 § 2004년 6월 25일
초판 1쇄 펴낸 날 § 2004년 7월 5일

지은이 § 손승윤
펴낸이 § 서경석

편집장 § 문혜영
편집 § 장상수 · 이종민 · 유경화
마케팅 § 정필 · 강양원 · 이선구 · 김규진 · 홍현경

펴낸곳 § 도서출판 청어람
등록번호 § 제1081-1-89호
등록일자 § 1999. 5. 31
어람번호 § 제2-0393호

주소 § 경기도 부천시 원미구 심곡1동 350-1 남성B/D 3F (우) 420-011
전화 § 032-656-4452   팩스 § 032-656-4453
http://www.chungeoram.com
E-mail § eoram99@chollian.net

ⓒ 손승윤, 2004

ISBN 89-5831-151-7 04810
ISBN 89-5831-150-9 (SET)

열하일기
熱河日記
1
천산조비절(千山鳥飛節)
FANTASTIC ORIENTAL HEROES
손승윤 新무협 판타지 소설
도서출판
청어람

목차

제1권 천산조비절(千山鳥飛節: 세상 모든 산에 새 날지 않는다)

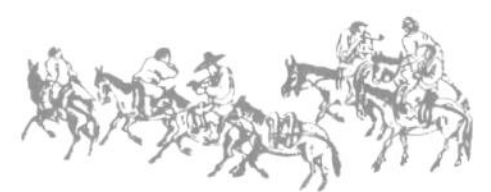

열하일기 배경 연표

1505년 5월

명(明) 제국 일세 명군 효종(孝宗) 홍치제(弘治帝)가 36세로 사망.
제위 18년 동안 전대부터 비롯된 환관과 처첩들 간의 부정부패를
일소하고 국정에만 전념. 명 제국 최대 황금기를 구가함. 백성들 탄
식과 애도가 하늘에 이름.

1505년 6월

소주(蘇州)에서 민란 발생. 무림인들 간 세력 다툼으로 시작.
민란이 커지자 처음엔 관부, 나중엔 황궁이 개입. 세 달 만에 민란
이 진압됨. 세간에서는 이 민란을 소주혈사(蘇州血事)라고 명명.
민란을 진압한 공으로 환관 유근(劉瑾)이 정권을 장악. 병필태감(秉
筆太監)으로서 무종(武宗) 정덕제(正德帝)를 보필하게 됨.

1505년 10월

명 제국 최대 암군(暗君) 무종 정덕제 본격적으로 통치를 시작함.
정덕제는 홍치제의 장자로서 홍치제와 달리 환관을 중용하는
정책을 취해 국정 난맥을 초래함. 라마 숭배, 무능한 권신 등
용, 뇌물과 벼슬의 매매, 황음한 행사를 많이 벌여 암흑기를
유도함.

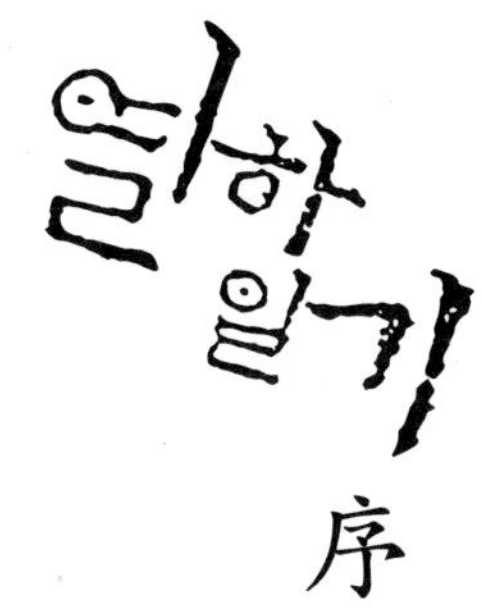

낭자.

소생은 선비외다.

이론이 있을 것이나 소생이 지금부터 말하려는 선비란 삼덕(三德)을 지닌 식자(識者)를 의미하오.

여기서 삼덕이란 뭐냐… 에, 뭐 좀 지루하더라도 들어주셔야 하겠소.

어험. 첫째, 덕은 인(認)이요.

자신을 직시하여 예(禮)와 비례(非禮)를 명확히 구분하고 오직 예를 숭상하여 비례에 빠지지 않도록 자신을 경계하는 것이 인이라오.

둘째, 덕은 수(修)요.

수는 말 그대로 수학(修學)이오. 부단히 학문을 연마, 자연과 우주의 이치를 깨닫고, 그 깨달음으로 세상 도리와 만물 이치를 보다 심도있게 이해하는 것이라고 보면 크게 어긋나지 않으리다.

셋째, 덕은 인과 수로 다져진 지고한 경륜을 세상에 올바로 접목시키고 그것을 기꺼이 가꾸는 자세, 즉 행(行)을 가리키오.

어험. 생각해 보시오, 낭자.

인으로 격을 갖췄다 해도 수가 받침 되지 않으면 필시 고루(固陋)하다 평가받을 것이고, 인과 수는 갖추었으되 행을 갖추지 못하면 위선(僞善)이라 비난받을 것이오. 아울러 인과 행은 갖추었으되 수가 어긋나 있으면 이런 자야말로 편협(偏狹)한 위인이 아니겠소?

낭자.

자찬은 스스로 교만한 마음을 드러내는 것이라 주저함이 전혀 없지는 않소이다. 하나… 사실의 직시라는 측면에서만 본다면 그리 아름답지 않은 일도 아니어서 조금의 보탬이나 숨김없이 바로 말하겠소.

인, 수, 행.

백 년을 수학한 자도 한 가지를 제대로 갖추기 힘든 이 세 가지 덕을 골고루 갖춘 완벽한 자. 그래 세상에서 선비라 칭함을 듣는 데 주저치 않는 자가 바로 소생이오.

따라서 명심해 두서야 할 거외다.

여인의 몸으로 만 리 길 풍찬노숙(風餐露宿)도 마다 않고 찾아온 청을 못 이겨 이렇게 동행하지만, 소생은 어디까지나 대의를 우선으로 생각하는 조선(朝鮮)의 정명한 선비.

한낱 이국(異國) 여인네의 낙루(落淚)나 미태(美態)에 눈이 어두워 비례를 무릅쓰고 낭자를 따른다 생각하시면 실로 감당치 못할 오해요 배신이외다. 그러니 속는 셈치고 한번 소생을 믿어보시오.

선비지만 한번 한다면 하는 성격이외다. 으험!

제1화 요동(遼東)
요동에서 일을 벌이다

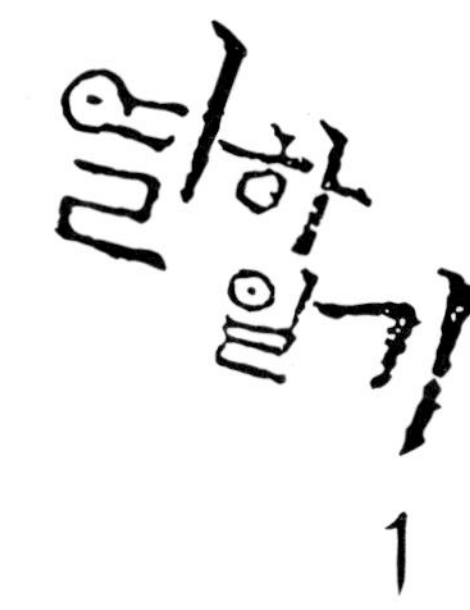

세상을 납득할 수 없었지, 당신을 만나기 전에는.

*   *   *

휘—잉.

해진 깃대처럼 바람이 펄럭인다. 그 펄럭임 속에 달이 지평(地平) 저쪽에서 기울고 있었다.

"흠."

지평을 본 노인은 화톳불에 말똥 몇 덩어리를 집어넣었다.

화르륵!

화톳불을 밀면서 바람이 지나간다. 언제나 그럴 테지만, 세상이 다 그런 것이겠지만 지금 깃발처럼 펄럭이는 건 바람이 아니라 바람에 밀려서 휘어지는 초목이고 화톳불이었다.

휘이—잉.

화톳불이 핥아 올린 노인은 얼굴이 매우 거칠었다. 볕에 까맣게 그을린 이마, 소금기 박힌 주름, 움푹 패인 볼 살, 매부리처럼 구부러진 코가 노인이 살아온 풍상을 짐작케 한다.

얼굴은 그렇게 초췌했지만, 노인은 흰 눈썹 아래 자리 잡은 눈망울이 아이처럼 맑았고 서리처럼 하얀 수염에는 깊은 현기와 우려를 담고 있었다.

치익!

주담자에서 김이 오르자 노인은 품에서 찻잎을 꺼냈다. 건기가 한창인 초원을 건너오면서 간간이 볕을 쪼인 푸른 찻잎은 알맞게 부스러져서 주담자에 담겼다. 다음 순간, 주담자가 보글거리는 소리를 기어올라 온 초록빛 차 향이 초원에 가득 퍼졌다.

"후룩."

먼지로 가득 찼던 노인의 입 안도 금방 초록빛 차 향으로 채워졌다.

"노야(老爺), 잠을 못 이루시네요!"

찻잔을 뗀 노인의 입매가 아래로 향했다. 그러자 찻잔 속에 빙그레 번지는 따뜻한 웃음. 노인은 맑은 눈망울에 넉넉함을 담고 목소리가 들려온 허름한 천막을 바라보았다.

"늙으면 새벽잠이 없지요. 일찍 깬 것이옵니다, 아가씨."

천막에서는 말이 없었다. 다시 차 향을 품은 바람 몇 편이 지나간 뒤에야 말이 흘러나왔다.

"노야, 가을은 수분을 거둬들여서 뿌리를 단속하는 계절이이잖아요? 모든 풍경이 생명이 빠져나간 것처럼 칙칙해 보이는데… 오직 차 향만 푸르네요. 그 차, 철관음(鐵觀音)이 맞죠?"

"……."

노인, 진 노야(振老爺)는 대답 대신 말똥을 화톳불에 던졌다. 순간 크기를 키운 불꽃이 볼을 한 번 핥고 이마로 올라갔다.

화르륵!

벌써 삼 년이란 세월이 지났다. 마지막 겨울 햇빛에 헝클진 황사(黃砂)가 하늘에 가득했던 날, 진 노야는 황도(皇都:연경)를 떠났다.

장성을 타고 서진한 진 노야가 대동(大同)과 유림(楡林)을 거쳐 변경인 영하(寧夏)에 이르러서 만난 소녀는, 초원을 뒤 짚어 올라오는 동안 이런 가을을 두 번이나 보냈고 세 살을 더 먹었다.

처음 만났을 때.

엉엉 속에서 터져 나오는 울음을 잔뜩 깨물고 있었던 이 철부지 아가씨는 새로 맞는 이 세 번째 가을 앞에서 산리홍(山里紅) 열매처럼 성숙해졌다. 새콤한 맛을 지닌 산리홍이 속으로 씨를 감추듯 이제 연연(延燕)도 내부를 바라본다.

'그럴 수밖에 없으리라.'

진 노야는 망연히 불꽃을 바라보았다.

야생마들, 이리들, 유목민들이 공존하는 초원은 바다처럼 넓었고 하늘처럼 깊었다. 이 광대한 자연 앞에서 부침을 거듭하는 인간은 한낱 먼지와 다르지 않았다. 봄과 여름을 가로지르는 우기(雨期), 여름과 겨울을 가로지르는 건기(乾期) 사이에 놓인 생령들은 그렇게 작았고 볼품이 없었다.

"으음."

진 노야는 고개를 돌려서 서쪽 하늘을 바라보았다.

막 잠들기 시작하는 별들 사이로 쪽빛 미명이 엎질러지는 서쪽 하늘. 그 아래에 황도인 연경이 있었다.

'황도…….'

아직 황도는 납득할 수 없는 것들을 참 많이 품고 있다.

오래전, 선황(先皇) 홍치제(弘治帝)께옵서는 곳간(庫間)에 스며든 쥐 몇 마리를 잡기 위하여 몇 마리 구렁이들을 집 안에 들여놓으셨다. 그 구렁이들이 제 역할을 다했는데도 여태 남아 있었다.

한간(漢奸:한인으로 북원 간세)이라 불리는 구렁이들!

쥐를 잡아먹으면서 주인 모르게 세(勢)를 불리고 몸통을 키운 그 구렁이들은 이제 주인을 협박하고 있었다.

"파파(婆婆)께서는 아직 돌아오지 않으셨나 봐요?"

"그렇사옵니다, 아가씨."

황도에서부터 따라붙은 추적은 은밀했고, 생각 이상으로 정교해서 앞뒤 구분이 모호했다. 어떤 때는 뒤에서, 어떤 때는 며칠이나 앞질러 가서 기다리고 있기도 했다. 그동안 행로을 막아서면서 피를 뿌렸던 자들은 그 구렁이들이 보낸 추적자들이었다.

이 추적자들과 움직임은 같았지만 목적이 상이한 자들도 얼마든지 있었다. 이 섣부른 자들 때문에 앞을 맡은 곽파(郭婆)는 고전을 면치 못했다.

'성격이 꼬장꼬장하고 비루먹은 당나귀처럼 허리가 휜 노파.'

그런 사정은 지금 저 앞에 나타난 땡초, 뒤를 맡은 광불(狂佛)도 마찬가지였다.

"에이, 빌어먹을 녀석들 같으니! 한주먹 거리도 안 되는 것들이 개떼처럼 달려들면 뭐 어떡하겠다는 건지, 원."

"……."

털썩

화톳불 옆에 앉은 광불이 힐끔 진 노야를 바라보았다.

"으음."

진 노야는 해골을 염주처럼 목에 두른 중이면서, 비대한 덩치 때문에 돈불(豚佛)이라고도 불리는 광불에게 말했다.

"이제 우리 목적지가 얼마 안 남았다네."

"헹! 그래서?"

"불가에 앉아서 한가하게 노닥거리고 있을 때가 아니란 말씀이지."

"이 엉터리 말코야!"

광불이 실눈을 마구 희번덕거렸다.

"중이 불가(佛家)에 앉지 않으면 과연 누가 앉아야 한단 말이냐? 어떤 말코는 편하게 불이나 쬐며 삼 년 세월을 허송하고, 어떤 부처님께서는 그 녀석 뒤만 졸졸 따라다니면서 귀찮은 일만 도맡아 하고. 이게 공평이냐?"

"저 험악한 주둥이하고는… 끌끌!"

진 노야는 빙그레 웃었다.

"이보게, 땡초. 보시는 열반에 이르는 지름길이야. 자네는 그 단순한 이치를 몰라서 지금 그런 불평불만인 게지. 하기는 이미 지옥 불을 몇 덩어리나 삼킨 땡초가 그런 이치를 알 리가 없지."

"뭐? 에익! 말만 뺀지르르한 도사 놈 같으니!"

벌떡 일어난 광불이 화톳불을 짓밟았다.

"말코, 네놈도 한번 추워봐라. 그런 한가한 잡소리가 나오나! 죽은 다음에 과연 어떻게 될지를 생각해서 뭐 하냐? 지옥 불이라도 이승에서 따뜻한 것이 최고야. 에잇, 에잇!"

퍽퍽퍽!

바람이 배회하는 초원과 쪽빛 미명 엎질러진 하늘을 반딧불이처럼 수놓으면서 불티가 날아올랐다.

"으음."

"끄험."

불이 다 꺼지자 푸른 연기가 어색해진 두 사람을 맴돌았다.

불이 있을 때는 잘 몰랐는데, 막상 불이 없으니까 새벽이 내리는 초원은 뼈를 에일 정도로 추웠다. 깊이를 더해가는 어색함 속에서 또 바람이 불었다.

펄럭펄럭—

"참 잘했다, 땡초!"

"말이라고?"

둘은 고집스런 아이들처럼 입을 다물고 서로를 노려보기만 했다. 그러다가 먼저 입을 뗀 사람은 진 노야였다.

"땡초야?"

"으?"

"내가 불을 살려주리?"

"에? 험험, 그, 그래 주면 좋고!"

목에 걸린 해골을 만지작거리면서 광불이 어울리지도 않게 수줍어했다.

흩어진 말똥을 한군데로 끌어 모아서 다시 불을 살린 진 노야는 얼굴이 벌게진 채 얼른 불로 달려드는 광불에게 핀잔부터 주었다.

"어떤 때는 말이다, 성격이 단순한 것도 이렇게 큰 죄가 된단다?"

"무, 무슨 소리냐, 말코?"

"생각해 봐라. 겨우 주먹만한 불 한 덩어리를 끄자고 소림(少林)의
절기인 항마연환신퇴(降魔連環神腿)에 관음십팔족(觀音十八足), 거기에
무상각(無上脚)까지 살짝 버무려 광분하는 땡초는 세상에 너밖에 없을
게다. 달마께서 아시면 땅을 치고 통곡하실 일이지."

"끄음."

곽파는 달이 진 후에야 돌아왔다.

단정했던 백발이 수숫단처럼 헝클어졌고, 흠뻑 젖은 당혜를 봐서는
생각보다 고초가 상당히 컸던 모양이었다. 밤새 초원을 헤매느라 피로
한 곽파의 얼굴에 그래도 청량한 새벽 몇 점이 묻어 있었다.

"흥! 이 죽어서도 썩지 못할 노괴들 같으니!"

곽파도 광불처럼 앉자마자 구시렁거렸다.

"정말 사내들이란 아무짝에도 쓸모가 없다니까. 허약한 아녀자는 미
친년처럼 초원을 헤매는데 여기 편안히 앉아서 한담이 나오냐?"

"떽! 한담이라니!"

광불이 펄쩍 뛰었다. 순간 곽파가 광불에게 고개를 돌렸다. 그러자
오른쪽 눈 아래에서 시작해서 볼과 코를 그으며 깊게 박힌 흉터가 보
였다. 그 흉터를 곽파가 꿈틀 움직였다.

"이봐, 땡초! 한담이 아니면?"

"당연히 한담이 아니지. 이 부처님께서 어디 사람이 없어 이 악아빠
진 말코 녀석과 한담이나……."

광불이 더 대꾸하려는 걸 진 노야가 손을 들어서 막았다.

"맞는 말이네, 망구. 우리는 한가하게 한담을 나누고 있었어."

"그걸 아니까 다행이다, 말코."

"그래서 하는 말인데… 오늘부터 이 진가가 자네 대신 앞을 맡지. 그러니 곽, 자네가 중간을 맡아서 우리 먹거리를 책임져 줘야겠네."

"으?"

시린 손을 비비다 말고 곽파가 진 노야를 보았다. 진 노야는 이제 막 퍼지기 시작하는 새 볕을 입술에 물고 물처럼 담담하게 말했다.

"아가씨를 보필하는 거야 아무런 문제가 없겠지. 하지만 이 진가는 입이 아주 까다롭다네. 그러니까 문제야. 평생 손에 물 한 방울 안 묻히고 살아온 자네가 과연 음식을 잘 만들 수 있을까?"

파르르—

곽파가 또 흉터를 떨었지만 진 노야는 개의치 않았다.

"말이야 바른말이지, 공경(公卿) 집안에서 태어난 자네가 아닌가? 공주님처럼 귀하게 자라 언제 음식을 만들어봤냐 이거지. 호강을 버리고 출가(出家)를 했지만, 또 무공에 미쳐 보낸 평생이 아닌가?"

"흥!"

"무량수불."

진 노야는 눈치없기로만 따진다면 이 시대가 낳은 제일의 활불(活佛)이면서 제일의 고승(高僧)인 광불을 주시했다.

"땡초, 자네 입이 매우 근지러워 보이는구먼?"

"으아… 퉤퉤!"

기다렸다는 듯 가래침을 뱉고 난 광불이 어울리지도 않게 합장했다.

"나무아미타불, 말코 말이 딱 부처님 말씀이야!"

"이… 노괴들이, 정말!"

"인간성은 별로지만 음식 솜씨는 우리 셋 중에서 말코가 최고지. 망

구는 절대 상대가 안 돼요. 망구는 음식 만드는 자체를 매우 싫어하잖
아? 치마만 둘렀다 뿐이지 저게 어디 허약한 아녀자야? 이 부처님 눈에
는 절대 아니라고 보여지는데?"
　광불의 익살에 흉터를 실룩거린 곽파가 불을 툭 건드렸다.
　"가재는 게 편이라고, 땡초도 무슨 할 말이 있었구나!"
　"헹! 이 부처님께선 가재가 아니네."
　"그럼 게냐?"
　"허허, 이제 망구는 부처님과 가재, 게도 분간치를 못하는구나."
　몇 번 더 익살스러운 농과 말싸움이 오고 갔다. 셋이 만나면 매일같
이 겪는 행사라서 진 노야는 익숙한 동작으로 솥을 걸고 아침을 준비
했다.
　어제와는 다른 새날, 새 아침이었지만… 초원도, 사람도, 먹거리도
어제와 다르지 않았다. 양 가죽 부대를 열어서 물을 넉넉히 붓고 말린
콩 몇 줌과 솔잎 몇 줌, 육포를 넣으면 그만이었다.
　"우헤헤!"
　광불이 도대체 어디서 잡았는지도 모르는 도마뱀 한 마리를 꺼내 솥
에 털어 넣었다. 이것도 식사 때마다 매일같이 겪는 행사라 광불을 못
본 척한 진 노야는 곽파에게 물었다.
　"녀석들이 꽤나 속을 썩였나 보네?"
　"으이그… 저 화상!"
　광불의 만행에 눈살을 찌푸린 곽파가 진청자에게 고개를 끄덕였다.
　"숫자는 그렇게 문제될 것이 없었는데… 몇 녀석이 고수였어."
　"허! 그 녀석들도 고수가 있었구먼? 망구를 다 힘들게 할 수 있는."
　곽파가 흐물흐물 볼 살을 헐었다.

"흐흐, 어련하겠냐? 말코가 피땀 흘려서 가르친 녀석들인데. 그나저나 땡초, 뒤는 상황이 어땠어?"

광불이 대답했다.

"마찬가지지 뭐! 느낌은 분명히 오는데 이 부처님께서 거동을 하시면 연기처럼 사라져 버린단 말씀이야. 삼십 리를 몰래 밟아봤는데 아무것도 없어요."

"흠."

"이 여우 같은 녀석들은 매복에도 걸리지 않는 게야. 그래서 항상 저 말코가 키운 녀석들만 개 떼처럼 덤벼요. 염병할!"

"어련하려고."

시큰둥하게 대꾸한 곽파가 이번에는 진 노야에게 물었다.

"아가씨께서는 아직 기침을 하지 않으신 모양이지?"

"아예 주무시지도 않았다네."

"끄음."

콩과 솔잎, 육포, 징그러운 도마뱀이 서로 어울려서 끓는 냄새는 정말 믿을 수 없을 만큼 구수했다.

"앗, 뜨거!"

제일 먼저 광불이 도마뱀을 꺼내서 후후 불었다.

"이런 데에선 말이지, 뭐든 잘 먹는 게 최고라고. 우헤헤! 부처님께서도 말씀하셨지. 먹고 죽은 화상은 극락이요, 굶어 죽은 화상은 지옥이라. 법은 곧 진창을 가리지 않는 마음에서 우러러 나온다. 나무관세음보살!"

"저런 버르장머리없는 땡초 같으니!"

곽파가 광불을 손가락질했다.

"아가씨께서 아직 들지도 않으셨는데 먼저 껄떡이는 저 꼴이라니…
귀신은 다 뭐 하나 몰라? 저런 땡초를 안 잡아가고."

"망구?"

"……?"

"아가씨께 이 도마뱀을 드리리?"

번쩍 쳐든 입에 도마뱀을 던진 광불이 자지러졌다.

"아효효!"

"…맛있냐?"

"말이라고? 으험! 역시 화상은 고기를 먹어야 돼. 곡차도 한 모금씩
하면 금상첨화겠지만, 사정이 이렇게 궁핍하니까 입이 반쪽밖에 안 즐
겁구나."

툿툿— 툿!

광불이 두툼한 입술 사이로 도마뱀 뼈를 튕겨냈다.

"다음에는 꼭 이리란 놈을 잡아서 구워 먹어야지, 히힛! 암놈이면 참
좋을 텐데 말씀이야. 육질이 엄청나게 흐벅질 테니까. 아효효!"

"미친 땡초!"

능청 떠는 광불을 외면한 곽파가 천막으로 다가갔다. 그리고 공손하
게 허리를 수그렸다.

"아가씨, 이제 기침하실 시간이옵니다."

요동(遼東).

산해관(山海關) 동쪽이라고 관동(關東), 혹은 관외(關外)라고 불리는
이 지역 사람들은 모두 머리에 사괴와(四塊瓦)를 쓴다.

개 가죽으로 만든 이 모자의 특징은 사방으로 늘어뜨릴 수 있는 보

슬이다. 이 기왓장처럼 생긴 보슬이 얼마나 따뜻한지, 오줌발을 꽁꽁 얼려 버리는 이 지역 강추위로부터 얼굴을 충분히 보호할 수 있다.

아직은 가을.

사괴와를 쓰기에는 이른 계절인데도 연연은 사괴와를 쓰고 담비 목도리를 둘렀다. 목화 겹바지 겉에 또 개 가죽 덧바지를 입고, 발에는 이곳 겨울 신발인 오랍혜(烏拉鞋) 차림.

"완전무장을 하셨군요, 아가씨."

허리를 든 곽파는 씁쓸한 목소리가 나옴을 어쩌지 못했다.

아가씨라고 뭉뚱그려서 부르고 있지만, 지금은 그렇게 불러야 하지만, 연연은 고귀한 옥린(玉鱗)… 세상에 단 하나밖에 없는 귀한 존재였다.

"오늘도 밤새 이슬을 맞으셨네요, 파파."

보슬에 가려서 보이지 않는 얼굴로 연연이 걱정했다.

"예, 아가씨."

곽파는 자신도 모르게 눈시울을 붉혔다.

얼굴을 가리지 않으면 안 될 사연을 지닌 이 작고 아름다운 존재 연연에게서 풍겨지는 투명한 향기가 가슴을 미어지게 했기 때문에.

"아가씨께서 편하시다면 이 늙은 것이 무엇을 못하오리까?"

"그런 말씀 하지 마세요, 파파."

연연이 다가와서 곽파의 손을 잡았다. 곽파는 눈물을 가라앉히려고 애를 썼지만 흉터를 타고 이미 떨어진 눈물은 어쩔 수 없었다.

툭!

떨어진 눈물이 연연의 손등에 박혔다. 그러자 얼른 다른 손을 뻗어 그 눈물을 덮은 연연은 곽파에게 빙그레 웃어주었다.

“파파, 연연은 파파의 이 보석을 영원히 가슴에 간직할 거예요.”

“…….”

곽파는 지금 이 순간, 지평에서 물들어온 새 별이 지금처럼 연연과 늘 함께하기를 기원했다. 더불어 이 험난하고도 외로운 방랑이 하루라도 속히 끝나지기를. 연연이 저 칙칙한 사괴와를 벗고 밝은 햇살을 마음껏 볼 수 있는 날이 오기만을 간절히 기원했다.

2

아리수(阿利水:압록강) 너머.

명(明)나라 구련성(九蓮城)을 휘도는 강, 애라하(靉喇河:삼강) 나루에서 한 사내가 강을 보고 있었다.

“어험, 여기서 삼십 리를 더 가야 호산성(虎山城)이라니… 이렇게 황당한 경우가 있나? 엉뚱한 곳에 내려 버렸도다. 다시 강을 건너가야 하는가?”

사내는 매우 난감한 표정이었다.

“호연지기(浩然之氣)는 일망무제(一望無際)에서 비롯됨이거늘.”

옹색한 묘향산(妙香山)을 내려와서 바다처럼 펼쳐진 갈대에 취해 곡주를 좀 과하게 들이켰다 치자. 그래 불쾌해진 기분으로 무식한 상인들에게 몇 수 귀한 가르침을 내렸기로 이런 생뚱한 곳에 사람을 내려놓고 줄행랑을 쳐버린 사공 녀석은 또 뭔가?

“장성 시발점인 호산성이 고구려조에는 박작성(泊灼城)이었다는 말이 있어서 내 그걸 눈에 담고자 불원천리(不遠千里)도 마다하지 않았거늘. 허허, 이런 엄청난 불상사가 일어날 줄이야. 한낱 노질하는 자가 부린 농간에 고아한 선비가 이런 애매한 처지가 되다니, 참 애석한 일이로다.”

시(詩)를 읊듯 구시렁거린 사내는 소매에 손을 넣어보았다.

인상이 금방 찌푸려진다.

“허허, 이것 참! 노자도 부족한 판에 이 무슨 낭패란 말인가? 예로부터 금전을 탐하는 자는 선비가 아니라지만, 며칠을 굶은 허한 속으로야 어디 호연지기인들 다가올 것인가? 벌써부터 눈앞이 어찔어찔한 것이… 가히 반가운 조짐은 아니로세.”

인상을 편 사내는 다시 애라하를 보았다.

햇빛 가득 떠다니는 푸른 물결, 이름 모를 새들이 수면을 스치듯 비행하면서 상류로 올라가고 있다.

“대체 스승님께서는 무슨 생각을 하시고 내게 연경행(燕京行)을 강권하셨단 말인가? 그것참! 도무지 모를 일이로다.”

말은 그럴듯했지만, 사실 사내는 차림이 매우 괴상했다.

야인(野人)들과 월경자(越境者)들, 밀매꾼들 때문에 수시로 소란이 벌어지는 이런 변경은 누구나 차림이 간소하다. 언제 어느 때 소란에 휘말릴지를 모르고, 만약 소란에 휘말렸다면 얼른 도망쳐야 하기 때문이다.

사내는 그런 간소한 차림과는 아주 거리가 멀었다.

사내는 조선 양반이나 쓰는 커다란 갓을 쓰고 도포를 입었는데, 갓은 찌그러져서 형태만 겨우 남아 있었고, 도포 또한 이루 말할 수 없이 남루했다. 정작 더 괴상한 것은 그런 차림새가 아니었다.

“건너시겠수?”

애라하 사공 왕오(王五)는 딱 거지 차림인 조선 사내에게 물었다.

"음?"

순간 잘못 물었다고 판단한 왕오는 동생 왕육(王六)에게 슬쩍 물었다.

"병풍이잖아, 저거?"

"에?"

병풍을 본 왕육이 시선을 좌우로 흔들었다.

"에이… 씨벌! 이거야 원, 개시부터 재수가 없으려니까. 형, 눈은 도대체 왜 달고 다니슈?"

"……."

"한눈에 봐도 저건 싸구려가 아뇨?"

"그래도 네 폭짜리잖아?"

"아, 씨벌. 그럼 형이 알아서 하시구랴, 저게 돈이 되면."

"끄음."

왕오가 포기했다.

"하긴 너무 허름하다. 씨팔!"

"순 거지새끼잖어, 저거?"

"그것도 보통 거지가 아니라 상거지다, 상거지. 헹!"

그러나 병풍 옆에 긴 막대를 비끄러맨 조선 청년, 아니, 거지는 왕오와 왕육 형제가 마구 내뿜는 비웃음에도 정말… 태연했다.

"어험, 아(我)는 호산성을 가려고 한다네. 인근 나루까지 뱃삯이 얼마나 되는고?"

'흥! 언제는 그냥 태워달라는 거지가 있었나?'

왕씨 형제는 아예 대답도 하지 않았다.

아마도, 분명히 그럴 테지만, 조선에서 월경하는 자들은 대부분 금은보화나 뭉칫돈을 얼마간 가졌기 마련이었다.

제 나라에서 오죽 잘살았으면 국경을 다 넘겠나?

그래 산 설고 물 설은 타국에서 살려면 한밑천 단단히 챙기지 않으면 안 된다. 그런 자들은 이 왕씨 형제에게 뱃삯에 버금가는 또 다른 즐거움을 안겨주었다. 그런데 저 거지는 그런 즐거움과는 영… 상관없어 보인다.

"여봐라. 왜 대답을 하지 않는고?"

'말은 유창하네, 썩을 놈!'

'그래도 혹시 돈 될 만한 물건이라도?'

왕씨 형제는 다시 조선 놈을 찬찬히 살폈다. 싸구려라도 온전한 병풍이면 몇 푼 받을 수 있는데, 저건 다 낡고 헤어져서 병풍도 아니었다.

그렇다면 의복이라도 멀쩡해야 되는데, 의복 또한 녀석이 쓴 갓과 다르지 않았다. 물소가 실컷 씹다가 토해놓은 것처럼 더럽고 쭈글쭈글했던 것이다.

'에이, 재수없어!'

왕씨 형제는 땡전 한 푼 없는 거지 주제에, 그것도 뭐 하나 내다 팔 물건도 없이 점잔만 떠는 거지에게 치를 떨었다.

'으으……'

왕씨 형제가 그렇게 치를 떠는데도 조선 거지는 낯짝이 얼마나 두꺼운지 전혀 아랑곳하지 않고 있었다.

"허어! 사람이 물었으면 대답을 해야 도리가 아니뇨?"

"엥?"

"그렇게 괴이쩍은 눈으로 사람을 뻔히 바라보는 건 또 어디서 배워

처먹은 못된 버르장머리냐? 작금 대국(大國)이 공맹(孔孟)을 저버린다
는 걸 아가 익히 알지만, 물음에 답을 하는 간단한 도리까지 이렇게 저
버려서야 어디… 쯧쯧!"

다 떨어진 짚신이 버선을 온전히 보존해 줄 리 없었다. 그래서 엄지
발가락이 툭 삐져 나온 거지가 구질구질한 발을 성큼 들어 올렸다.

저벅, 저벅저벅.

"으으……."

왕오는 거침없는 거지의 발소리에 위축돼서 엉뚱한 소리를 했다.

"이보쇼? 아, 우, 우리 배의 운행은 벌써 끄, 끝, 끝났수다!"

왕오는 놈이 들고 있는 저 이상한 물건, 저마포로 둘둘 만 막대가 아
무래도 수상했다. 길이는 다섯 자(150㎝) 정도인데 부드럽게 휘어진 몸
통을 보니 아무래도 장도(長刀)!

그렇게 생각해서 그런지 더욱 당당해 보이는 거지였다.

"어험! 아침이 아닌가? 그런데 벌써 운행이 끝났다니 그것참, 괴이
쩍은 일이로다. 그렇다면 아까는 왜 물어보았는고?"

"아, 아, 그건……."

왕오가 동생 옆구리를 쿡 찔렀다.

"으?"

왕오가 소심한 데 비해서 왕육은 앞뒤를 안 가리는 무자비한 성격.

이들 성격이 정반대가 된 건 이유가 있다. 왕오는 덩치가 빈약한 반
면 왕육은 무지막지한 덩치. 더불어 왕육은 배 바닥에 감춰둔 철퇴에
서 우러 나오는 자신감까지 듬뿍 지녔다.

그런 왕육이 대뜸 누런 침방울을 튕겼다.

"아요, 씨팔! 야, 우리 형이 끝났다고 하시잖아, 이 개식꺄!"

'잘한다, 내 아우!'

왕오가 쾌재를 불렀다.

"벌이가 시원찮을라니까 별 좆같은 개식끼가 아침부터 재수없게 주둥일 나불거리고 있네? 형, 소금 어딨어?"

이마에 찬란히 그려진 지네 문신을 번득이면서 왕육이 훼훼 뿌린 소금이 조선 거지의 발에 닿았다.

"야! 좀 비켜봐, 식꺄! 소금이 엉뚱한 데로 뿌려지잖아? 하여튼 조선 식끼들은 안 된다니까. 그 신발이 꼴이 뭐야, 이 개식꺄?"

"어험."

"옷이 더러우면 신발이라도 잘 신어야지, 그것도 신발이라고 신고 다니냐? 갓은 또 그게 뭐야, 개식꺄? 왜 그런 걸 하고 다니는지, 나 좀 이해시켜 줘라. 에이… 겁나게 추레한 식끼!"

왕육은 추레하다고 사줄 것도 아니면서 한참 더 조선 거지의 갓과 의복을 헐뜯고 핑 돌아섰다. 꼴에 그래도 자존심은 있는지 뒷머리가 따가웠지만, 왕육은 개의치 않았다.

삐이─ 걱!

왕오는 미끄러지는 배에서 조선 거지를 보았다. 멀어지는 거지 얼굴에 맹한 빛이 감돈다.

"너 오늘 재수 좋은 줄 알아라, 이놈아!"

"맞어. 우히히!"

"케케! 어지간한 놈들은 우리 배를 타면 바로 익사(溺死)잖아? 우리가 바로 그 유명한 애라이룡(𩪝喇二龍)이거든? 그런데 저놈은 그 익사도 면한 게야. 에라이… 지지리도 못난 놈 같으니라고. 어떻게 인생을 그렇게 비참하게 사누."

왕오는 왕육을 보았다.

"뭘 보슈?"

"아, 아니, 그냥. 네가 믿음직해서."

"거 기왕이면 잘생겼다고 해주슈. 우히히!"

사실 그들 형제의 주업은 사공질이 아니었다. 스스로는 '애라하를 노니는 용 두 마리'라고 주장을 하지만, 애라하를 터전으로 알고 살아가는 어부와 사공들은 그들을 애라소이사(靉喇小二蛇)로 부른다.

쉽게 풀이하면 '애라하를 더럽히는 꼬마 뱀 녀석 두 마리'.

별명에서도 알 수 있듯 이들 형제는 사실 얼치기 사공 겸 수적(水賊)이었다. 이들은 만만하지 않은 자들을 태우면 인심 좋은 사공질로 만족했지만, 그 반대인 경우는 대번에 몰염치한 수적으로 변신했다.

어쨌든 이런 자들에게까지 퇴짜를 맞은 거지는 아직도 맹한 상태였다.

"어험, 참 특이한 성격들이네?"

저들은 속된 자들이 분명했다. 차림새를 그 사람이 지닌 전부라고 생각하고 속에 들어 있는 고매한 학문과 인품을 못 보는 자들!

'아니, 그렇지 않을 수도……'

차림이 아무리 허술해도 제대로 된 학문과 인격이라면 은연중 밖으로 드러나는 법. 그게 아니라도 저런 무식한 막말과 쌍욕을 해서는 도리가 아니지.

"이런 고얀… 감히 선비를 능멸하다니!"

분노한 거지는 대뜸 팔을 들어서 배를 가리켰다.

"음?"

그러나 아무런 변화가 없다. 거지는 이내 인상을 찌푸리고 구시렁거렸다.

"에잉! 별 쓸모도 없는 물건이로다. 대체 격발되지도 않는 물건을 왜 무겁게… 음? 이런, 걸쇠를 안 풀었네?"

거지는 소매를 한 번 만지고 다시 팔을 쳐들었다. 순간 소매를 차고 나온 무엇이 눈부신 섬광을 발했다.

파—앙!

다음 순간, 소매에서 길게 쭉 늘어진 무엇이 배와 소매를 한 줄로 이었다.

휘리릭—

거지는 잽싸게 팔을 돌려 그 무엇을 팽팽하게 만들고는 심각해졌다.

"어험, 문(文)을 숭상하는 선비가 무(武)를 행하는 건 결코 바람직하지 않으나… 그렇다고 나 몰라라 외면해 버린다면 공맹께서 세우신 아름다운 도리가 무쟈게 이지러질 터!"

힘껏 팔을 돌린 거지가 또 중얼거렸다.

"매우 번거롭지만, 아가 이미 저들에게 손을 썼노라. 그렇다면 기왕지사 벌어진 일이 아니뇨? 그래도 아는 명색이 선비. 선비를 멸시한 대가를 그대로 돌려줌은 결코 도리가 아니다. 하나……."

필암어 떼가 뛰노는 물결이 너무 현란해 보인다. 도리까지 어기면서 손을 쓰는 이유가 있다면 단지 그것뿐이다.

"내 한번 제대로 손을 써보리라!"

따악!

잠깐 졸았던 왕오는 깜짝 놀랐다.

“무슨 소리?”

놀람은 경망스러웠지만, 얼치기 사공 겸 수적으로서는 당연했다.

나무배는 관리를 제대로 하지 않으면 언제 불행한 일을 당할지 모른다. 속이 안 보이기는 사람의 마음이나 배 밑창이나 똑같으니까.

그러잖아도 지난 두 달 동안 불볕만 종일 내리쬐는 건기가 계속됐고 강엔 녹조(綠藻)가 극성이었다. 그래서 녹조에 흥분한 게들이 배 밑창을 마구 갉아먹는 경우가 왕왕 일어났다.

불안해진 왕오는 얼른 뱃전으로 기어갔다.

“엥?”

왕육이 엉금엉금 기어가는 그를 보았다.

“형님, 거기 무슨 일이 있수?”

“에?”

왕오는 깜짝 놀랐다. 뱃전에 괴이한 게 박혀 있었다.

“…이게 도대체 뭐야?”

한 뼘이 겨우 될까 한 길이를 가진 그건……

“화살이 아녀?”

은으로 된 가는 대 끝에 달린 꿩털이 오색 영롱했다. 그걸 본 왕육이 냅다 노를 집어 던지고 볼 살을 부들거렸다.

“아요, 씨팔! 저 좆같은 개식끼가 뒈지려고 실성을 했나? 인생이 불쌍해서 욕 몇 마디 하고 말았더니, 기어코 큰일을 벌이네?”

척!

왕육은 얼른 바닥에 감춰둔 철퇴를 집었다.

“형님, 잠깐 노질을 맡으슈.”

"당연하지."

"내 저 개식끼, 머리통을 부숴 버리겠수. 감히 우리 배에 화살을 꽂아?"

그러나 왕오는 노를 잡지 못했고 왕육도 슬그머니 철퇴를 내렸다.

"저… 거 날아오는 게 아니냐?"

"그러게? 그런데 사람이 날 수도 있수?"

"저거 봐. 날잖아?"

거지가 이리로 날아오고 있었다. 아니, 달려오는 중이었다. 그렇다고 물을 밟으면서 달려오는 게 아니었다.

"약간 뜬 상태가 아녀?"

"그러게. 공중을 평지처럼 밟으며 달려오네?"

햇빛이 찬란하게 떠다니는 강물 위로, 팔을 수평으로 쳐들고 도포 자락을 펄펄 날리며 날아오는 거지가 꼭 꿈속 풍경처럼 아름답게 보인다.

출렁출렁!

거지가 내딛는 발에 맞춰서 배가 아래위로 흔들렸다.

"으?"

문득 정신을 차린 왕오는 거지의 발 아래를 자세히 살폈다.

"저게 뭐야? 은사(銀絲)잖아?"

왕씨 형제는 그제야 거지가 날아옴을 이해했다. 자세히 보지 않으면 잘 모를 정도로 가는 은사가 화살과 포구를 한 줄로 잇고 있었다.

"허공을 짚으면서 날아오는 게 아니라……?"

"은사를 밟고 달려오는 거야, 그치?"

그래도 지금 상황에서 정말 중요한 건 거지가 밟은 게 과연 허공이냐, 은사냐 하는 따위가 아니었다. 은사를 밟았어도 거지는 고수(高手).

보통 사람 같으면 은사를 밟으면서 저렇게 달려오지도 못할 테지만, 설사 밟았다고 해도 몇 발 못 뛸 게 분명했다. 날카로운 은사에 올려진 제 몸무게 때문에 당장 발바닥이 남아나지 않을 것이다.

"아우, 당장 이 줄을 끊어!"

소심한 왕오가 결단도 빨랐다. 그러나 한참이나 늦은 결단. 어느새 사 장 앞까지 달려온 거지가 은사가 지닌 탄성을 이용하여 하늘 높이 떴다가 멋진 공중제비로 뱃전에 떨어졌다.

출렁!

"어험, 그대들은 참으로 특이한 성격을 지닌 자들이다."

사뿐히 몸을 한번 추스른 거지가 하얀 이를 내보이면서 빙그레 웃었다. 순간 단순하고 성격 급한 왕육이 철퇴로 거지를 갈랐다.

"이놈!"

슈―앙!

깡!

"어흑!"

왕육은 하마터면 철퇴를 떨어뜨릴 뻔했다. 어디를 맞아서 이런 통증이 생기는지를 본 왕육은 기가 막혔다.

"병풍!"

강철로 만들어진 병풍 같았다. 그렇지 않고서야 어떻게 이런 엄청난 소리가 나고 통증이 느껴지겠는가?

왕육은 다시 철퇴를 쳐들었다.

"아요, 이걸!"

"어허……."

순간 거지가 눈을 키웠다. 은사를 밟는 실력은 고수였지만 손은 고수가 아닌 것 같은 묘한 표정.

피식!

짧게 웃은 거지가 왕육을 먼저 타일렀다.

"세상에 이런 점잖지 못한 경우가 어디 있나? 선비에게 무지막지한 막말과 욕설을 한 것도 모자라서 폭력을 행사하다니! 당장 그 철퇴를 치우지 못하겠는고?"

거지가 말은 참 점잖게 했어도 발은 절대 점잖지 않았다.

빙글.

거지 허리가 돌아간 순간 발가락이 나온 구질구질한 발이 올려졌고, 그 발이 강한 탄성으로 쭉 뻗어져서 왕육을 쓸었던 것이다.

빡!

"아이고!"

턱이 확 돌아간 왕육은 비척거리며 물러섰다. 다음 순간 거지가 몸을 돌렸다. 무심코 돌린 것 같았는데 결과는 아니었다. 거지가 지고 있는 병풍이 우연처럼 왕육의 배에 닿았고, 이내 북 치는 요란한 소리를 냈다.

튜퉁퉁!

"어그그!"

병풍에서 전해진 엄청난 진동에 왕육이 새우처럼 허리를 꺾자, 이번엔 막대가 엉덩이 사이로 툭 떨어졌다.

퍽!

"컥!"

정통으로 양물을 찍힌 왕육이 허옇게 눈을 뒤집자 거지가 물어왔다.

"어험, 맛이 어떠냐? 참된 가르침을 공부하는 기쁨이?"

"으으……."

"정말 아프고도 달콤하지 않느냐? 험험! 그렇다면 공연히 엄살을 부리지 말고 얼른 몸을 바로 세워서 새 가르침을 받들도록 하여라!"

그러나 왕육은 지금 새 가르침을 받들 처지가 아니었다.

구질구질한 발에 턱을 내줬고, 허름한 병풍에는 배를 내줬으며, 기이한 막대가 양물을 때려서… 기절이었다.

엄청나게 큰 덩치가 허연 게거품을 물고 기절한 모습은 참 볼 만했다.

"어험, 정말 허우대만 멀쩡한 자가 아닌가?"

탁탁.

손을 턴 거지가 이번에는 왕오를 노려보았다.

'헉!'

왕오는 오줌을 설설 지렸다. 엉터리 사공 겸 얼치기 수적 생활 십여 년 만에 오늘처럼 살 떨리고 재수없는 날은 처음이었다.

"사, 살려주시옵소서, 나으리!"

"귀까지 어두운 자가 아닌가? 누가 자네를 죽인다고 했느냐?"

"……."

"어험, 아는 자네와 그저 인생을 진지하게 논의해 보고자 한 것이거늘."

천천히 다가온 거지가 왕오의 멱살을 잡았다.

"헉!"

왕오는 피하려고 했지만 그것은 마음뿐이었다. 거지가 손을 쭉 뻗는 순간, 거지의 손바닥에서 나온 누런 광채가 천지를 뒤덮는가 싶더니 장영(掌影)이 무려 이십팔방을 한꺼번에 점하고 날아왔다.

"으아악!"

왕오는 한순간 모든 풍경이 거꾸로 보이면서 귓바퀴를 스치는 바람을 느꼈다. 정신을 바짝 차린 왕오는 얼른 머리를 굴렸다.

지금 내게 벌어진 이 기이한 현상은 과연?

풍덩!

강물에 거꾸로 처박혔던 왕오는 물을 먹으면서 허부적거렸다.

"어푸! 어푸! 사람 살려!"

그때 배에 혼자 남은 거지는 갑자기 귀를 후비고 있었다.

"어험, 이런 고약한 일이 있나? 누군가 점잖지 못한 일로 내 험담을 늘어놓는 게 틀림없다. 이렇게 귓속이 가려워서야… 당최."

3

"잔꾀를 부렸다?"

천자(天子)가 공경(公卿)들과 더불어서 세상을 다스리는 자금성(紫禁城). 상서로운 빛 적와(赤瓦)가 끝 간 데 없이 펼쳐진 오문(五門), 일명 오봉루(五鳳樓)에서 기이한 말소리가 흘러나왔다.

"그가 움직였단 말인가?"

순간 믿기 힘들 만큼 아주 매끄러운 목소리가 대답했다.

"아니옵니다. 그는 십 년 전 혈사(血事) 때, 두 다리를 잃고 양팔을 잃었사옵니다. 뿐만 아니라 당문(唐門)에게 하독(下毒)까지 당해서 조선 묘향산에 나무토막처럼 누워 있사옵니다. 그런데 어찌 그가 연경행(燕京行)을 계획할 수 있사옵니까?"

"허면 꾀를 부렸다는 자네의 말은 무엇인가?"

"세작(細作)들의 전언에 의하면, 그가 십 년 전에 제자를 하나 거두었다고 하더이다."

"그래? 으음, 한데 이상하이. 차갑기가 얼음 같고 판단이 독수리처럼 냉철한 자네가 아닌가?"

"실로 감당키 어려운 과찬이시옵니다."

"그런데 말일세. 방금 자네가 한 말은 그런 자네와는 전혀 어울리지 않네."

"……."

"무슨 말이 그렇게 애매한가? 거뒀으면 거둔 것이고, 아니면 아닌 것이지! 그가 거둔 제자에게 무슨 문제라도 있단 말인가?"

"신이 직접 보지 않고 겪지 않은 일이라서……."

"그것은 그렇지. 어서 계속해 보게."

"세작들 전언을 면밀히 분석해 본 결과, 그렇다는 결론을 얻었사옵니다."

"그가 거둔 제자에게 아주 심각한 문제가 있다?"

"예……."

"어서 나머지를 말해 보게."

"예. 그 녀석은……."

"아, 녀석이 가진 성과 이름부터 말해 보게. 그게 순서 아니겠나?"

"……."

"어서 말해 보래도?"

"…예. 녀석이 가진 성은 박(朴)이옵고, 본관은 밀양(密陽), 자호(自號)는 풍할(風轄), 이름은 외자로 린(鱗)… 물고기 비늘 린 자를 쓴다고 하옵니다."

"흠, 물고기 비늘 린이라… 거참, 사내 이름치고는 기이한 이름이 아
닌가?"

"기이하기로만 말씀을 올리면 이름의 기이함은 아무것도 아니옵니
다."

*   *   *

이수구(梨樹溝)는 변경치고는 제법 큰 도시라 사람과 물자가 많이 왕
래한다. 애라하에서 그리 들어가는 방법은 딱 두 가지였다.

가난한 대신 다리가 튼튼하고 힘이 넘치는 자들은 발해(渤海)와 연
결된 염로(鹽路)를 타고 남하해서 애하첨(靉河尖)을 지나 차도구(岔道
口)에서 서북쪽으로 오십여 리를 올라간다.

부자인 반면에 다리가 빈약하고 힘이 모자란 자들은 애라하에서 배
를 타고 사십 리를 올라가서 우강(禹江)나루에 내린다. 그 다음 토성자
산성(土城子山城) 반대편 길로 사오 리쯤을 남하한다.

그러니 우강나루에서 이수구를 잇는 관도엔 자연히 부자들이나 상
인들만 왕래하게 되었고, 이들이 지닌 돈을 나눠 쓰고 싶어서 몸살을
앓는 수적들과 산적들이 들끓었다.

왕씨 육 형제.

막내가 왕육이고 그 위가 왕오면, 그 위는 당연히 왕사(王四). 왕사
를 거쳐 왕삼(王三), 왕이(王二)에까지 이르면 이 왕씨 육 형제의 장남
이름은 더 말할 것도 없이 뻔했다.

그러나 사람 이름은 생각만큼 단순하지 않다.

예상을 뒤집는 괴이한 이름이 지어지는 바람에 숫자 놀이에 익숙한

자들이 머리를 싸매고 괴로워하기도 하는 것이다.

왕씨 육 형제 아비 왕씨는 사천에서 요동으로 흘러온, 이른바 객민(客民). 애라하에서 사공질로 새 삶을 시작한 왕씨는 나이 사십이 돼서야 겨우 돈을 조금 모았다.

그는 또래들이 손자들 똥이나 주무르면서 '인생은 정말 허무한 거야. 뜬구름에 불과하다네' 라고 만류함을 뿌리치고 기어이 도둑장가를 들어서 첫아들을 낳았다.

이 첫아들이 바로 작금 얼치기 도적들로 요동에서 악명을 날리는 왕씨 육 형제 장남이다.

늦은 나이에다 도둑장가여서 그랬는지는 몰라도, 이 장남은 생김이 극히 오묘했다. 머리가 얼마나 큰지 자주 넘어지는 것은 둘째 치고, 어떤 때는 넘어져서 일어나지도 못했다.

그래서 이름보다 먼저 지어진 별명이 바로 '대갈장군' !

왕씨는 첫 아들이니까 그저 순서에 맞게 일(一)로 이름을 지을 생각이었지만, 장남으로서 그런 이름은 도무지 '특' 색이 없다는 주위 만류에 며칠 동안 고민을 거듭하다가,

"에라이… 모르겠다, 씨불! 그럼 '특(特)' 이라고 불러!"

해버리기에 이르렀다.

이래서 왕씨 육 형제의 장남은 왕일(王一)이 아니라 왕특(王特)이 된 것이다.

왕특은 나이를 먹어감에 불행 중 다행으로 머리가 더 이상 커지지는 않았지만, 대신 무쇠처럼 단단해졌다.

그를 대갈장군이라고 부르면서 놀림을 일삼았던 자들이 그 무쇠 머리와 부딪쳐서 실신해 버리는 불행한 사태가 일어났음은 당연했다. 이

제 아무도 그 앞에서는 대갈장군을 입에 담지 않았다.

대신 그가 없는 후미진 곳에서는 그를 철두광사(鐵頭狂蛇)라고 불렀다. 쉽게 풀이하면 '무쇠대가리를 지닌 미친 뱀 녀석!'.

어쨌든 철두광사 왕특은 오늘 대단히 분노하지 않으면 안 되는 상황을 앞에 두고 있었다.

"커험! 그러니까… 어떤 촌뜨기에게 당했단 말이지?"

앞에는 애라하에서 나름대로 성실하게 생활하는 동생 왕오와 왕육이 앉아 있었는데, 그 몰골이 매우 흉측했다.

왕오는 평소에 자랑 삼는 턱수염이 다 그슬려 버린 해괴한 몰골이었고, 왕육은 얼굴 전체가 푸르딩딩해서 도저히 눈 뜨고는 못 봐줄 지경이었다. 그까짓 쥐 털 같은 수염이야 다시 기르면 되고, 얼굴에 든 피멍 역시 시간이 해결해 줄 문제였다.

정작 왕특을 이렇게까지 분노로 밀어넣은 문제는 따로 있었다.

왕오와 왕육이 심한 고문을 겪은 자들이나 보이는 아주 전형적인 증세. 즉, 오줌을 설설 지린다거나 툭하면 눈물을 질질 흘리는 등… 심각한 후유증을 보인다는 것!

"대답해 봐, 이 개식끼들아!"

"초, 촌뜨기가 아니라 거지였다니까?"

찔끔찔끔.

왕오가 또 오줌을 지리면서 벌벌 떨었다.

아마 왕오는 오줌보에 심각한 문제가 있거나 정신적인 충격을 어쩌지 못해 머리가 이상해진 게 분명했다.

"닥쳐. 이 못난 놈들 같으니라고!"

"어흐흑! 형님."

사정은 왕육이 더 심각했다. 왕육은 아예 바지를 벗어버린 상태. 그 걸 아는지 모르는지 왕육은 흉물스런 양물을 덜렁대며 피멍 든 눈두덩을 찐 계란으로 열심히 문지르고 있었다.

"내, 내기도 했수… 크흑! 우리가 놈이 써준 천자문을 단 하루 만에 터득을 하나 못하나. 물론 지는 경우엔 우리가 지닌 돈을 몽땅 놈에게 주기로 하고 말이오."

"으?"

왕특은 흉측한 양물을 덜렁대면서, 찐계란으로 퍼런 눈두덩을 열심히 문지르면서, 눈물을 뚝뚝 떨궈대는 막내 왕육보다 천자문에 더 지대한 관심을 보였다. 그럴 것이 그들 왕씨 육 형제는 모두 까막눈이어서 평소에 불편한 점이 한두 가지가 아니었다.

그까짓 돈이야 열심히 생활해서 벌면 되는 일이 아닌가?

"결과는?"

"…다 뺏겼지 뭐."

"그걸 물은 게 아니고, 이 개식꺄! 천자문은 어디까지, 몇 글자나 터득했느냐를 물은 거야."

"아, 그, 그게 저……."

왕육이 도저히 자기 입으로는 말을 못하겠는지, 얼른 뒤로 물러났다. 그러자 왕오가 기다렸다는 듯 수염을 마구 쥐어뜯으면서 대답했다.

"아, 글쎄. 놈이 써준 천자문은 거꾸로 된 천자문이었어!"

"엥?"

"그게 이상해서 물어봤더니 놈이 자못 진지한 얼굴로 이렇게 말하는 거야."

"문자를 터득하는 방식에는 왕도(王道)가 따로 없다. 그중 제일 쉬운 방법을 일러주는 게 선비가 지닌 도리일 테지?"

"으음."

"그래 열심히 배웠지. 놈도 성심을 다해 가르쳐 주는 것 같더라고. 무엇이든 그 정도로 열심히 했다면 지금쯤 우리 형제는 만금을 지녔을 거야."

"그건 그렇지."

"맞어!"

"형제들 중 그래도 머리가 제일 나은 너희들이 아니냐?"

"당연하지. 우리가 머리는 정말 잘 굴리지. 헤헷!"

"계속해 봐."

"내기는 문자를 다 외운 후 놈이 네 자씩 써놓은 문자를 그게 무슨 문자인지, 그 뜻은 뭔지 우리가 알아맞히는 거였는데, 놈은 문자를 바르게… 에, 그러니까 우리가 애써 외운 문자를 홀랑 뒤집어서 써놓았지 뭐야?"

"……!"

"그렇게 써놓으니까 당최 모르겠더라고. 그래서 내가 물었지. 왜 문자를 우리가 외운 대로 쓰지 않느냐? 혹시 우리가 지닌 금전에 눈이 어두워 치사한 꼼수를 부리는 게 아니냐? 그랬더니 또 이러는 거야."

"거꾸로 익혔어도 쓸 때는 바르게 써야 한다. 사람이 거꾸로 길을 갈지언정 바른 인생을 살아야 한다는 귀한 가르침이지."

“그래서?”

“아직 녀석 말이 안 끝났어.”

“으?”

“어험, 오늘 아가 여간해서는 터득하기 힘든 가르침을 특별히 내렸거늘, 그것을 꼼수라 의심하고 점잖지 못한 오해를 자초했으니 당장 종아리를 걷어라!”

“잉? 그래서?”

“…백 대씩 두 번 맞았지 뭐.”

“문자는?”

“당연히… 한 자도 못 외웠지. 결국 이런 꼴만 당한 거야.”

점점 심각해지는 대답에 왕특은 쐐기를 박았다.

“그럼 돈은?”

“홀랑 다 뺏겼다니까!”

순간 산채가 흔들렸다.

“야, 당장 애들을 다 집합시켜!”

둥둥― 둥― 둥!

추적을 알리는 북이 울렸다.

왕특은 길길이 날뛰었다.

이렇게 왕특이 날뛰며 동생들 돈을 강탈해 간 조선 거지, 아니, 사기꾼을 수소문하는 이 산채에서 일백오십 리 떨어진 초원 대천두(大天頭)에서도 큰 소란이 일어나고 있었다.

해골을 목에 건 비대한 괴승과 초라한 노도사, 철장을 의지한 노파와 사괴와를 쓴 작은 여인. 누가 봐도 수상쩍은 이 네 사람을 오십이 넘는 철기대가 막아선 것이다.

4

초원 저쪽.

지평에서 문득 생겨난 먼지 한 점이 점점 크기를 늘려서 위로 올라간다 싶더니 삽시간에 하늘이 누레졌다. 그 중심에서 생겨난 검은 점이 수를 늘려서 이쪽과 저쪽 지평을 한 줄로 이었다 싶은 순간,

후두두두—

바람을 밀치고 들어온 말발굽 소리가 네 사람을 뒤덮었다.

"심상치 않은 일이로세."

진 노야는 자신들의 좌우를 밀고 들어오는 철기대를 보았다.

전투적인 냄새를 풍기는 철기대에서 안장과 마구들이 덜걱거리고 각종 병기가 번쩍인다.

두두두—

정연하게 십오 장 정도를 달려나간 철기대 선두가 활처럼 선회해서 후미와 만나진 순간, 네 사람을 중심으로 커다란 원이 생겼다.

"병사(兵士)들이 아닌가?"

먹을 것이 아니면 매사가 시큰둥한 괴승 광불이 두툼한 입술을 실룩거렸다. 광불은 수염이 삐죽 들리고 누런 이가 보이는 것으로 봐서 금방이라도 가래침을 탁 뱉을 기세였다.

"어마!"

움츠리든 연연을 먼저 끌어안은 곽파가 흉흉해졌다.

"진 노괴, 자네가 성심을 다해서 가르친 제자들이 아니냐? 누구는 정말 좋겠네?"

"망구도 참!"

진 노야가 착잡해졌다.

"검로(劍路)는 안 변했는데 시대가 달라졌고, 산천도 그대로인데 사람이 달라졌네. 그걸 검로나 산천만을 나무란다고 해결되는 일인가?"

"누구는 정말 좋겠네? 핑계가 많아서. 흥!"

"끄음."

"더 할 말이 있는가 봐?"

"망구도 좋겠네?"

"응?"

"바가지 잘 긁어서."

말을 마친 진 노야가 막 말에서 내려 이리로 달려오는 무장(武將)을 보았다.

쩔렁. 쩔렁쩔렁.

면갑(綿甲)에 달린 미늘을 번쩍이며 달려온 오십 대 무장은 네 사람을 면밀히 살피는 눈치이더니, 진 노야 앞에 정중히 한쪽 무릎을 꿇었다.

"소장은 요동도지휘첨사(遼東都指揮僉使) 겸 봉성장군(鳳城將軍) 장약기(張若基)이옵니다. 어리석은 소장이 삼가 진청자(振靑子) 어르신을 뵈사옵니다!"

"쿵! 예우는 아직 펄펄한 것 같네?"

광불이 대신 인사를 받았어도 장약기는 움직이지 않았다.

요동도지휘첨사라면 품계가 정삼품(正三品)인 고위 무장. 그런 무장이 정중한 군례를 취한 것이다. 그러나 초라한 진 노야 진청자는 미동도 않았다.

"예우는 그만하면 차고도 넘치니 일어서시게."

"예, 어르신."

요동도지휘첨사 장약기가 일어섰다. 순간 면갑에 달린 미늘이 찬란한 햇빛을 받아서 진청자의 눈을 찔렀다. 잠깐 눈살을 찌푸렸던 진청자는 위엄을 갖추고 장약기에게 물었다.

"내가 전관으로서 이런 말하기는 뭣하네. 하지만 아직 붉은 마음이 한 조각 남아 있어 그걸 의지하고 묻겠으니… 성의껏 대답해 주기 바라네."

"소장 또한 무태사(武太師)께 아직 뜨거운 흠모의 정이 많이 남아 있사옵니다. 어서 물음을 주소서."

목소리가 매우 굵고 눈이 부리부리한 무장 장약기는 정말 이런 변방에서 썩을 수밖에 없는 강직한 성격이다. 진청자는 씁쓸한 미소를 머금었다.

"내가 황도를 떠난 지 꽤 오래돼서… 작금 황도 사정이 어찌 돌아가는지를 모르고, 알 필요도 없네. 하지만 너무하지 않은가?"

"……."

"난 친우들과 초원을 벗 삼아 하늘가를 방랑하는 중이네. 그런데 왜 이렇게 핍박이 심한가? 내 이심(異心)을 품은 것도 아니고, 그저 자연 속에서 허이허이 노닐고 있을 뿐이거늘."

"송구하옵니다."

장약기는 고개를 수그렸다.

작금 명조(明朝)에서 칼밥을 먹는 장수치고 진청자를 사부로 생각하지 않는 자가 어디 있을까.

사 년 전까지만 해도 진청자는 백만 천병과 이십만 금군 모두에게 무공을 가르치던 교두(敎頭). 진청자는 보군(步軍) 위주인 명군에게 기초 내공을 전수해서 전투력을 강화시켰고, 수성전(守城戰)에 쓰이는 각종 병기를 개량해서 변방에 배치시켰다.

그랬던 진청자와 황궁 사이에서 무슨 일이 벌어지고 있었다.

장약기는 진청자가 요동에 들어서기 며칠 전부터 하루 십여 통씩 날아들던 전서가 지금은 오십 통이 넘게 들어오는 사실을 잠시 생각했다. 전서는 황궁(皇宮), 대도독부(大都督府), 오군부(五軍府), 요동도지휘사사(遼東都指揮使司), 심양위(審陽衛)… 발신지는 다 달랐다. 하지만 하나같이 진청자 일행을 사로잡되, 정 안 되면 척살해 버려도 무방하다고 알려왔다.

'도대체 무슨 일이 벌어지고 있는가?'

잠시 더 전서를 생각한 장약기는 허리를 수그렸다.

"변방을 지키는 한미한 장수가 어찌 황궁의 자세한 내막을 알겠나이까? 소장은 다만 윗전께서 내리신 명을 받들 뿐 아는 게 없사옵니다. 하오니 태사께서는 소장의 말씀을 따르소서."

장약기는 한 손을 쳐들었다.

두두둑!

철기대가 천천히 전진해 와서 포위를 바짝 좁혔다.

"소장에게 내려진 명이 추상같사옵니다. 일행을 한 분도 빠짐없이 모시라는 명을 받았사오니, 무례를 용서하소서."

"흠, 황도로 압송을 하기 위한 역류를 시키겠다는 말씀이신가?"

"어르신께옵서 그리 생각하셨다면 그리될 것이옵니다!"

"끄음."

"황도 사정이야 한미한 소장보다 어르신께서 더 잘 알고 계시옵니다. 무례를 용서하시라는 말씀밖에 소장이 더 이상 드릴 말씀은 없사옵니다."

장약기는 철기대를 향해 소리쳤다.

"최선을 다해 정중히 모시도록 하라!"

장약기는 철기대만 휘몰아온 게 아니었다. 사방에서 조용히 진군해온 보군(步軍)도 대략 기천. 강직한 요동도지휘첨사 장약기는 토끼 몰이하듯 며칠에 걸친 용의주도한 추적 끝에, 진청자 일행을 대군 한가운데로 집어넣는 데 성공한 것이다.

곽파가 소리쳤다.

"무엄하다, 이놈들! 감히 어느 안전이라고 흉험한 창칼을 들이대는 것이냐! 당장 치우지 못할까!"

그러나 포위는 흔들림이 없었다.

연연을 더욱 꼭 끌어안은 곽파는 절망을 삼켰다.

광불이 나섰다.

"헹!"

광불은 진청자와 장약기가 나눈 정중한 문답에 신물이 난 표정으로 우선 배부터 쑥 내밀었다. 광불은 셋이 최선을 다해 싸운다면 포위는 얼마든지 뚫을 수 있다고 생각했다. 광불이 막 손을 쓰려는 순간, 진청자가 손을 들었다.

"땡초!"

"으?"

“기왕지사 이렇게 된 일이 아닌가?”

“무슨 소리냐, 말코?”

“생각해 보게, 이 사람아. 우리가 고수라지만 무슨 수로 기천 군사를 뚫을 것이며, 설혹 뚫는다 해도 그 엄청난 피 값을 어찌 다 치를 것인 지!”

“끄음, 이 상황에서 그런 피 값을 걱정하면 안 되지. 어쩔 수 없는 일이 아닌가? 그렇다고 아가씨를 이놈들에게 넘겨 드릴 순 없어.”

“누가 아가씨만 넘겨달라고 했나? 아니야. 이들은 우리 넷을 다 요구한 것이네.”

“잉? 그게 그 소리 아닌가?”

잠시 광불을 본 진청자는 결심한 듯 말을 이었다.

“내가 저 장수를 좀 아네. 그렇다면 아주 방법이 없는 것도 아니지. 그러니까 아무 소리 말고 내게 맡겨주게, 땡초.”

“끄음!”

진청자는 장약기를 향해 돌아섰다.

“자네 이름이 장약기라고?”

“예, 어르신.”

“유적(劉賊:유육과 유칠 형제)들이 일으킨 민란에서 자네가 큰 공을 세웠다지?”

“초적(草賊)에 불과한 자들이었사온데, 공이라 하심은 민망하옵니 다. 그래도 공이 있다면 선부(宣府) 쪽 장수들 공이지, 소장의 공은 절 대 아니옵니다. 소장은 회군하고 나서 가슴을 많이 앓았나이다.”

“그랬을 터이지. 조정이 부패해서 그들 형제가 일어선 거니까. 그들 형제는 자신들에게 뇌물을 달라고 종용한 사례감을 향해 칼을 뽑았어.

참으로 부끄럽고도 어처구니없는 일이었네."

"드릴 말씀이 없사옵니다."

진청자는 잠시 유적의 난(亂)이라고 불렸던 민란을 생각했다.

원래 유육과 유칠 형제는 문안(間安) 출신으로 현상금 사냥꾼들이었다. 그들에게 사례감(司禮監)에서 엄청난 뇌물을 요구했다. 그들은 이 뇌물을 마련하려고 민란을 일으켰다. 이 민란이 이 년이나 지속되면서 점차 커지자 황궁에서는 선부와 요동에 주둔해 있던 변방 병력을 동원해서 겨우 제압했던 것이다.

진청자는 고개를 떨군 장약기 심정을 이해했다.

"그나저나 이 며칠 동안 자네도 꽤 고통스러웠겠네."

"……."

"자네가 이번에 펼친 작전은 아주 훌륭했네."

"송구하옵니다."

"참 다행이로세. 황도에선 패악한 무리들이 도당을 지어서 나라 살림을 다 갉아먹고 있다네. 하나 자네 같은 장수들이 이렇게 열심히 변방을 지키기 때문에 대명제국(大明帝國)이 이 정도라도 편안한 게야."

"소장은 맡은 바 일을 할 뿐이옵니다."

"아닐세. 난 오늘 자네에게서 희망을 보았네."

"…예, 어르신."

"앞장을 서시게."

"예?"

"나도 한때 국록을 먹던 자가 아닌가? 그런 자가 어찌 군사들을 수고롭게 하며 귀한 피를 한 방울이라도 흘리리오. 자네를 따라가겠네."

진청자가 철기대로 걸어가자 철기대가 양쪽으로 갈라지면서 함거(檻

車)가 드러났다.

"끄음."

함거를 본 곽파와 광불, 연연은 잠시 눈을 마주쳤다.

"저 말코 녀석이 실성했나 봐."

"누가 아니래?"

"나무관세음보살."

그래도 어쩔 수 없다는 듯 광불은 진청자를 따랐다.

"망구!"

곽파가 주먹질을 했다.

"부르지도 마, 이 겁쟁이 말코야!"

"괜한 고집 부리지 말고 어서 따라오게. 여기 병사들 눈이 기천이야. 장수 체면도 생각을 해줘야지."

"흥! 누군 좋겠네? 오지랖 넓어서."

"허, 저 성질머리 하고는. 그러니까 평생 혼자지."

"시끄럽다, 말코!"

쩝쩝.

쓰디쓰게 입맛을 다신 진청자가 다시 은근해졌다.

"망구야?"

"……."

"그동안 정말 힘들었지? 그러니까 우리 봉황성에서 며칠간 푹 쉬면서 탈주할 방도나 연구하세!"

"뭐?"

"저… 어르신?"

장약기가 곽파를 불렀다.

"뭔가, 꽉 막힌 친구."

"소장이 다스리는 봉성(鳳城:봉황성)은 그렇게 만만한 곳이 아니옵니다."

"알고 있네. 자네가 데리고 있는 봉황군(鳳凰軍) 역시 명군 중, 최정예라지? 그게 자랑인가?"

"하하! 그게 아니오라 어르신께서 정 불편하시오면 성 전체를 그물 천 개로 얽어놓고, 전 병력을 다 풀어서 철통같이 지킨다고 한들 무슨 소용이 되오리까?"

"끄음."

두두두두—

봉황군은 남하를 시작했다.

5

양목천(楊木川)은 초원이 막 시작되는 기점에 세워진 소도(小都)로 연연이 붙잡힌 대천두에서 일백오십 리 정도를 똑바로 남하하면 만나지는 둔전촌이다.

이 양목천 입구, 자금성 오봉루에서 기이함으로 회자되었던 자칭 선비 박린이 어슬렁거리고 있었다.

"어험, 대국 천자께옵서 혼미하시여 강산이 죄다 무너졌도다. 윤기(倫紀)가 어긋났다, 이 말씀이지."

박린은 계속 중얼거렸다.

"허허, 선비는 끼니를 걱정하는 신세인데 한낱 도적들이 이렇게 호의호식을 일삼는대서야 어디 나라 꼴이 되겠는가? 덕분에 겨우 궁기(窮

氣)를 모면하였으되, 뭔가가 무쟈게 찜찜하네?"

박린의 차림새는 여전히 남루하고 꾀죄죄했다. 병풍 밑에 새로 매단 누런 보퉁이가 꽤 묵직해 보이는 걸 빼면.

갑자기 좌우를 살펴본 박린은 크게 부르짖었다.

"어험험, 정말 장관이로세! 하늘은 푸르고 땅은 넓도다. 이런 굉장한 곳에서 멋진 춤 한 사위에 시 한 수의 풍류를 풀어내지 못한다면 누가 아를 일러 선비라고 할 것인가?"

"엥?"

"뭐야, 저 거지는?"

순간 지나던 사람들이 뭔가 허술하고 어정쩡하게 보이는 그를 흘끔 거렸다. 박린은 개의치 않고 관도에 서서 양팔을 번쩍 쳐들었다.

"팔세투조경(八歲偸照鏡)에 장미이능화(長眉已能畵)라. 십세거답청(十勢去踏靑)이요 부용작군차(芙蓉作裙杈)했느니, 십이학탄쟁(十二學彈箏)에 은갑부중사(銀甲不曾卸)라네."

낭랑한 목소리가 관도 저쪽까지 울려 퍼졌다.

"으음."

사람들은 관도 한복판에서 덩실덩실 어깨춤을 춰대는 박린을 보고 한마디씩 했다.

"거참, 괴이한 거지로세."

"약간 맛이 간 것 같은데?"

그러거나 말거나 박린은 여전히 덩실거리고 있었다.

"여덟 살 때, 몰래 거울 들여다보고 눈썹을 길게 그렸어요. 열 살 때 는 나물 캐러 다니는 게 좋았지요. 열두 살 때, 거문고를 배웠는데 은 갑을 손에서 떼지 않았어요. 얼쑤!"

"으음."

"허어."

사람들은 서로를 봤다.

지금 박린이 가락에 추임새까지 넣으며 부르는 시는 유명한 당시(唐詩)였다. 하지만 사내가 부르기엔 좀 뭣한 내용. 그러나 박린은 더욱 아랑곳하지 않고 덩실거렸다.

"어허! 십사장육친(十四臟六親)에 현지유미가(縣知猶未嫁)했고, 십오읍춘풍(十五泣春風)했다네!"

박린의 차림새와 시, 춤은 광활한 초원과 전혀 어울리지 않았지만, 또 어떻게 보면 굉장히 잘 어울렸다.

"열네 살 때는 부모 뒤에 숨었어요. 왠지 부끄러워서. 열다섯 살 때는 까닭없이 봄이 슬펐어요. 커흑, 조오타!"

식어버린 햇볕을 이리저리 뒤집는 도포, 허공을 휘젓는 남루한 어깨, 청명한 하늘을 점점이 수놓으면서 물 흐르듯 이어지던 손이 아래로 툭 떨어졌다.

"어험."

순간 삼엄한 현기가 흘렀지만 사람들은 이미 고개를 돌렸다.

"저 새끼, 성격 참 이상한 놈이네?"

"미친놈이라는데 만 냥 걸지."

"난 차림새를 봤을 때 짐작했다네."

"요즘 세상에 이상한 놈이 어디 한둘이라야 말이지."

피식피식.

사람들이 웃으며 흩어지자 관도에는 박린과 노란 햇빛, 키를 길게 키운 박린의 그림자만 덩그러니 남았다.

박린은 중얼거렸다.

"피곤함을 얼굴에 단 선비는 수염 난 저공(狙公:돼지)과 다를 바 없지. 그러니 아는 한가로운 목공(木公:나무)을 찾아서… 거한 오수(午睡: 낮잠)에나 취해보리라."

그러나 초원에 어디 나무가 흔한가.

"어험, 목공은 어디론가 출타 중이시고 마차 달려오는 소리만 천지에 가득하네!"

그러나 관도 어느 쪽에서도 마차가 달려오는 소리는커녕 그림자도 보이지 않았다. 그러거나 말거나 박린은 갈 지(之) 자 걸음으로 양목천으로 내려갔다.

순간 지평 저쪽에서 뿌연 먼지가 한 점 일었다. 그 먼지를 일으킨 것은 정말 놀랍게도 마차였다.

두두두—

"비켜! 비켜! 황도에서 파견된 전령이다!"

마차가 엄청난 먼지를 뒤집어씌우면서 지나갔다. 박린은 황급히 마차를 피했지만, 먼지마저 피할 수는 없었다.

"쿨럭! 이런 망측한 일이 있느뇨? 감히 선비에게 먼지를 끼얹었다니. 도대체 대국 관리들은 누굴 위해 존재한단 말인가? 엣취! 아가 따끔한 가르침 한 수 내려야 되겠네!"

"쳇!"

대도독부(大都督府) 부위(副尉), 요양휘(療梁揮)는 양목천 대연객잔(大宴客棧)에서도 인상을 찌푸렸다.

'대체 여기가 사람 사는 곳인가, 아니면 돼지 우리인가?'

황도에서 요동으로 올 때 각오를 했지만, 이것은 정말 심하다.

늦가을임에도 탁자 위엔 파리 떼가 득실거리고, 탁자 아래엔 모기들이 들끓는다.

그렇다면 음식이라도 정갈해야 하는데 마찬가지다.

음식은 하나같이 시거나 떫지 않으면 지독하게 짰고, 누린내까지 뒤섞여 있어서 도저히 먹을 수 없었다.

"에잇!"

성질 같아선 당장 객잔을 엎어버리고 주인을 불러 한 수 지도해 주고 싶지만…….

"휘유… 여기는 내 관할이 아니란 말씀이지. 땡전 한 푼도 안 생기는 일에 매달려 애쓸 필요가 없다는 말씀! 그나저나 요동에 임지를 받으면 삼세 번 운다더니 다 이유가 있었구면."

그 이유는 다름이 아니었다.

미칠 만큼 강력한 추위 때문에 한 번 운다.

미쳐도 피할 수 없는 먼지 때문에 또 한 번 운다. 미친 게 분명한 야인들 때문에 또 한 번 울면 삼세 번이 되는 것이다.

이 세 가지 이유 중에 포함되지 않은 진짜 이유를 요양휘는 요동에 와서야 뼈저리게 느꼈다.

그건 바로 오랑캐들이 먹고 마시는 음식이었다.

척박한 땅에서 재배된 수수와 기장은 모래와 다르지 않아서, 어떻게 된 게 씹으면 씹을수록 쓴맛이 우러난다. 거칠기도 한량없어서 힘껏 삼켜도 절대 그냥 넘어가 주지 않는다.

'으웩!'

마유주(馬乳酒)는 어떤가?

말똥 냄새가 얼마나 심한지, 차라리 말 오줌을 한 사발 벌컥인 기분이었다. 이런 것들을 음식과 술이라고 맛있게 처먹는 미개한 족속이 사는 요동이니 더 말해 무엇하랴.

"황도를 출발한 지 어언 십 주야."

쓰린 속을 달래면서 요양휘는 손가락을 꼽아봤다. 어지간하면 이제 적응될 때도 됐는데 입에서도, 뱃속에서도 도무지 음식을 받아들이려 하지 않는다.

"쳇! 또 아까운 돈만 날렸구먼."

벌컥벌컥.

요양휘는 냉수만 한 사발 들이켰다.

"그릇이 더러워서 그런지, 물맛도 영 구질구질한 게… 어우윽!"

요양휘는 객잔보다 더 지저분해 보이는 객잔 주인에게 몇 푼 떨궈주고 얼른 객잔을 나왔다.

벌써 삼 대째 명문으로 이름을 날리는 집안 후광이 아니었으면 어쩔 뻔했나 그래.

"무과(武科)에 장원 급제만 하면 뭐 하냐고."

고지식한 누구처럼, 이따위 지저분한 변방에서 아까운 청춘을 허비해 버리고 있을 게 분명한데. 크흠!

돼지나 다름없는 야인들과 더러운 이리들, 영혼을 말려 버릴 듯이 불어대는 바람만 천지인 이따위 변방에서 모래보다 더 지독한 밥과 누린내 나는 반찬을 쩝쩝거려서야 그게 어디 벼슬인가?

"역시 겉만 번드르르하다고 해서 황도가 아니야!"

요양휘는 정갈하면서도 기름진 음식들, 기기묘묘한 장신구를 반짝이며 살랑대는 미녀들, 밤마다 불야성을 이루는 주루(酒樓)와 온화한 바람이 그리워졌다.

"내 다신 이곳을 오나봐라!"

요양휘가 막 객잔 모퉁이를 돌아선 순간,

"실례하오이다. 어험."

"저런 무례한 놈이 있나?"

요양휘는 눈썹을 꿈틀했다. 아랫것들에게 인사를 받는 게 버릇이 된 요양휘는 움켜잡았던 패도를 그냥 놓았다.

차림으로 보건대 놈은 거지였고, 거지보다 광인(狂人)이 분명했다. 그렇지 않고서야 어떻게 저런 지저분한 차림에 지저분한 병풍까지 매달고 다닐 수 있나?

"쳇! 조선?"

요양휘는 또 비웃었다.

한없이 어수룩하면서도 꼬장꼬장한 아집으로 똘똘 뭉쳐진 천자의 속방(屬方), 변방의 모든 야인들이 칼을 빼 들고 대국을 겁박하는 작금에도 누가 인정해 주지도 않는 소중화(小中華)를 자처하며 꼬박꼬박 조공까지 해오는 비겁한 나라.

그곳에서 온 미치광이?

"저런 놈을 상대로 이 요양휘가 괜한 정력을 낭비할 시간도, 이유도 없지. 왜냐하면 여기는 내 관할이 아니거든?"

요양휘는 관도로 나갔다. 그런데 이게 뭔가?

"으악!"

단단히 매어놓았던 말이 사라져 버려서가 아니었다. 그까짓 말 한 마리쯤이야 인근 역참에서 사정을 이야기하면 해결이 가능했다.

"내, 내 마차가 없어졌다!"

말을 타고 장기간 오다 보니까 엉덩이가 짓무르는 사태가 발생했다. 그래서 별수없이 인근 군막에 들러 대도독부 위세를 팔아서 겨우 마련한 마차가 없어진 것이다.

아니, 마차는 없어진 게 아니었다.

누가, 왜 그랬는진 모르겠지만, 철저하게 분해시켜 버린 마차 조각이 관도 이곳저곳에 볼썽사나운 몰골로 버려져 있다.

"감히 어떤 놈이!"

그렇게 황당해하는 자는 요양휘만이 아니었다.

"어, 어르신!"

대연객잔 주인 조구(曹丘)는 점소이 반귀(半貴)가 내지른 호들갑에 퍼뜩 깨어났다.

"뭐야, 이 자라 같은 자식아!"

그러잖아도 평소 성격이 칠칠맞지 못해서 늘 골머리를 앓는 반귀였다. 이 녀석은 말도 못하게 게으른 주제에 밥은 얼마나 많이 처먹어대는지, 끼니 때마다 주둥이를 꿰매고 싶은 유혹에 마구 휩싸이지 않으면 안 되는 식충(食蟲)!

그런 식충 반귀가 객잔 한쪽을 가리키며 뭐라 말하고 있었다.

그래도 눈치는 있어서 입 모양으로만.

'저 자식이 매우 이상해유.'

"흐—아암?"

조구는 입을 떡 벌렸다.

"흡!"

억지로 입을 다물자 목구멍에서 새어 나오던 말이 입술에 끼어서 대롱거린다.

"저 새끼는 또 뭐야. 오늘 왜 이렇게 재수가……."

조구는 그러잖아도 심기가 매우 불편해 있던 참. 음식을 잔뜩 주문해 놓고 갖은 인상을 찌푸리다가 덜렁 찬물만 마시고 나가 버린 벼슬아치 놈 때문에, 아니 그놈이 구걸 주듯 내던져 버린 돈 몇 푼 때문에.

그런데 아예 저놈은?

'으음, 참아야 하느니라!'

노랭이 조구는 얼른 일어났다. 벼슬아치 놈이 남긴 음식을 팔아먹으려면 정말 어떤 수모도 참고 견뎌야 한다! 조구는 엄청난 증오가 담긴 눈알로 식충 반귀를 꾸짖는 걸 잊지 않았다.

'조심해라, 너!'

'쿵!'

반귀가 혓바닥을 쑥 내밀었다.

'어쭈?'

조구는 반귀에게 다가가서 반귀의 발을 작신 밟았다.

"크……."

막 비명이 터지려는 반귀를 살짝 가린 조구는 방금 들어온 손님에게 정중히 고개를 기울였다.

"손님, 여기서 대체 무슨 짓을 저지르시는 것이오니까?"

"어험, 선비가 앉을 자리는 항상 정갈하고 맑아야 한다네."

"……?"

"격조가 있어야 한다는 말씀이지. 그러나 세상일이 어디 그렇게 만만하고 쉬운가? 이렇게 추레한 객잔도 있는 법일세. 그래서 아쉬운 대로 병풍을 치고 있는 거라네."

“끄음.”

조구는 거지가 열심히 설치한 병풍을 보았다.

상태로 봐서 수백 년은 족히 되었음 직한 병풍이었다.

“에헴!”

조구는 새삼스러운 눈으로 자신의 객잔을 둘러보았다.

게으른 식충이 반귀가 청소를 소홀히 해서 좀 더러운 건 사실이었지만, 최소한 이 거지 녀석이 떡 펼쳐 놓은 병풍보다 깔끔했다.

‘으…….’

조구는 갑자기 어금니가 깨물려지려는 걸 가까스로 참았다.

“이보우, 조선 양반.”

“말씀해 보시게나.”

“내 비록 일자무식이오나 병풍에 대해선 대강 알고 있소이다. 병풍을 어떤 장소에 설치했을 때는, 병풍으로 그 장소를 빛내고자 함이 목적이 아니오? 그런데 어찌 된 일인지 당신이 친 그 병풍은 우리 객잔을 꼭 귀신 소굴처럼 보이게 만드는구려?”

“맞아유.”

반귀가 맞장구치면서 얼른 다가왔다. 그러자 조선 거지 박린은 엄숙하게 좌정하면서 어이가 없다는 눈으로 조구와 조구의 어깨에 험악한 눈알을 슬쩍 올려놓는 반귀를 보았다.

“어험!”

“에헴헴!”

“우이… 씨!”

박린은 조구를 불렀다.

“주인장?”

"끄음."

"자네는 지금 아가 자네의 추레한 객잔을 위해 병풍을 치는 수고를 했다고 생각하느뇨?"

"……?"

"객잔은 전부터 귀신 소굴이었거늘, 거기에 병풍 하나 더 보탠다 해서 무슨 큰 허물이 되랴. 아울러 객잔을 빛내고자 아가 병풍을 치지 않았거늘… 자다가 봉창을 두드리는 엉뚱한 오해는 심히 거북하네. 그러니 쓸데없는 일에 신경을 쓰지 말고 맡은 바 일이나 열심히 잘하는 게 어떠한고?"

"커험!"

조구는 머쓱해지는 한편 분노가 치밀었다. 그러나 조구는 요동에서도 알아주는 노랭이. 지금 주방에서 파리 떼의 빨판 아래 놓여진 음식을 생각하지 않을 수 없었고, 거지가 탁자에 올려놓은 누런 보퉁이를 신경 쓰지 않을 수 없었다.

'저 안에 들어 있는 건?'

돈이 틀림없다. 과연 그렇다면 거지가 병풍으로 이를 문지르거나 말거나 내가 상관할 게 무에 있는가? 돈만 벌면 되지. 쿵!

하지만 반귀는 부아가 터진 나머지 거지에게 막 손톱을 치켜 올리기 직전이었다.

"으으……."

"이봐, 반귀! 너 이 자식! 손님을 할퀴면 실수하는 거야, 임마!"

조구는 일단 반귀를 제지시키고 비굴하게 웃었다.

"음햐햐햐앗… 켁! 흠흠. 그러믄입쇼, 나으리! 나으리 말씀이 백 번 옳습니다요. 우리가 공연히 주제도 모르고 깝쳤습니다요. 객잔 주인은

주인대로, 점소이 놈은 점소이 놈대로 따로 할 일이 있는 법입지요. 당
장 요깃거리를 대령해 올리겠습니다요."

후닥닥.

조구는 주방에서 파리 떼 속에 파묻힌 납팔죽(臘八粥:수수와 기장을
넣은 요동 죽)과 백육혈장(白肉血腸:요동에서 즐겨 먹는 순대의 일종)을 심
각하게 내려다보았다. 그 표정이 얼마나 심각한지, 널름 따라 들어온
반귀가 얼른 어깨를 움츠렸다.

"헉!"

그러나 조구는 돈도 좋지만 과연 이런 상태에 놓여진 지저분한 음식
을 팔아도 되는 것인가 하는 자책 섞인 눈빛이 아니었다. 그것을 잘 아
는 반귀가 목소리를 잔뜩 낮춰서 말했다.

"일점(一點)은 주인어른께서 먼저 떨어뜨리시지요?"

"그럼 네가 개시하려고 했냐?"

"어, 아니, 그게 아니라……."

크르릉—

조구는 맹렬히 코와 입을 공명시켰다.

퉤!

누런 가래침이 음식에 떨어지면서 엄청난 파리 떼가 윙윙거렸다. 이
에 질세라 반귀도 이 사이로 누런 가래침을 내쐈았다.

칙칙!

"으잉? 두 번씩이나?"

조구는 다시 맹렬히 크르렁거렸다.

퉤! 퉤! 퉤?

칙! 칙! 칙! 칙?

"아니, 이런 괘씸한 놈이 있나? 네가 다 해 처먹어라, 자식아!"

조구는 반귀를 노려보았다.

"으, 음식이 다 식겠습니다요."

"역시 그렇지?"

뒤끝 지저분한 걸로만 따진다면 식충이 반귀보다 주인 조구가 훨씬 더했다. 조구는 건방지게 자신보다 일점을 더 떨어뜨린 반귀의 발을 작신 밟았다.

"크윽!"

조구는 엄숙한 얼굴로 반귀를 채근했다.

"식기 전에 얼른 갖다 드리거라. 눈깔이 빠져라 기다리고 계실 게다."

반귀가 나가자 조구는 마구 키득거렸다.

'선비? 어디 당해보라지.'

"어험, 아주 기분 좋은 냄새로다."

이런저런 사연을 알 리 없는 박린이 탁자에 놓인 납팔죽과 백육혈장 등속을 보며 코를 벌름거릴 때만 해도 조구의 기분은 최고였다. 오지에다 툭하면 칼부림 벌어지는 변방에서 이 정도 장난도 못 친다면 삭막해서 어찌 살아가랴.

조구는 너무 기분이 좋아서 하마터면 오줌을 지릴 뻔했다.

'흡?!'

얼른 측간으로 달려간 조구는 마구 웃었다. 그러자 오줌줄기가 미친 듯이 출렁댔고, 그것은 조구를 뒤따라온 반귀의 오줌줄기도 마찬가지였다. 그런데 어째 이상했다.

“에헴!”

“우씨!”

박린은 음식을 바라보고만 있었다.

조구는 은근히 켕겨 정중히 고개를 밀어넣었다.

“저… 나으리?”

“왜?”

“객잔 주인이 보람을 느낄 때는 말이옵니다. 정성을 다해 만든 음식을 손님께서 한 점도 남김없이 다 비우실 때이옵니다. 반면 점소이 놈이 보람을 느낄 때는… 에, 밥을 처먹을 때가 아니라, 빈 그릇을 열심히 설거지할 때입니다요. 한데 어찌하여 나으리께선 드시지를 않사옵니까?”

순간 박린이 조구를 올려다보았다.

“으?”

조구는 정말 뜨끔했다. 초라한 행색에 가려서 자세히 볼 필요 없었던 박린의 눈을 본 것이다. 박린 눈은 거지답지 않게 정말 시리도록 까맣고 깊은 눈이었다.

“이보게, 주인장.”

“아, 네네.”

“자네, 측간엘 갔다 와서 손은 씻었느뇨?”

“끄음!”

“어험, 성의는 고마우나 아는 이래 뵈도 격조와 지조를 갖춘 선비란 말씀이지. 그래 이런 기름기가 줄줄 흐르는 음식을 절대로 탐하지 않는다네. 하물며 이런 지저분한 객잔에서야.”

“……?”

“섣부른 탐심을 경계하게나, 이 사람아. 공부(功夫)에 아무런 보탬도 되지 않는 식탐(食貪)을 경계하게. 식탐을 이기지 못해 기름진 음식이나 돼지처럼 쩝쩝거리면 마음이 흙탕물처럼 흐려지는 법이라네.”

“……?!”

“하나 아는 이 음식을 만든 그대 성의가 너무 눈물겨워서 철전 몇 푼 던지기를 결코 아깝게 생각하지 않을 것이네. 그러니 이 음식은 삶에 찌들어서 허덕이는 자네와 자네의 하인이나 실컷 드시게나.”

“……!”

“어험! 아보다 못난 자를 불쌍히 여기는 마음도 선비가 지닌 아름다운 덕목이 아니겠느뇨?”

후닥닥.

조구는 주방으로 달려와 다짜고짜 육도(肉刀)를 움켜쥐었다. 마구 끓어오르는 분노에 눈이 후딱 뒤집힌 나머지 꼭 피를 봐야지만 직성이 풀릴 것 같았다.

“끄음! 내 저 개새를 당장 해결해 버리겠다!”

조구가 막 뛰어나갈 찰나에 들어온 반귀가 조구를 덥석 끌어안았다.

“차, 참으슈, 아, 아저씨!”

다른 때 같으면, ‘주인어른’ 이랬다가 ‘아저씨’ 라고 부르는 반귀의 묘한 말버릇부터 손봐주었던 조구였지만 지금은 아니었다.

“놔! 이 자라 같은 놈아!”

“아, 알았슈.”

이런 결정적인 때에만 눈치없는 반귀가 얼른 조구를 놓았다. 조구는 그게 매우 서운했지만, 한번 뽑은 육도는 절대 그냥 접지 않는다는 신조로 막 주방문을 걷어차려고 했다.

콰—당!

"무, 무슨 소리냐?"

조구는 깜짝 놀라서 물었다. 반귀가 얼른 배식구 사이로 고개를 한 번 내밀었다가 원위치했다.

"…아까 그 벼슬아치 놈인데유?"

배식구 사이로 보니 벼슬아치 놈은 거친 입김을 씩씩거리면서 시퍼런 칼까지 빼 들고 있다. 조구는 반귀에게 다시 묻지 않을 수 없었다.

"이게 도대체 무슨 일이냐?"

6

"야, 분명 저기가 맞지?"

조구가 운영하는 대연객잔에서 오 장 떨어진 담벼락 아래.

얼치기 도적으로 악명을 날리는 왕씨 육 형제도 객잔을 노리고 있었다. 왕특은 무려 일백오십 명에 이르는 부하들을 닦달하고, 동맹 맺은 산채의 도움을 받아 마침내 놈을 찾아내는 데 성공한 것이다.

"이 개식끼!"

애라하에서 성실히 생활을 꾸려가는 왕오와 왕육에게 정신적인 타격을 가하고, 처절하게 손을 봐준 것도 모자라서 등까지 후려친 사기꾼!

"야, 둘째와 셋째는 뒷문을 점해라! 넷째와 다섯째는 측면을 맡는다. 막내는 이 형님을 바짝 좇도록!"

도적질로 산전수전을 다 겪은 왕씨 육 형제는 아주 기만하게 움직였다. 장남 왕특이 측면에 달라붙은 다섯째 왕오에게 손을 들면서, 고개를 열 번 끄덕이고 이마를 두 번 문질렀다.

'내가 열을 세면 동시에 밀고 들어간다!'

순간 왕오가 고개를 끄덕였다.

'알았슈.'

왕특이 어금니 사이로 숫자를 세기 시작했다.

"한놈… 두식끼… 석삼… 너구리……."

사람들이 지나다니는 관도 한복판에서 배짱 좋게 마차를 해부한 자는 금방 찾아졌다. 전포와 흉흉한 눈빛을 본 어떤 늙은이가 수염을 벌벌 떨며 대연객잔을 가리킨 것이다.

"헐헐… 거지 같은 조선 녀석이 땀을 뻘뻘 흘리면서 마차바퀴를 떼어내고 있었는디, 바, 바로 저기로 들어갔나 벼요!"

늙은이 말이 끝나자마자 요양휘는 자신이 객잔을 나올 때, 뻣뻣한 걸음걸이로 비껴간 거지 놈을 떠올렸고 이내 눈을 뒤집었다.

콰당!

요양휘는 객잔 문짝을 반쯤 으깨 버리면서 뛰어든 것도 모자라 패도까지 뽑아 들었다.

"이노옴! 감히 지엄한 관부 마차에 손을 대고 수작질을 해!"

소리치면서 보니 이놈은 객잔에서도 해괴한 짓을 벌이는 중이었다. 놈은 거지 같은 병풍을 떡 뒤에 쳐놓고 오수라도 즐기는 양 눈을 감고 있다.

"귀공, 우리 서로 간에 고성방가(高聲放歌)는 삼갑시다?"

"뭐야?"

"이런 공적인 장소에서 고성방가는 몰상식한 행위외다. 어험."

"뭐라? 이런 못된 놈을 보았나!"

요양휘는 성큼 한 발을 놈에게 나아갔다. 요동은 늘 싸움이 그치지 않는 변방, 반항하면 베어버릴 작정이었다.

도적이나 세작(細作) 혐의를 뒤집어씌우면 되는 일.

사실 마차가 해체되면서 대도독부에서 고지식한 장약기에게로 전달되어야만 할 전통 꾸러미가 사라졌고, 실수로 놓고 내린 전대(錢臺:돈주머니)도 감쪽같이 사라졌지 않은가.

"당장 이실직고하렷다! 왜 마차를 때려 부쉈느냐? 그 안에 들어 있던 전통과 전대는 어떻게 했느냐?"

그때, 누구도 예상치 못했던 엄청난 변괴가 일어났다.

콰르릉—!

지진이라도 난 것처럼 객잔이 흔들리더니 사방 벽이 팡팡! 터져 나가면서 시커멓고 흉흉하게 생긴 괴한들이 난입한 것이다.

그들은 바로 얼치기 도적인 왕씨 육 형제들!

"모두 움직이지 마라, 이 개식끼들아!"

'이런 염병할!'

객점 주인 조구는 황당하다 못해 어이가 없었다.

무슨 일 때문인지 모르겠지만, 객잔이 다 부서졌기 때문이다. 지붕과 기둥만 겨우 남고 다 허물어진 객잔은 이제 객잔도 아니었다. 순간 뿌연 먼지를 뚫고 어디선가 벽돌이 날아와서 주방을 덮쳤다.

"아이고!"

조구 등허리로 제법 커다란 흙벽돌이 툭 떨어졌다.

"…큭!"

얼치기 도적 왕특도 뜨끔했다.

나름대로는 꽤나 성실한 직업이라고 자부하지만, 사실 관원의 그림자만 봐도 꼬리뼈가 쩌르르 저려오지 않는가.

'이건 우리 형제를 포박하려는 함정이 분명하다!'

아니라면 왜 저 비열하게 생긴 관원 놈이 칼까지 빼 들고 여기서 우릴 기다렸단 말인가? 조선 거지가 왕오와 왕육을 손봐주고 돈까지 털어간 건 결국 저 관원 놈이 이런 함정을 파려고…….

'끄음! 죽은 개식끼는 절대 왈왈거리지 못하는 법이지!'

왕특은 고개를 세 번 끄덕이고 엉덩이를 네 번 씰룩거린 다음, 손을 세워 목을 한 번 그었다.

'재수 옴 붙었지만 당황하지 말고 놈들을 처치하자!'

"알았수다!"

왕씨 형제들은 무기를 꺼내 들었다.

챙챙챙!

순간 무기를 뛰쳐나온 살벌한 섬광이 흉악하게 번들거렸다.

"쳇!"

요양휘는 요양휘대로 이런 상황에서 가장 적합한 오해를 했다.

이 거지 놈은 엉큼하게도 동패를 숨기고 자신을 기다린 것이다. 왜 그랬는지 목적은 모르겠지만, 어쨌든 마차를 그 모양으로 만들어서 자신을 유인했고, 자신이 나타나자마자 이렇게 금방 덮친 걸 보면 치밀해도 보통 치밀한 놈들이 아니었다.

'도대체 이놈들은……?'

생김도 그랬지만, 무기가 상상을 초월했다.

쇠스랑, 철퇴, 심지어 호미와 쇠도리깨까지 동원된 잡다한 무기가 엄청난 살기를 뿜어 올린다.

'흠, 무식한 농투성이 놈들! 황은(皇恩)을 알지 못하면 황명(皇命)의 지엄함이라도 알아야 하는 게 백성 된 도리.'

그래 황상께옵서 천하에 그 지엄함을 보이라고 친히 내려주신 이 화려한 전포와 패도를 무시하는 자들은 진정한 역적! 내 애써 배운 화려한 무공으로 너희들을 깨우쳐 주겠다!

요양휘는 조선 거지를 포기했다.

새로 나타난 농투성이 놈들이 백 배는 더 흉악해 보인 것이다. 물론 조선 거지가 암습할 걸 대비한 포석으로 탁자를 차 올려서 등을 보호하는 것도 잊지 않았다.

척!

"덤벼라!"

"야, 당장 해결해 버려!"

얼치기 도적 왕씨 육 형제도 오직 관원만을 포위했다.

관원인 이상 혼자 오지는 않았을 테고, 그렇다면 후속 관병들이 도착하기 전에 어떻게든 결말을 내야 했다.

첫 공격은 무공이 남달라서 장남 왕특이 각별히 신임하는 넷째 왕사였다. 왕사가 지닌 쇠도리깨가 엄청난 굉음을 내며 허공을 휘어 감았다.

스아앙—

쩡!

"아이고, 다 부서졌다!"

주방이었지만 무너진 지금은 아무것도 아닌 곳에서 반귀는 냅다 소리부터 질렀다. 그러나 반귀는 엉뚱한 오해로 목숨 걸고 싸우는 왕씨 육 형제와 요양휘를 보고 있지 않았다.

"이건 진짜 날벼락이여유."

반귀는 일단 조구의 눈치를 한 번 보았다. 조구는 대략 정신없었다. 반귀는 찬장에서 쏟아진 대접을 쓰고 부지런히 기어가서 바닥에 떨어진 것을 움켜잡았다.

"아이, 좋아라!"

"으으……."

조구는 반귀가 지금 뭐라고 하거나 말거나 신경 쓸 틈이 없었다. 혼전 중에 날아온 흙벽돌을 맞은 허리가 아무래도 심상치 않았다. 움직일 때마다 삐걱거리는 소리와 함께 엄청난 고통이 엄습한다.

"염병!"

조구는 싸움터 뒤쪽에서 희끗희끗 움직이는 뭔가를 보고 이를 벅벅 갈아붙였다.

"일이 이렇게 된 게 다 저놈, 저 재수 옴 붙은 놈 때문이다!"

조구에게 '재수 옴 붙은 놈'으로 찍힌 박린은 난데없이 뛰어들어서 칼부림까지 벌이는 자들을 한동안 바라보았다.

"어험, 점잖지 못한 일이 또 일어났네?"

물론 관복 차림 벼슬아치나 그와 열심히 싸우는 왕오와 왕육을 모르지는 않았다. 그렇다고 뭐, 안다고 할 사이도 아니지만… 도대체, 왜,

어떡해서, 이들이 한자리에 모이게 됐으며 칼부림까지 벌이게 됐는지를 도무지 이해할 수 없다는 표정이었다.

"허허, 필시 무슨 곡절이 있을 게야. 그러니 삼자가 괜히 나서서 시시비비를 가린다는 것 자체가 무쟈게 주제넘도다. 우아한 선비는 시비를 피해 학처럼 고결하게 사나니… 아는 이만 길이나 재촉해야 되겠네."

박린은 기이하게 비틀어진 오른손을 일단 뒤로 보냈다가 앞으로 끌어당겼다. 순간 보이지 않는 끈에라도 연결된 것처럼 병풍이 주욱 딸려와 등에 착 달라붙었다.

"헛! 시원한 냉수가 아닌가?"

꿀꺽꿀꺽.

"어험, 물맛이 정말… 영 아니로세."

박린은 대접에 아직 많이 남은 물을 얼른 양 가죽 부대에 쏟아 붓고 허공에 커다란 동그라미를 하나 그렸다. 다음 순간 대접이 그려낸 동그라미를 따라서 희뿌연 막이 생겨났다.

스윽.

"저, 저게 뭐냐?"

조구는 반귀에게 물었다.

정체를 알 수 없는 희뿌연 막이 생겨났다가 사라지면서 그 안에 들어 있던 조선 거지도 감쪽같이 사라져 버렸다.

그러나 반귀는 지금 대답을 할 수 있는 처지가 아니었다.

"쩝쩝쩝! 아이, 맛있어!"

"으?"

식충이 반귀는 이 험악한 와중에도 어디서 찾아냈는지 돼지꼬리를 으적거리고 있다. 그걸 본 조구의 분노가 폭발했다. 이때까지 꾹꾹 눌러 참았던 분노는 정말 뜨거웠고 거침이 없었다.

"에잇!"

대번에 음식을 데울 때 쓰는 화로(火爐)가 식충이 반귀를 향해 날아갔다.

퍽!

"어구고, 어구고!"

반귀가 나뒹굴었다.

그러면서 뭘 잘못 건드렸는지, 다 허물어진 벽에 겨우 매달려 있던 찬장이 떨어져 조구를 강타했다.

와장창!

대접과 접시가 깨지고 간장이며 된장, 백채, 돼지 창자까지 엉클어져서 조구를 꽁꽁 휘어 감았다.

"으아… 켁켁!"

조구는 정신을 잃지 않으려고 애를 썼다. 이 험악한 상황에서 정신까지 잃어버린다면 객잔은 이제 볼장 다 본 것이었기 때문에. 하지만 또 어디선가에서 튕겨진 흙벽돌이 날아와 이마를 후려 쳐버리는 데야 견딜 장사가 없었다.

"…큭!"

정작 원인을 제공한 당사자 박린은 사라져 버리고, 엉뚱한 자들이 오해로 붙은 이 엉뚱한 싸움은 결말도 엉뚱했다.

깡!

쇠도리깨를 훌쩍 피한 요양휘가 패도로 얼치기 도적 넷째 왕사의 목
에 한 점을 찍은 순간,

쑤와앙—

성질 급한 막내 왕육이 내지른 철퇴가 요양휘를 휩쓸었다. 이에 용
기백배한 장남 왕특도 가만있지 않았다. 무기이자 밑천인 철두로 냅다
요양휘를 날려 버린 것이다. 그런데 그 소리가 영 시원치 않았다. 뭔가
화끈한 소리가 나야 정상인데…….

텅!

이건 웬 깨진 종 치는 소리. 눈치 빠른 다섯째 왕오가 얼른 천장을
보니 아뿔싸! 비열하게 생긴 관원 놈은 왕사의 쇠도리깨와 왕육의 철
퇴, 장남의 박치기를 피해서 천장에 매미처럼 붙어 있다.

그렇다면 저 불길한 소리는?

“……!”

왕오는 우선 둘째 왕이를 봤다. 순간 왕이가 고개를 가로저으면서
입을 한 번 삐죽 내밀었다가는 엉덩이를 두 번이나 털었다.

‘이미 글렀다. 혹은 볼장 다 봤다.’

왕오는 왕이가 가리킨 곳을 봤다.

“어?”

미친 황소처럼 철두로 달려 들어갔던 장남 왕특이 기둥을 안은 채
뒤로 넘어지고 있었다. 쇠도리깨에 밑동이 바스러지고 철퇴가 건드린
기둥은 박치기까지 당하자 제 수명을 다했다.

와르르—

해질녘.

다 허물어져 버린 대연객잔 폐허에서 아주 작은 움직임이 일었다. 객잔 주인 조구와 식충이 반귀가 흙덩이와 벽돌을 밀치고 눈알만을 밖으로 쏘옥, 내놓은 것이다.

"아저씨? 이제 다 끝났나 본디유?"

"저, 정말?"

"그류, 아무도 없슈."

"그래? 그럼… 에잇, 으허~엉!"

조구는 살길이 막막해서 크게 통곡했다. 하지만 점소이 반귀는 여전히 돼지꼬리만 신나게 빨았다.

"쩝쩝쩝! 아이, 정말 맛있다!"

7

박린은 지금 대연객잔에서 사오 리 떨어진 호로투(葫蘆套)로 북상하는 중이었다.

"어험, 정치는 잘 다스리고, 일은 잘 처리하며, 좋은 때를 가려서 움직이면 결코 다툼이 없는 법이지."

호로투는 양목천과 똑같은 둔전촌이지만 한인과 야인, 조선인이 뒤섞여서 제법 큰 저잣거리를 형성한 곳으로, 연연이 붙잡힌 대천두로 향하는 중간 기착지였다.

"두고 보자, 이놈!"

"이 개식끼!"

대도독부 부위 요양휘와 얼치기 도적 왕씨 육 형제도 호로투로 북상을 시작했다.

"아하! 시흥이 절로 일 만큼 굉장한 풍경이로세."

광활한 초원은 하늘과 닿아 있고, 하늘은 측량이 불가능할 정도로 깊어서 어디까지가 하늘이고 어디까지가 땅인지 분간이 안 간다. 그런 하늘 아래, 그런 초원 위에 검은 물소를 끌고 나온 늙은이가 보인다.

"광대한 하늘 아래 넉넉한 초지가 아니냐? 하나 초지를 거니는 자들은 정말 지저분한 속물들이로세!"

"흠."

물소를 끌고 나온 늙은이도 박린을 보고 있다. 박린의 평가대로라면 이 늙은이는 속물답게 지저분해야 마땅하지만, 전혀 속물 같지 않은 풍모와 차림이다.

"헤헴!"

늙은이는 신선 같은 백미(白眉), 가슴까지 길게 늘어진 백염(白髥), 눈처럼 흰 장포에 얼굴은 대추처럼 붉고 눈빛이 매우 형형했다.

"이보게, 우공(牛公)."

순간 물소가 늙은이를 빤히 쳐다보았다.

물소는 초원에서 자라는 짐승답지 않게 자르르한 기름기가 흐른다. 게다가 바위라도 단번에 으깰 것 같은 강인한 뿔에 새겨진 갑골문이 기이했다.

"자네 말대로 정말 여우 같은 녀석이네? 아무리 봐도 그자가 제자 하나는 잘 키웠단 말이야. 자네도 한번 보라고."

늙은이 손가락을 죽 미끄러진 물소의 맹한 눈이 한 점으로 멀어진 박린을 뒤쫓았다. 잠시 후, 커다란 코를 몇 번 벌름거린 물소가 늙은이를 보았다. 다음 순간 믿지 못할 일이 일어났다.

"호부(虎父)에 견자(犬子)라… 그게 당키나 한 소리인가?"

물소가 말을 한 것이다.

꿀꺽.

풀을 삼킨 물소가 말을 이었다.

"인도(人屠), 자넨 최근에야 저 녀석을 알았지만 난 사실, 오래전부터 알고 있었네."

"……."

"아무튼 진청자 일행도 고지식한 장수 장약기 보호 아래 남하하고 있으니… 흐음, 곧 재미있는 일이 벌어지겠는걸? 황도에 웅크려 있는 능구렁이, 그 수염 없는 놈이 눈깔을 까뒤집겠어. 케케!"

물소가 웃자 늙은이도 웃었다.

"음헤헤헤… 캑!"

웃음을 뚝 그친 늙은이는 수염을 쓸어 내렸다. 그러자 덩달아 웃음을 지운 물소가 의아한 눈으로 늙은이를 보았다.

"갑자기 왜 그러나?"

"소문을 들으니 저 녀석이 색(色)이라면 사족을 못 쓴다던데, 화요(花妖)가 잘해줄지가 매우 걱정이구먼?"

"이런 씨블! 걱정도 팔자네."

시큰둥하게 고개를 돌린 물소가 다시 풀을 으적거렸다.

쩝쩝쩝.

"으음."

한없이 한가로워 보이는 늙은이와 물소의 눈에 열심히 박린을 따라가는 요양휘가 보인다. 그 한참 뒤에 나타난 왕씨 육 형제도 요양휘에게 질세라 씨근덕거리면서 마구 먼지를 피워 올렸다.

“에흠.”

늙은이가 물소에게 물었다.

“정말 약아빠진 놈이 아닌가?”

“케케케!”

“뒤에 관원을 달고 그 뒤를 도적들이 따르게 한다? 아주 절묘한 배
치로군. 정말이지 절묘해!”

늙은이가 감탄할 일은 이제부터 시작이었다.

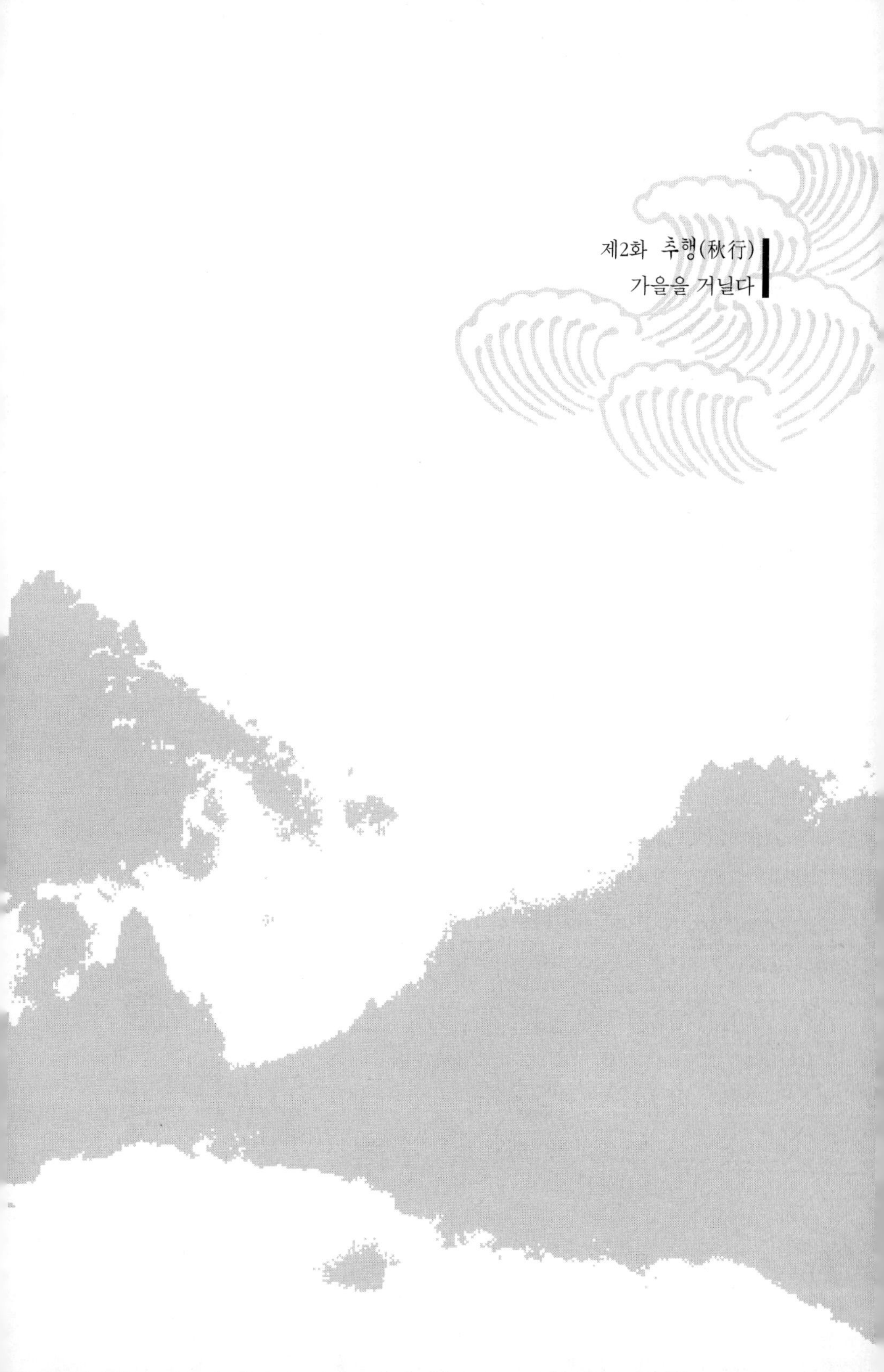

제2화 추행(秋行)
가을을 거닐다

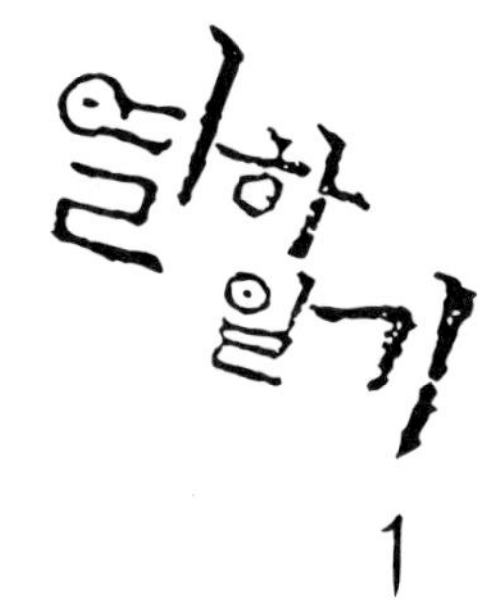

살색 방 안.

벽면을 꽉 메운 춘화도(春花圖)가 한 꺼풀씩 떨어져 내린다.

그렇게 떨어져 내린 춘화도는 정말 적나라한 체위를 보여주고 있었다. 이번에 떨어져 내린 춘화도는 비스듬히 누운 여인이 한쪽 다리를 들어 올린 자세로, 치부를 다 드러내 보이는 모습이었다.

춘화도가 가득 떨어져 내린 화려한 침상.

"아, 거기 말고 조금 더 위."

순간 허리를 지난 손이 겨드랑이로 올라가면서 세상의 모든 꽃망울이 터지는 소리가 끈적끈적한 침상 아래로 흘러내렸다.

"아, 아……."

뱀처럼 엉킨 남녀가 끈적거리는 땀방울을 으스러뜨리고 기이한 육향 속에서 어깨를 들썩거린다.

“…좀 더.”

긴 손톱이 오므라져서 사내 등에 박혔다. 등에 피가 맺히는데도 사내는 묵묵히 상하 운동을 반복했다. 한순간 여인이 꼿꼿해지면서 진저리를 쳤다.

“허억! 아… 아.”

또로록!

사내가 땀을 흘렸다.

“후우.”

사내가 떨어졌다.

“한 번 더 보내줘.”

사내를 올라탄 여인이 아직 뜨거운 몸뚱이를 밀착시켰다. 여인은 엉덩이도 뜨거웠지만 혀가 더 뜨거웠다. 그 뜨거운 혀가 사내를 핥아 올라갔다.

“아… 아.”

사내가 몸을 마구 뒤틀면서 경련했다. 그러자 문득 혀를 거둬들인 여인은 한참이나 사내를 내려다보다가 슬프게 말했다.

“미안해요, 가가(哥哥).”

“……”

“소녀를 헌신짝처럼 차버린 비열한 사내가 이리로 온답니다.”

“그거 정말 불행이군.”

몸을 반쯤 일으킨 사내가 물었다.

“왜지? 네 끈적끈적한 몸이 생각나서인가?”

“아니요, 그는 돈을 더 밝혀요.”

“그렇다면 내가 죽여주지!”

다시 춘화도 한 장이 떨어졌다.

머리를 아래로 향하고 쫙 벌린 엉덩이를 바짝 들어 올린 자세.

"아이, 망측해라!"

그런 자세를 한 여인에게 사내가 달려들었다.

＊　　　＊　　　＊

인간이 내뿜는 각종 악다구니와 배설물, 비틀린 욕망, 은전 몇 푼에 팔리는 육체… 이런 것들이 뒤범벅된 황도 연경(燕京)은 바람이 매우 음습해서 사물이 금방 시들어 버린다.

그러나 초원은 사철 내달리는 푸른 바람 덕에 잘 시들지 않는다. 물론 이 초원을 거처로 삼고 살아온 장작빈(張作貧)도 자신은 절대 시들지 않았다고 자부했다.

"에헴! 소싯적에 한가락 하지 않은 자가 어디 없으리오?"

늙은이는 그 한가락을 회고하는 멋스러움에 취해 남은 세상 살아갈 힘을 얻는다. 그러나 장작빈의 경우는 그렇지 않았다.

"씨부랄!"

한가락을 회고하는 멋스러움이 살아갈 힘을 주기는커녕 현실을 적나라하게 비춰주는 족쇄가 돼서 당최 기분 나쁜 것이다.

변방 중에서도 거칠고 척박하기로 유명한 요동 한 귀퉁이.

배고픈 이리들과 시건방진 야생마들, 무식한 야인들이 서로 어울려서 살아가는 이런 촌구석에서 남은 여생을 살아가야 한다니… 장작빈은 참으로 한심했다.

촌구석도 촌구석 나름 아닌가?

별 볼일 없는 양목천과 더 별 볼일 없는 호로투 사이.

가시덤불을 집 삼아서 야생마들이 떨군 말똥이나 찾아 헤매야 하는 초라한 신세, 여기서 '내가 소싯적에는 말이지, 아주 잘 나갔던 어른이었다고!' 백날 큰소리를 쳐봐야 들어줄 자도 없고, 만약 그런 자가 있다손 치더라도 자신이 피해야 마땅한 신세!

장작빈은 크게 탄식했다.

"하늘이시여! 도대체 노부가, 천하에 안 만져 본 물건이 없던 이 선량한 사나이가 왜 이런 불쌍한 몰골로, 이런 엄청난 변방에서 남은 여생을 쭈글뜨려야 한단 말씀이시옵니까?"

장작빈은 계속 중얼거렸다.

"헹! 천하에서 제일 부자인 환관 놈 집을 한번 둘러본 게 무슨 큰 죄란 말이냐? 그거 때문에 이렇게까지 핍박을 받는 건 정말 억울하다. 마침 당시가 야심한 시각이었고, 내가 손에 무엇을 들고 있었던 게 죄라면… 세상에 죄인 아닌 자가 어디 있으리오?"

그 결과 장작빈은 그 불알 없는 놈이 뿌린 용모파기를 피해 연경에서도 이천 리나 떨어진 이곳으로 피신을 해야만 했다.

"여기 이 가시덤불에 둥지를 틀고 살아온 지 어언 구 년! 아아, 노부는 이곳에서 들쥐처럼 비참하게 살다가 결국 이리들 밥이 되고 말 게야."

구시렁거림은 끝이 없었다.

"에이, 씨부랄! 소싯적 성세에 비하면 울화가 끓어오른다. 하지만 세상 모든 오해가 노부를 결박하고 있도다. 도대체 선량하고 잘생긴 노부가… 어?"

장작빈은 얼른 만리경(萬里鏡:망원경)을 눈에 댔다. 일천 보까지도 훤히 볼 수 있는 이 만리경은 환관 놈 집에서 가지고 나온 몇 가지 물건 중 제일 쓸 만했다.

듣기로는 색목인들이 황제에게 바친 것을 그 환관 놈이 몰래 훔쳐서 제집 창고에 넣어두었다던가.

"잉?"

만리경 안에 든 자는 정말 괴이하게 생긴 갓을 쓴 거지였다. 장작빈은 만리경을 내리고 고개를 갸웃했다.

"저 녀석이 왜 이쪽을 빤히 쳐다보지?"

아스라한 초원 저쪽, 우뚝 선 가시덤불에서 무언가 반짝 하고 햇빛을 반사시킨다.

"어험, 세상엔 알다가도 모를 인생들이 참 많네. 멀쩡한 제집을 놔두고 왜 가시덤불에서 불우한 삶을 살아가는지? 스승께선 아서인(野鼠人: 들쥐처럼 사는 사람)을 보면 측은히 여기라고 하셨지."

박린은 인상을 찌푸렸다.

"에이! 이런 초원일수록 삶이 척박할 터이지. 새로운 삶을 향한 의지가 크면 클수록 고뇌는 더욱 기승 부리는 법! 저 늙은이라고 어찌 잘나가던 소싯적 신세 한탄인들 없으리오?"

인상을 편 박린은 활짝 웃었다.

"하하! 아가 안 봤으면 모르지만, 이렇게 눈에 담은 이상 발걸음 떼어놓기가 무쟈게 부담되는구나. 흠, '타다가 만 것 같은 몰골을 지닌' 저 늙은이 신세타령이나 한번 거하게 들어주리라!"

"으잉?"

장작빈은 깜짝 놀랐다.

자신이 사는 가시덤불과 관도는 족히 이천 보 이상 떨어져 있어서 관도를 지나는 사람은 개미처럼 작게 보인다. 그래서 만리경을 처분하지 않고 여태 가지고 있었다.

"그런데 저 녀석은?"

만리경 안에 든 거지가 어깨를 조금 흔들었다 싶은 순간에 크게 확대된 것이다. 보고도 믿을 수 없는 빠르기.

장작빈은 황급히 덤불 아래 동혈로 뒹굴었다.

쿠당!

"아이쿠! 아파라."

벌떡 일어선 장작빈은 매우 숙달된 동작으로 얼른 동혈 입구를 차단했다. 이 동혈은 예전에 늙은 이리가 살았던 곳이었지만, 이제는 장작빈의 집이자 주방 겸 창고.

"에헴! 노부는 역시 머리가 좋아."

장작빈은 만약을 대비해 적이 어느 쪽에서 쳐들어오든 얼마든지 빠져나갈 수 있게끔 동혈을 고쳤다. 반대쪽에 입구를 하나 더 낸 것이다.

그러나 마냥 감탄만 하고 있을 처지가 아니었다.

장작빈은 얼른 반대쪽 입구로 나왔다.

'저거, 엄청 빠른 녀석이 아닌가!'

장작빈은 경공도 자신이 천하제일이라고 자부했다.

헛된 자부가 아니었다. 경공과 도둑질로 일가를 이룬 하남비종문(河南飛從門) 문주 만리추풍(萬里追風) 제형중(齊亨仲)을 꺾고 철면신투란 별호를 얻었기 때문이다.

하지만 녀석이 낸 속도는 정말 불가사의였다.

이천 보를 단 몇 걸음으로 압축시켜 버렸다면 누가 이해할까?

녀석이 중얼거렸다.

"정말 빠르기도 해라. '타다가 만 것 같은' 중늙은이여."

'뭐? 타다가 말았다고?'

장작빈은 고개를 기울였다.

자신을 지칭하는 말은 분명한데 욕인 것도 같고 아닌 것도 같다. 장작빈은 가만히 생각해 보고 마침내 욕이라는 결론에 도달했다.

'아니, 저. 거지 녀석이!'

장작빈은 분노를 참고 녀석이 그냥 가기만을 기다렸다.

녀석이 펼친 놀라운 경공을 보고 은근히 마음 한구석이 꺼림칙해서였다. 그 불알 없는 환관 놈이 보낸 살수(殺手)일지도 모른다는 의심. 그러나 녀석은 그냥 갈 생각이 없어 보인다.

"어험, 이게 도대체 뭐에 쓰는 물건인고?"

덤불을 휘휘, 둘러본 녀석은 동혈 입구를 발로 몇 번 두드려 본 뒤에 입구를 막은 널빤지를 날름 뒤집어놓고 핑 사라졌다.

"저런, 싹수머리없는 놈!"

숨은 데서 잽싸게 달려나와 널빤지를 바로 놓던 장작빈은 다시 몸을 굴렸다.

우당탕!

스윽—

되돌아온 녀석은 뭔가를 한참이나 고민하는 눈치였다.

그러더니 가을 내내 장작빈이 애써 모아놓은 말똥 두 무더기 중 한 무더기를 지고 사라졌다.

承—

"으으! 저 녀석, 어디 털어갈 게 없어서… 에라이, 치사한 놈아!"

장작빈은 내일부터 더욱 열심히 초원을 헤매야겠다고 다짐했다. 그렇지 않으면 추운 겨울을 도저히 못 나는 것이다.

"거참, 정말 해괴한 녀석이로세?"

장작빈에게 닥친 고난은 이게 끝이 아니었다. 장작빈은 다시 몸을 뒹굴렸다.

쿠당탕!

이번에는 거꾸로 떨어져서 머리가 깨졌지만, 장작빈은 아픔도 느낄 수 없었다. 자신이 제일 기피하는 대상인 관원이 나타났기 때문에. 그것도 아주 비열하게 생겨 처먹은.

'관원? 이게 도대체 무슨 난리냐!'

신동은 백 가지 재주에 다 능통해야 되는 게 아니다. 단 한 가지 재주를 익히되 그 완성도가 범인을 초월해도 신동이라고 불린다.

대도독부 부위 요양휘.

약간 비열해 보이는 인상이지만… 자세히 뜯어보면 그럭저럭 잘생긴 관원으로, 그도 한때는 신동이라고 불렸다. 다섯 살 어린 나이로 화산 입문, 열여덟 살 때 무과에 장원 급제한 관원이어서가 아니라 지독할 정도로 세밀한 성격 때문이다.

"흠, 발자국을 되짚어보니 녀석이 한 번 더 와서……."

말똥 무더기를 한 바퀴 돈 요양휘는 피풍을 벗어서 남은 말똥을 깡그리 챙겼다.

"오라, 노숙을 하시겠다, 이 말씀이지?"

‘이럴 수가!’

장작빈은 철푸덕 주저앉았다. 정말 울고 싶었다. 거지 녀석도 그랬지만, 관원 놈도 보통 치사한 놈이 아니었다. 가을 내내 초원을 미친개처럼 뛰어다니며 애써 모은 말똥이다. 이걸 어디 가서 되찾아오나?

“따뜻한 겨울나기는 이제 다 틀렸어!”

잘게 썰어진 풀이 단단하게 응축된 말똥은 초원에서 아주 요긴하게 쓰인다. 한번 불을 붙이면 오래도록 타고 화력이 좋아서 무엇을 끓여 먹기엔 제격이었다.

‘그 귀한 말똥을……’

장작빈은 벌떡 일어났다. 치사한 놈들을 잡으려고 일어난 게 아니었다.

“허! 이번엔 아주 떼거지로 몰려오는구먼?”

떼거지로 몰려온 자들은 모두 여섯 명이었는데, 그 생김생김도 보통이 아니었지만, 무기가 정말 상상을 초월하고도 남음이 있었다. 철퇴에 쇠스랑, 쇠도리깨에 호미까지.

“도대체 왜 이런 해괴한 일이……?”

“야, 아무래도 노숙을 해야 할까 보다. 그러니 화목(火木)으로 쓸 널빤지랑 식량, 옷가지도 남김없이 다 챙겨라!”

왕특이 명령을 내리자 나머지 형제들이 우르르 동혈로 뛰어들었다.

우당탕— 쿵탕!

“야, 빨리 따라가자!”

왕씨 육 형제가 사라졌다. 다음은 신선처럼 보이는 늙은이, 인도와 말하는 검은 물소, 우공 차례였다.

"이쯤에서 초원에 매복한 우리 아이들에게 알려줘야 되겠지?"

물소가 풀을 으적거리는 사이, 갑자기 양손을 쫙 펼친 인도가 허공을 쥐어뜯었다.

"화염장(火炎掌)!"

순간 인도의 어깨 어디쯤에서 생겨난 시뻘건 불덩어리가 팔을 타고 손바닥으로 내려와서 덤불을 휩쓸었다.

화르— 륵!

"이런, 씨부랄!"

졸지에 연료와 식량, 옷을 몽땅 털리고 집까지 불태워진 장작빈은 망연자실했다. 장작빈은 왜 오늘 이런 괴이한 일이 연속으로 벌어지게 됐는지를 곰곰이 생각해 봤지만, 도무지 이해할 수 없었다.

"으으……."

분명한 건 딱 하나.

이제 여기서 겨울나기는 다 틀렸다는 사실이었다. 이제 막 어스름이 내리는 관도는 정말 막막했고 아득했다.

장작빈은 벌떡 일어섰다.

"어디 두고 보자, 치사한 놈들!"

이래서 어수룩해 뵈는 조선 선비와 똑똑한 대명 관원, 얼치기 도적 왕씨 육 형제, 기이한 노인과 물소가 서로 쫓고 쫓기는 이 이상한 행렬에 한물간 도둑 장작빈도 끼어들었다.

2

휘이이―

황량한 바람만 몰려다니는 초원에서 노숙에 필요한 물건도 안 가지고 노숙을 결심한 자가 있다면 그자는 필시 성격이 무모한 자이거나 멍청이, 아니면 낭패를 각오한 자다.

따끈한 차를 한잔 마시려 해도 얼마나 많은 수고와 물건이 필요한가. 우선 불을 피울 물건, 즉 말똥과 부싯돌이 있어야 한다.

탁탁!

부싯돌을 두드려서 말똥에 불을 피웠는가.

그럼 물을 끓일 솥과 물이 필요하다. 불이 피어오르면 솥을 말똥에 올려놓고 물을 부어야 한다. 그리고 바람의 세기와 방향을 조절할 넓적한 평판을 꺼낸다.

“어험.”

박린은 덤불에서 얻은 말똥을 꺼내 부싯돌을 때렸다.

탁, 탁, 탁!

말똥은 부싯돌이 떨어지자마자 금방 불이 붙는다. 때마침 적당한 바람이 불어와 불을 확 피워 올린다.

화르륵!

솥과 물은 있는가.

박린은 대연객잔이 보시한 물 대접을 불에 걸고, 역시 대연객잔이 보시한 물을 부었다.

쫄쫄쫄.

박린은 이 모든 수고를 마치고 병풍을 펼쳐 바람의 세기와 방향을 조절했다. 자, 이제 물이 끓기만 기다리면 되는 일이다.

"언제쯤 끓을지 모르는 일이 아닌가?"

그렇다고 물이 끓기만을 눈이 빠져라 기다리며 하품이나 쩍쩍 해댄다면 정말 선비로서 꼴불견일 것이다.

"엉터리 시문집(詩文集)이라도 한 권 있어야 하는데……."

부스럭부스럭.

박린이 소매를 뒤져 꺼낸 건 시문집이 아니었다.

먼지를 뒤집어씌우고 지나간 마차를 해부할 때 그저 눈에 띄어서 집어넣은 전대. 박린은 기분 좋은 미소를 지으면서 전대를 흔들어봤다.

짤랑짤랑. 짤랑!

전대는 묵직했고 흐뭇한 소리를 낸다.

"어험. 선비는 재화(財貨:돈)를 욕심 부리지 않으니, 아는 이 전대를 될 수 있으면 가슴과 아주 먼 쪽에 두리라!"

종아리 어림에 전대를 감은 박린이 다음에 꺼낸 것이야말로 시문집인가. 아니었다. 굵은 적죽(赤竹:붉은 대나무)을 잘라 곁에 금거북 다섯 마리를 음각한 다음, 누런 금실로 친친 동여맨 화려한 물건.

"대국 대도독부 전통이라 모양이 매우 훌륭하구나!"

부스럭부스럭.

박린은 금실을 끌러 뚜껑을 열고 전서를 꺼냈다.

"이처럼 겉이 화려한 물건은 속이 무쟈게 부실한 법! 아가 그런 사실을 망각하고 이 전통에 홀린다면 선비가 아니로다. 만약 그리한다면 소리만 요란한 약장수에게 홀린 어린아이와 다를 게 무에 있으리. 음?"

다시 봐도 정말 훌륭한 전통이다.

"어험, 한낱 생명 없는 물건이 이토록 강렬하게 선비를 유혹할 줄은 미처 몰랐도다. 거참, 요사한 물건이로세?"

심각한 고민이 필요한 순간에 고민을 하면 선비가 아니다. 선비는 매사를 시원시원하게 처리해야 '과연 선비답다'라는 말을 듣는다.

"탐심에 눈이 멀면 긴긴 밤을 어이하리. 치통 앓는 자처럼 끙끙 앓아야 하는 게 당연하다. 그래 벌게진 눈알로 초원을 방황하느니 이 요사한 전통을 당장 불에 집어 처넣으리라. 하나……."

박린은 아무 소리 없이 전통을 챙겼다. 그리고 아주 호기롭게 전서를 펼쳤다.

좌악!

이내 고개가 기울어진다.

"음?"

고개를 바로잡자마자 다시 기울어진다.

"음? 거꾸로 된 글자를 한번 읽어보려고 했더니… 당최 불이 어두워서. 어험!"

전서를 바로 쥔 박린은 큰 소리로 전서를 읽어 내려갔다.

"서산일몰동산혼(西山日沒東山昏)이요, 선풍취마마답운(旋風吹馬馬踏雲)이라. 험험, 해가 지면 바로 어둠이 깔리면서 귀신들이 몰려온다네. 바람을 잔뜩 안은 그 귀신들은 말을 타고 오면서 구름까지 발로 마구 까뭉개는구나. 으음."

전서치고는 내용이 괴이했다. 마치 지금 상황을 그대로 표현한 듯하지 않은가.

"실로 사특한 글귀로세!"

박린은 주위를 둘러보고 전서를 태웠다.

화르륵─

전서를 태워 버리자 금방 하품이 나온다.

"아─홈, 반딧불이도, 백설도 없어서 애석하기 그지없네. 형설지공(螢雪之功)도 다 시기가 있다더니, 지금은 그 시기가 아니로세."

부스럭부스럭.

박린은 찻잎을 꺼내 막 끓기 시작하는 대접에 비벼 넣었다.

언제 맡아도 녹차(綠茶) 향기는 선비 마음처럼 향기롭다. 손을 털면서 보니까 저쪽 지평에 누가 피워 올린 화톳불이 아스라하게 보인다.

"이 초원에는 홀로 불을 밝히는 자들이 제법 되는구나. 내 마땅히 위로를 전해야 하거늘, 너무 야심한 시각에 그런 결례를 범치는 않으리라."

후룩.

박린은 차를 마시고 벌떡 일어나서 병풍을 챙겼다.

"여기는 사실 지세(地勢)가 매우 흉험한 자리였다네."

박린은 사천 보쯤 이동해서 다시 차를 한잔 끓여 마셨다. 그리고 바로 일어났다.

"어험, 여기도 지세가 영 아니로세."

박린은 오천 보를 나가서 불을 피우고 다시 자리를 잡았다.

병풍을 펼쳐 느긋하게 매화를 감상한 박린은 병풍을 접고 다시 사천 보를 이동했다.

"선비는 하루 저녁 누울 자리도 필히 음양(陰陽)을 가려서 정하는 법!"

그러기를 무려 다섯 번이나 했다.

박린은 마침내 자리를 완전히 잡고 누워서 하늘을 보았다.

헤아릴 수 없이 많은 별들이 은하수를 따라서 흘러간다.

별이 너무 가까이 보여서일까. 괜히 마음이 서늘해진다.

"세상엔 어둠을 밝히는 별들이 참으로 많다네. 오늘따라 초원에 뜬 별들이 유난히 총총해 보이는 이유가 무엇인가."

"헉헉! 저 여우 같은 놈!"

요양휘는 이쪽에 도착해서 이를 갈아붙였다.

살금살금 경공을 펼쳐서 녀석이 있는 자리에 도착하면, 녀석은 어느새 사라져 버린 뒤. 지평 저 끝에서 놈이 피운 화톳불이 또 별처럼 떠오른다.

요양휘는 벌써 여덟 번이나 녀석을 잡는 데 실패했다.

"으… 본관은 반드시 네놈을 잡아 황명이 얼마나 지엄한지를 똑똑히 보여주겠노라!"

장원 급제하던 날, 황상께옵서는 만방에 황명이 얼마나 지엄한지를 보여주라고 친히 패도를 내리셨다.

"에잇!"

요양휘는 그 패도를 무엄하게도 땅에 푹 박아버리고 한참 더 씩씩대다가 잠을 청했다. 지엄함도 지엄함이지만 녀석을 잡으려면 먼저 체력을 보강해 놔야 했다.

"어디 두고 보아라, 이 여우 같은 놈!"

헉헉대면서 그렇게 중얼거리는 자는 또 있었다.

이제 막 요양휘가 있던 자리에 도착한 얼치기 도적들.

"애고고!"

"아, 정말 다리가 떨어져 나가는 것만 같다!"

장남 왕특을 제외한 왕씨 형제들이 화톳불 근처에 아무렇게나 누워서 끙끙 앓는 소리를 냈다. 그 소리를 듣고 왕특은 복수고 뭐고 다 포기하고 싶었다.

'으으……'

아침나절에 대연객잔을 나온 뒤 이때까지 단 한 번도 쉬지 못한 것이다. 이제는 다리만 아픈 게 아니었다.

어깨가 결리고 허리가 끊어지는 것 같았다.

장남이 그렇게 힘들어하는 기미가 보이면 동생들 중 아무라도 나서서 '형님, 이제 그만 합시다' 라며 만류를 해야 당연할 것이다. 하지만 동생들은 놈을 반드시 잡겠다는 의리에 불타서 그런 소리는 안중에도 없다. 왕특은 널빤지를 빠개서 불에 집어 던졌다.

"에익!"

화르르.

순간 뿌옇게 날아오른 재티가 여기저기 누워 있는 왕씨 형제들에게 쏟아졌다.

"어흡!"

졸다가 뜨거운 재티에 깜짝 놀라 일어난 다섯째 왕오가 얼굴에 묻은 재티를 쓱쓱 문질렀다. 그러자 가뜩이나 엉망이었던 얼굴이 더 엉망이 됐다. 왕오는 수염을 홀딱 그슬리는 봉변을 당했고, 하루 온종일 뻘뻘 땀을 흘리면서 뛰었다. 거기에 재티까지 마구 문질러 버리자 너구리가 '할아버지' 하며 몇 수 접어줘야 마땅한 몰골이 된 것이다.

"형님?"

"왜?"

“당장 녀석을 때려죽이러 가자고!”

왕특은 냅다 소리쳤다.

“자빠져 잠이나 자, 이 등신새꺄!”

힘들기는 장작빈도 마찬가지였다.

앞뒤 가리지 않고 쫓아와서 노숙에 필요한 물건이 하나도 없었다. 더구나 무공이 화경(化境)인 늙은이와 검은 물소를 쫓느라고 더욱 힘이 든 것이다.

“헉헉헉!”

그나마 다행인 건 물소가 천천히 가주었고 늙은이가 섬뜩한 신공인 화염장으로 바위를 달궈놓았기에 망정이지…….

“씨부랄, 하마터면 얼어 죽을 뻔하지 않았는가?”

장작빈은 크게 외쳤다.

“아, 아, 하늘이시여!”

역시 하늘은 아무 대답이 없다.

“착하고 선량한 노부에게 왜 자꾸 이런 고난을 주시옵니까? 대체 노부가 뭘 잘못했다고 이토록 괴롭히시옵니까? 당신도 주둥이가 있으시면 제발 한말씀을 찌끄리소서!”

역시 하늘은 한말씀도 없으시다.

“에헴!”

장작빈은 우선 잠을 자두기로 했다. 늙은이가 달궈놓은 바위가 식으면 그나마 잠도 못 잘 판. 그렇게 되면 이 춥고 황량한 초원에서 꼼짝없이 얼어 죽는 수가 있다.

“아그그!”

장작빈은 팔을 한껏 벌려 바위를 덥석 끌어안았다.

"억!"

장작빈은 기절초풍했다. 잔열을 한 점이라도 더 보존해서 눈을 좀 붙이려고 버르적거리는 그 순간에 정말 믿을 수 없게도 바위가 꿈틀 움직인 것이다.

"에?"

장작빈은 간이 오그라든 상태로 얼른 일어나서 바위를 살폈다. 조금 더 기다리자 바위가 산 것처럼 뭉클거리면서 마구 움직인다.

"으악!"

다음 순간 바위에서 시퍼렇게 불 지펴진 눈동자 한 쌍이 생겨났다. 이어 물소 뿔처럼 뾰족한 게 쑥 올라오면서 머리도 생겨난다.

"으으……!"

바위가 시뻘건 입을 쩍 벌리면서 물어왔다.

"야! 물소 첨 봐?"

3

살수(殺手) 십호(十號)는 한 손을 쳐들었다.

순간 좌우에 있던 그림자 아홉이 갈라져서 장검을 잡았다.

그림자들 앞에는 병풍을 친 조선 놈이 코를 고는 중이다.

"드르렁… 푸아! 르렁드… 아푸우!"

'흠!'

십호는 머리를 두 번 긁고 귀를 한 번 잡았다가 손가락을 세워서 자신을 가리켰다.

'두 장로님께서 듣고 허락하셨으니 모두 내 명령을 따르라!'

그림자들이 이마에 손을 얹었다.

'접수했다!'

'좋아!'

다음 순간 십호는 기묘하게 허리를 뒤틀었고, 십호의 양손이 아름다운 호선으로 떠올랐다.

스윽―

어둠을 갈가리 찢어발겼어도 십호를 떠난 비도는 아무 소리도 내지 않았다. 비도는 제철 만난 물고기가 유영하듯 부드럽고 치명적인 이빨을 어둠에 버리면서 조선 놈에게로 날아갔다.

'됐다!'

십호는 비도가 떠나면서 자신의 손에 남긴 언어를 확실히 들을 수 있었다. 그 언어가 너무 기분 좋아서 십호는 하마터면 '흐흐!' 하고 웃음소리를 낼 뻔했다. 그러나 살수가 겨우 이만한 일에 그런 웃음소리를 낸다면 동료들 비웃음이나 살 것 같아서 그만뒀다.

비도는 말했다, 저 박린이란 놈은 이제 끝장이다라고!

그때까지 십호는 그렇게 믿었고, 비도 또한 그 믿음에 충실했다. 놈이 잠결에 몸을 뒤집으면서 병풍을 건드리기 직전까지는.

툭!

순간 기우뚱 기울어진 병풍이 놈을 덮었다.

'어?'

십호는 자신도 모르게 쩍 벌어진 입을 닫았다.

병풍이 제아무리 무쇠처럼 단단해도 한철로 만든 비도 앞에선 무용지물. 먼저 날아간 비도 세 자루는 무 쪽 날리듯 병풍을 쪼갤 테고, 뒤에 날린 비도 세 자루는 놈이 지닌 두부(頭部:머리)와 심장, 양물을 절 단 낼 게 틀림없었다.

그러나 십호는 뭔가 아주 잘못될 것처럼 불편했다.

휘익.

십호는 본능적으로 몸을 비틀었다. 그 재빠른 비틈이 놈에게서 들려 오는 불편한 소리를 한꺼번에 휘어 감았다.

따다당!

'틀렸다!'

십호는 한 바퀴를 더 돌면서 재차 비도를 날렸다. 일수에 비도 열두 자루를 날릴 수 있는 천라십이수(天羅十二手)였다.

부욱.

순간 병풍에 직격된 비도 열두 자루가 사방으로 튀어 달아났다.

따다당!

십호는 실망하지 않고 극히 단순한 흐름으로 놈에게 날아가 장검을 내밀었다.

팍팍팍!

병풍에 유려한 갈 지(之) 자가 그려졌다. 천라십이수와 연결된 천라 검격(天羅劍擊)이었다.

휘익.

십호는 다시 병풍에 그려진 갈 지 자를 까뭉개며 달려들었다. 순간 장검이 병풍을 내리찍었다. 한철로 만들어진 병풍도 당연히 이음매가 있을 것이다.

깡!

병풍과 부딪친 장검이 엄청난 반탄력으로 십호의 손금을 헤집으면서 팔을 멍하게 만들었다.

십호는 뭉클한 피비린내가 입 안을 가득 채우자 당황했다.

"츕!"

십호는 잽싸게 한 발을 뒤로 물렸다가 다시 밀고 들어갔다. 다음 순간 벌떡 일어선 병풍이 십호를 막았다. 십호는 자신도 모르게 뾰족한 신음을 흘렸다.

"이건?"

일어선 병풍이 암벽처럼 다가오고 있었다.

팍!

십호는 장검으로 병풍을 밀면서 순간적으로 병풍 너머를 가늠했다. 다음 순간 눈이 무엇을 인식해서 머리 속에 어떤 그림을 형성하기도 전에 본능처럼 움직여 간 장검이 놈을 확 찢어발겼다.

서걱!

소리와 동시에 머리 속에 분명한 그림이 그려졌다.

검끝에 흐릿한 무엇이 분명히 있었고, 그것이 검을 비켜서 저만치 뒤로 흘러가 버린 형태!

'빠르다.'

십호는 입술을 작신 깨물고 놈을 향해 돌아섰다. 원래 병풍을 막아야 했지만, 십호는 잠깐 병풍을 망각했다.

"사자(死者)로부터 제 몸뚱이 하나 건사하지 못해서야 어찌 선비라 하리오?"

멀어진 저 앞에서 조선 놈, 박린이란 자가 빙그레 웃음을 띠워 올렸다. 이미 쳐 들려진 박린의 팔이었다. 그 팔, 너덜너덜한 소매 속에서 짧은 섬광이 한 번 일었다.

팡!

깜짝 놀란 십호는 섬광을 향해 한 번 더 천라십이수를 뿌리려다가 포기했다. 손을 쳐드는 순간 인두로 쑤시는 듯한 통증이 먼저 어깨를 관통했기 때문이다.

'욱!'

휘르르―

섬광이 우아한 곡선으로 되돌아가서 박린의 손에 감겼다.

"조선 비기(秘機) 편전(片箭)이라네. 세간에선 아기살이라고도 부르지. 아주 간혹 이런 식으로 사용하기도 하네."

박린은 손을 뒤로 확 젖혔다.

추릿―

다음 순간 편전과 연결된 병풍이 빠르게 다가왔다. 십호는 그제야 병풍이 자신 뒤에 있었음을 상기했다. 십호는 얼른 팔꿈치를 세워 병풍을 막았다.

빡!

"아는 참 고맙게 생각하네! 이렇게 일부러 깨워주다니."

"……!"

"그럼 잘들 노시게나. 이 몸은 바빠서 이만!"

4

"케케케! 이 핏덩어리야. 넌 우리 얘기를 귀가 따갑게 들어보았을 게다. 그렇지?"

"으으……!"

장작빈은 마구 도리질부터 쳤다.

신선 같은 늙은이가 웃었다.

"음헤헤헤……!"

신선 같은 외모와 전혀 안 어울리는 웃음소리였다. 장작빈은 혼이 다 빠져 버린 머리를 쥐어짰다.

'도, 도대체 이 괴이한 늙은이와 물소는 뭐지?'

설마?

장작빈은 제발 그들이 아니기만을 빌었다. 강호가 넓다지만, 소문이 천하를 울리는 몇몇 별종들의 경우엔 반드시 그렇지만도 않다.

바로 삼정(三正), 팔괴(八怪), 십마(十魔)!

장작빈은 엉금엉금 물러났다. 그러나 마음뿐, 어떻게 된 일인지 땅에 들러붙은 무릎이 떨어지지 않았다.

순간 끄르륵 소리를 낸 늙은이가 장작빈 앞에 주저앉았다.

재미있게 들여다보는 눈망울 속에서 은은한 적광이 일렁거린다. 늙은이가 한껏 미소를 머금었다.

"핏덩어리야. 세상에서는 저 늙은 소를 가리켜서 우공(牛公)이라고 부른다지?"

"예, 예?"

"그럼 난 뭐라고 불릴까?"

"이, 인도(人屠)!"

장작빈은 그대로 엎어졌다.

"어, 어르신을 몰라뵙고 큰 실수를 저질렀사옵니다요."

"음헤헤헤……!"

"케케케, 어린 녀석이 제법 싹수머린 있구먼?"

말하는 물소, 우공이 꼬리를 몇 번 흔들자마자 시커먼 물소 가죽이 아래로 흘러내렸다. 우공은 생각밖으로 키가 작아서 겨우 사 척(약 120㎝)인데, 민대머리와 하늘을 향해 뻥 뚫린 주먹코가 ‘나는 마두(魔頭)다’ 라고 말해 주는 험악한 인상이다.

우공은 장작빈에게 민대머리를 바짝 디밀었다.

“크음, 정말 귀여운 핏덩어리로구먼.”

인도 제천성(濟天晟)과 우공 금조(金曺)는 삼정팔괴십마 중 팔괴에 속한다. 팔괴는 말 그대로 기분 내키는 대로 행동하는 자들이다. 그래서 다들 성격이 괴팍하지만, 그중에서 인도와 우공이 제일 괴팍하고 살벌하다는 말을 듣는다.

이유는 다름이 아니다.

바로 이들이 십 년 전에 일어난 소주혈사(蘇州血事)를 마무리했기 때문이다. 이들은 당시 초반에 한참 기세를 올리던 강남상련맹(江南商聯盟)을 단 사흘 만에 멸문시키고 홀연히 사라졌다.

당시 이들을 상대했던 자들은 모두 죽었으므로 이들이 과연 무슨 무공을 쓰는지, 무슨 이유로 강남상련맹을 멸문시켰는지 추측만 난무했다.

의심하기 좋아하는 자들은 당시 강남상련맹과 마찰 관계에 있던 강북상련에서 인도와 우공을 사주했다고 단정지었고, 분석하기 좋아하는 자들은 이들을 백 년 전 사라진 혈사교(血蛇敎) 무리들이라고 주장했다.

어쨌든 이들은 피의 이름으로 세상에 출현했고, 피의 이름으로 세상에 남았다.

"제발 살려주시옵소서."

순간 인도 제천성이 웃음을 흘리면서 지평을 보았다.

"음헤헤헤……!"

크고 작은 별들만 가득한 지평 저쪽에서 섬광과 기합 소리, 병장기 부딪치는 소리가 은은히 들려온다.

깡깡깡!

"이봐, 귀여운 핏덩어리."

"예, 예, 어르신!"

"네가 장작빈이지?"

"흡!"

"몇 년 전, 항주와 소주를 무대로 마구 설치다가 사라진 도둑놈, 철면신투가 바로 너지?"

"예? 예, 예!"

"살고 싶으냐?"

살수 십호는 혼절에서 깨어나 신음 소리부터 뱉어냈다.

"으으……."

괴이한 화살에 어깨를 관통당하고, 뒤이어 다가온 병풍에 으스러진 팔꿈치가 무척 아팠다. 뒷머리를 만져 보니 피가 엉겨 있다.

'도대체?'

간신히 몸을 추스른 십호는 칼부림에 정신없는 동료들을 바라보았다.

깡깡깡깡!

아직 정신이 덜 돌아와서 그런지, 동료들이 싸우는 모습이 내 일처럼 생각되지 않았다. 십호는 놈이 사라진 초원 저쪽 지평을 보았다. 그러자 지평에 아스라이 뜬 별들 사이에서 놈과 조우했던 순간이 짧고 밝게 그려졌다.

'놈은 암습을 눈치 채고 잠든 척 우리들을 유인한 게 분명하다. 그러지 않았다면 어떻게 비도를 날리자마자 병풍을 쓰러뜨렸고 바로 일어나서 뒤로 흘러 버릴 수 있었겠는가?'

십호는 자로 잰 듯 더할 것도 뺄 것도 없이 정확하게 맞물려 돌아간 행동을 우연이라고 믿을 수 없었다. 놈은 수련만으로는 도저히 닿을 수 없는 어떤 기민함과 빠르기를 지니고 있었다.

'놈이 왜 나를 살려주었다지?'

십호는 다시 그림을 떠올려서 찬찬히 살펴보았다. 십호는 그 그림 끝자락쯤에 생생하게 각인되어진 풍경을 보고 더욱 경악했다. 병풍은 팔꿈치를 으스러뜨린 뒤 생물처럼 놈에게로 주욱 날아갔다. 놈은 그 병풍을 올라타고 손을 흔들면서 초원 저쪽으로 사라져 버렸다.

'내가 헛것을 보았나?'

십호는 싸움에 여념없는 동료들을 다시 눈에 담았다.

깡깡! 깡깡!

십호는 패도가 그려내는 문양을 유심히 보았다.

"오행매화검(五行梅花劍)!"

패도로 펼치는 검법이지만, 유연한 흐름과 흐름 사이에서 피어난 매화가 선명했다.

'저 녀석은 또 누군가?'

십호는 의아해했다. 우린 어디까지나 조선인의 생명을 취하고, 놈에게 한 가지 물건만 회수하면 되는 일을 맡지 않았나? 그런데 왜 우리가 아무 상관도 없는 백도 대문파, 화산파와 겨루고 있지?

　슈앙! 깡깡깡!
　십호가 가진 의문은 요양휘도 마찬가지였다.
　놈이 피워놓은 화톳불을 주시하다 느낌이 이상해서 달려와 보니, 놈은 또 사라져 버린 뒤였다. 대신 시커먼 그림자들이 덤벼온 것이다.
　'함정?'
　객잔에서 벌어졌던 일이 그대로 재현되는 순간이었다.
　요양휘는 어쩔 수 없이 패도를 뽑아 시커먼 놈들을 상대했다.
　몇 합을 겨뤄본 요양휘는 깜짝 놀랐다.
　객잔에서 마주친 농투성이 놈들은 무기와 인상만 매우 흉악하지 실력은 어수룩했는데, 이놈들은 그런 유치한 수준이 아니었다.
　쏟아내는 검초가 빠르고 경쾌하면서도 현란한 흘림까지 지니고 있었다. 진정 오랜 수련을 거친 검초, 그것도 일점 일점이 모두 사혈만을 향해 달려드는 지독한 살초였다.
　'이놈들은 전문적인 살수(殺手)들이다!'
　정신을 바짝 차린 요양휘는 열심히 절기를 펼쳐 일 대 구라는 수적 열세를 메우는 데 성공했다. 하지만 이길 수도 없었다. 그래서 특별한 일이 벌어지지 않는 한 이 영문도 모르는 살벌한 싸움을 지속할 수밖에 없었다.
　스팟! 깡깡! 슈앙! 깡!

　"히야!"

왕씨 육 형제는 모두 눈을 부릅뜨고 있었다.

그들은 요양휘와 살수들이 싸움을 벌이는 곳에서 멀지 않은 둔덕에 엎드려 있는데, 둔덕 경사가 매우 완만해서 싸우는 광경이 다 내려다보였다.

슈앙! 깡! 스팟! 깡깡!

왕씨 형제들은 싸움을 벌이는 자들 중, 그 조선 사기꾼 놈도 있을 거라고 확신했다. 왕특은 철두를 쓰윽 문질렀다.

"당장 내려가서 저것들을 아작 내버리자고!"

물론 꼭 이길 자신으로 던져진 제의가 아님을 동생들도 알았다. 사실 왕특은 믿는 게 철두밖에 없는 위인. 비슷한 직업을 가진 자들에게는 이 철두가 두려운 존재가 확실하지만, 저들은 제대로 배운 자들이라서 통할 리 없었다.

"한 방에 보내주겠다, 모두 이 형님 뒤를 따르도록!"

순간 동생들은 왕특을 보았다.

"……?"

잠시 어색한 침묵이 흐른 뒤, 둘째 왕이가 참견했다.

"에헴! 형."

"음?"

"객잔에서 말이우, 기둥을 해결할 때 형 마빡에서 엄청난 소리가 났잖우? 그건 좀 어떻수? 내가 보기에는 조금 더 안정을 취해야겠더구면."

딴에는 매우 걱정된다는 소리였지만, 왕특에겐 자신도 없으면서 괜히 헛소리하지 말라는 힐난으로 들렸다.

"야, 이 왕이 개식꺄! 확인 겸 해서 한번 받아줄까?"

“난 뭐, 형이 잘못될까 봐 겁이 나서… 끄음.”

다시 한 번 어색한 침묵이 왕씨 육 형제 사이를 흘렀다.

“에헴!”

이번에 이 침묵을 깨뜨린 자는 성격이 매우 얍삽한 다섯째 왕오였
다. 왕오는 제가 무슨 군사라도 되는 양 자못 진지하고 근엄한 표정을
지었다.

“형님들, 우리가 무작정 치고 들어가면 무리유. 저곳에 그 사기꾼 놈
이 있는지도 확실히 모르고 말요. 또 객잔에서처럼 함정일지 누가 아
우?”

“그래서?”

제 머리를 똑똑 두드렸다.

“이 호박은 뒀다가 뭐 할 거유?”

“에?”

“이런 때는 이걸 잘 굴려야 된다 이 말이유.”

“머리를 좀 굴려봐라, 이 핏덩어리야.”

인도가 주먹을 움켜쥐고 장작빈을 위협했다.

“저기서 우리 애들과 관원 놈이 엉뚱한 싸움을 벌이는 게 보이지?
그사이에 저 여우 같은 조선 녀석은 잽싸게 도망을 가는 게다. 그게 단
번으로 끝나지 않고 계속 이어지는 건 겉만 뻔지름한 관원 놈 뒤에 붙
은 얼치기 도적 놈들 때문이야. 알겠냐?”

“아, 네네.”

“진짜 이해해서 대답하는 거냐?”

“……?!”

"에라이, 이 도둑놈아! 목이 터져라 설명해 주면 뭐 하냐? 당최 뭐가 뭔지를 모르는데. 이래서 사람은 머리가 잘 돌아가야 한다는 게야. 에잉, 쯧쯧! 야, 자네가 어떻게 좀 해봐!"

우공도 인상을 찌푸렸다.

"에이, 소심한 핏덩어리 같으니라고!"

"……."

"나이를 오십이나 처먹고 겨우 이만한 일에 오줌을 다 지리냐? 새파란 놈 가슴이 그렇게 작아서야 원. 이걸 칵 졸라 버려?"

우공이 손톱을 확 치켜들었다. 푸르스름한 손톱을 봐서 우공은 지독한 독공(毒功)을 익힌 게 분명했다. 장작빈은 넓죽 엎드렸다.

"며, 명령만 내리소서. 무, 무슨 일이든 다 하겠사옵니다!"

"음헤헤헤… 캑!"

다시 인도가 끼어들었다.

"야, 임마, 너 버섯 좀 내놔봐!"

"예?"

"양물도 몰라?"

"으……."

장작빈은 마지못해 양물을 내놨다.

"햐, 이 자식 버섯 좀 봐?"

"허, 대가리가 넓적한 게 보기는 그럭저럭 나쁘지 않구먼?"

"우공, 자네가 봐도 그렇지? 버섯은 제법 쓸 만해. 그런데 곰팡이가 잔뜩 끼었네. 이래 가지고서야 절대로 제 값을 못 받지. 도로 집어넣어라, 이놈아."

"감사하옵니다!"

장작빈은 얼른 양물을 넣었다. 만약 이 양물을 우공이 긴 손톱으로 발기발기 찢어버린 뒤에 인도가 화염장으로 슬쩍 만졌다면… 으으윽!

"허연 게 곰팡이였어?"

"어허, 우공. 내가 곰팡이라면 곰팡이야. 정말 곰팡이라니까?"

"뭐? 다시 확인해 볼까?"

"좋아!"

장작빈은 얼른 양물을 내놨다. 우공은 면밀히 양물을 살펴보고 말했다.

"끄음! 그만 집어넣어라, 냄새 난다!"

"가, 감사하옵니다!"

"거봐, 이 사람아. 다시 보니까 곰팡이가 확실하지?"

"아니, 난 찌꺼기로 봤어. 어떻게 산 버섯이 곰팡이를 다 피우나? 자네가 눈이 삔 게야."

"뭐, 눈이 삔 거라고? 우공 이 사람 정말 못하는 소리가 없네? 다시 확인해 볼까?"

장작빈은 또 양물을 꺼냈다.

이번에는 인도가 달려들어서 아주 면밀히 양물을 살폈다.

"으음, 얼른 집어넣어라. 이렇게 자꾸만 보면 뚝 잘라서 구워 먹고 싶은 마음을 제어할 수 없으니까."

"예, 가, 감사하옵니다!"

우공이 물었다.

"다시 보니까 내 말대로 찌꺼기지?"

"아냐, 이 사람아! 분명히 곰팡이야. 이 사람이 지금 무슨 헛소리를 하고 있어?"

"뭐? 헛소리?"

양물을 내놓고 넣는 공포와 혼란이 몇 번이나 장작빈을 덮쳤지만 결국 아무런 결론도 못 내린 노마뭘들이 입맛을 다시며 물러섰다.

'에이, 씨부랄 것들!

장작빈은 치를 떨다가 깜짝 놀랐다.

"헉!"

"이놈아."

"아, 네네네."

"버섯에만 신경 쓰지 말고 머리를 좀 굴려봐라. 빠른 발은 뒀다 뭐 하냐? 당장 우회해서 녀석을 따라잡아! 이제 얼마 안 가면 호로투다."

"……?!"

"녀석은 그곳에서도 어떤 연줄을 만들겠지? 그래야 추격을 방해할 수 있으니까. 넌 그 연줄 사이를 파고들어서 더 이상 추격이 길어지지 않도록 하란 말이다!"

"알겠습니다요!"

장작빈이 헐레벌떡 사라졌다.

"에잉!"

인도는 인상을 썼다. 우공이 물었다.

"자네 왜 그래? 아직도 곰팡이라고 우길 참인가?"

"그게 아니고. 참 이상하단 말이야?"

"뭐가 이상해? 곰팡이와 찌꺼기는 원래 비슷하게 생겼어. 사촌 간이라고 우기는 놈들도 태반이지. 하지만 말이야, 찌꺼기와 곰팡이는 엄연히……."

"그게 이상하다는 게 아냐, 이 사람아! 녀석이 왜 저런 한물간 도둑놈을 맨 뒤에 붙였을까를 이상하게 생각하는 게야. 사람이 뭔 말이 통해야지, 에잉!"

"푸할… 그, 그랬나? 그 음흉한 속을 어찌 알겠누?"

인도가 눈을 빛내면서 또 물었다.

"설마, 녀석은 저 도둑놈이 우리 둘을 충분히 감당할 수 있으리라고 생각했을까?"

"잉?"

"워낙 여우 같은 녀석이 아닌가 말이야."

"에이, 진짜 그렇게 생각이야 했으려고. 그렇다면 녀석이 우리 정체를 모른다는 이야기인데?"

"음?"

우공은 지평을 보았다.

"글쎄다? 하기는 녀석의 사부가 과연 어떤 상태였느냐에 따라서 달라지겠지. 우리가 예상했던 변괴가 일어나지 않았다면, 뭐 그렇게 생각했을 수도 있겠지."

"에잉! 이거 괜히 복잡해지는구먼. 뭐, 어쨌든 저 한물간 도둑놈이 잘해줘야 될 텐데."

"케케! 겁을 단단히 줬으니 어떻게든 될 게야. 경공이라면 날고 긴다는 철면신투가 아닌가? 저놈을 믿고 우린 그 여우 같은 놈을 당분간 잊어버리세, 이 사람아."

인도는 한숨을 푹 내쉬고 이상한 소리를 했다.

"역시 젊다는 건 좋은 게야. 그렇지?"

"음?"

"버섯이 엄청 우람하더구먼."

"난 별로던데?"

"끄음."

인도가 또 이상한 신음을 지르고 물었다.

"화요는?"

"성경(盛京:심양)으로 내려오는 중이라고 전갈을 보냈더구먼. 그 아이는 걱정하지 않아도 될 게야."

우공은 한가롭게 풀을 뜯었다. 인도는 섬광과 칼 부딪치는 소리가 요란한 저쪽 지평을 가늠했다.

캉깡! 슈앙! 깡! 스팟핏!

"이제 슬슬 얼치기 도적 놈들이 나설 때가 된 것 같은데?"

늙은 생강이 맵다고, 인도의 예측은 정확했다.

5

매우 엉성해 보이는 왕씨 육 형제가 도적이 된 건 결코 우연이 아니다. 머리와 무공은 좀 달려도 특이한 재주를 한 가지씩 가지고 있기에 요동에서도 노른자위에 산채를 꾸밀 수 있었다. 그중에서도 셋째 명구사(鳴究蛇) 왕삼이 가진 재주는 정말 특별했다.

그걸 잘 아는 왕오가 왕삼을 불렀다.

"셋째 형."

"난 죽어도 못해!"

왕삼은 매우 불안하게 눈알을 굴리다가 왕오를 외면했다.

그제야 왕특은 왕오가 호박을 어떻게 굴렸는지를 눈치 챘다.

“야, 왕삼, 너 이 식끼. 정말 많이 컸다? 괜히 엉기다가 이를 아작 내면 기분이 좋겠냐? 그러니까 왕오가 시키는 대로 해라. 커험!”

“한번 해봐, 형.”

‘제길!’

왕삼은 창피했지만, 한번 한다면 하는 왕씨 정신으로 손을 말아서 입으로 가져갔다. 순간 동그랗게 말려진 손 안에서 이리 주둥이처럼 생긴 입이 삐죽 솟았다.

“흠.”

형제들이 그 기이하게 생긴 주둥이에 온 신경을 집중했다.

왕삼은 몇 번이나 이 창피한 재주를 과연 부려야 하는지를 망설이다가 결국 눈을 감았다.

“켈록!”

괜한 기침이 먼저 터져 나온다. 그리고,

“가아아옹… 아아옹!”

그 소리는 정말 믿을 수 없게도 여우가 제 동료들을 부를 때 내는 소리였다. 그 처량하기 짝이 없는 소리가 초원 가득 울려 퍼졌다.

“켈록!”

왕삼은 최소한 서너 번은 더 불러야 여우들이 모일 거라고 느꼈다. 왕삼은 더욱 처량한 소리를 내려다가 깜짝 놀랐다. 누가 주둥이를 꽉 잡았고 있지 않은가.

“헉!”

“야, 이 개식꺄! 호박 좀 제대로 굴려! 기왕 부르려면 강력한 이리를 불러야지, 왜 별 볼일 없는 여우를 불러. 엉?”

“아, 알았수. 근데 형님?”

“으?”

“호박 호박 하시는데 대체 그 호박이 뭐요? 호박을 굴리고 싶어도 당최 그게 뭔지를 알아야 굴릴 게 아뇨?”

“야, 쓸데없는 소리 하지 말고 빨리 이리나 불러, 식꺄!”

“아, 알았수. 거 성질 한번 더럽네. 씹팔!”

캬야야오오옹, 캘록, 캬야야아옹, 크야아옹…….

잠시 후, 초원 여기저기서 시퍼런 섬광이 번쩍였다.

‘이게 무슨 소리지?’

십호는 땅에 귀를 갖다 댔다. 순간 아까부터 지축을 울리던 정체 모를 소리가 귓바퀴를 타고 대번에 솟구쳐 올라온다.

‘음?’

머리를 든 십호는 막 치달아 온 냄새를 붙잡아서 분석을 시도했다. 비릿한 악취에 저절로 입이 딱 벌어진다. 십호는 벌어진 입을 다물 수 없었다.

‘으으……!’

십호는 자신을 중심으로 휘도는 시퍼런 섬광을 보았다.

섬광은 별무리가 엉긴 것처럼 끝도 없이 이어졌다. 그 섬뜩한 섬광 사이사이로 육식 동물 특유의 역한 비린내가 풍긴다.

‘이리?’

십호는 움츠러드는 몸을 어쩌지 못했다.

자신을 중심으로 둥그렇게 돌아가는 원에서 하나씩 떨어져 나온 섬광들이 땅을 박차고 날아오르기 시작했다.

횡— 횡— 횡—

당황한 십호는 재빨리 뒤로 물러났다.

순간 이때까지 그를 가려주었던 어둠이 갈가리 찢겨졌다. 그를 타넘어 저만치 앞에 떨어진 이리가 허리를 확 꺾어서 시뻘건 주둥이를 쩍 벌리고 달려들었다.

크앙!

*　　　　*　　　　*

지평이 뿌옇게 변하자 닭이 울었다.

꼬끼오—

하늘이 벌겋게 타올랐고 찬란한 햇빛이 쏟아졌다. 평범한 둔전촌 호로투에 새 아침, 새날이 밝은 것이다.

왕왕왕!

이내 개들이 닭을 쫓아다니고 갈대로 엮은 지붕마다 푸른 연기가 오르는 번잡함이 호로투를 점령했다. 저쪽 구릉에서 몽고 장사치들이 형형색색 물목들을 마차 잔뜩 싣고 나타났다.

"어험, 성길사한(成吉思汗:징기스칸) 씨가 패망한 이래 몽고인들은 천하를 떠돌면서 장사로 호구를 꾸리지."

초원을 건너와서 그런지, 몽고 장사치들은 얼굴이 숯덩이처럼 까맸다. 하지만 차림은 훌륭했다. 몽고 장사치들은 삐딱하게 눌러쓴 양털 모자, 붉은 수술이 늘어진 옷, 목에는 금으로 만든 발왈라(跋日羅:금강저)까지 매달았다.

"몽고족들 전부가 장사로 나선 건 아니지만, 어쨌든 푸른 하늘을 아버지로, 누런 땅을 어머니 삼아 태어난 푸른 이리 자손들이 아니냐? 한

때는 천하를 호령하며 호기를 널리 떨쳤지만 지금은 참 애처로운 데가
있구나."

박린은 목책이 열릴 때를 기다리며 중얼거렸다.

덩— 덩— 덩—

진시 초(辰時初:오전 7시)를 알리는 징이 울자 목책이 열렸다. 그러나
박린은 바로 안으로 들어갈 수 없었다.

안에서 양과 염소들, 닭들이 쏟아져 나왔다.

메에에에.

짐승들은 가볍게 목교(木橋:나무 다리)를 건너 초원으로 달려갔다. 텅
비었던 초원이 금방 소란해졌다.

메에에에, 꼬꼬꼭… 에헤헤헤…….

"우선 요기부터 해야겠네. 선비는 일일삼식팔찬(一日三食八饌)이
라… 하루에 꼭 세 끼를 먹되 반찬은 언제나 여덟 가지 이상을 갖춰놓
고 먹어야지만 올바른 도리란 소리지."

박린은 객잔이 뻔히 보이는 흙담 앞에 섰다. 흙담 아래 앉아 이를 잡
던 노파가 잠깐 박린을 올려다보았다.

"흘흘!"

"어험."

"풍진 세상. 청류(淸流:맑은 물)에서 놀던 잉어가 툭 튀어 올라 왔으
니 천하가 소란해질 밖에. 일몰에 계신 천존께서 마침내 크게 한 번 웃
으시고 일진광풍으로 화마(花馬) 엉덩이를 때리셨구먼?"

알 듯 모를 듯한 말을 뇌까린 노파는 하던 일에 열중했다. 노파의 더
러운 엄지손톱 사이에서 보리톨만한 이가 으깨졌다.

톡!

"거, 햇빛 좀 같이 나눠 씁시다!"

덥석.

박린은 노파 옆에 주저앉았다. 노파가 얼른 옆으로 옮겨갔다. 박린은 노파를 따라붙었다. 다시 노파가 옮겨가고 박린도 따라붙었다. 이런 과정을 서너 번 더 거쳐서 마침내 흙담 끝까지 밀려난 노파가 설핏 입술을 허물었다.

"이 옮는다, 이 녀석아!"

"저 녀석, 정말 이상한 자식이네, 저거?"

박린이 뻔히 보이는 맞은편 객잔 이층에서 장작빈도 구시렁거리고 있었다. 장작빈은 지긋지긋했던 새벽 미행을 생각하고 사국공(史國公: 술 이름) 한 사발을 입에 털어 넣었다.

"끄… 으."

정말 지독하다. 이 불덩어리처럼 천천히 흘러내려 가는 술 한 사발. 창자가 찌르르 울린다. 술이 주는 화기도 화기였지만, 넘어지고 자빠지며 뒹굴었던 새벽의 고초가 그를 더 힘들게 했다.

'난생처음 겪는 정말 끔찍한 미행이었어.'

장작빈은 녀석을 따라잡기 위해 독문 경신법을 죽어라고 펼쳐야 했다. 그 결과 장작빈은 새벽녘에야 간신히 녀석을 따라잡을 수 있었다. 하지만 녀석은 미행을 눈치 챈 것처럼 단숨에 이천 보를 벌렸다.

깜짝 놀라서 허겁지겁 따라잡으니, 녀석은 유람이라도 나온 양 느긋하게 걸었다. 막 마음을 놓으려는데 또 괴이한 신법을 펼쳐서 거리를 천 보나 벌렸다.

녀석은 이 괴상한 짓거리를 조금 전까지 거듭했다.

"염병! 관도에서만 그런 짓거리를 벌이는 게 아니었지."

어떤 때는 관도를 한참이나 벗어난 진창을 밟았고, 또 어떤 때는 가시덤불을 경중경중 뛰어다녔다. 한마디로 정의하면 정상적인 사고로는 도무지 이해가 안 가는 괴팍한 행보였다.

"크… 으."

그렇게나 애를 먹이며 호로투에 당도한 녀석이 제일 먼저 벌인 짓거리가 또 해괴했다. 추레한 노파와 한 줌 햇볕을 두고 자리다툼이나 벌이는 저 치사함이라니!

"어휴, 저걸 그냥!"

생각 같아서는 머리를 똑 따서 뇌수를 뒤적여 보고 싶었다.

그러나 장작빈은 다시 만리경을 들었다. 노마물, 인도와 우공에게 괴이한 고문을 받지 않으려면 녀석을 잘 살펴야 했다.

"생기긴 이렇게 멀쩡하게 생긴 놈이……."

만리경 속에 든 녀석은 차림만 추레하지, 그림 같은 눈썹과 서글서글한 눈을 지녔다. 뿐만 아니라 반듯하게 일어선 콧날과 그 아래 자리 잡은 입술 선이 계집애처럼 분명했다.

"행색이 꾀죄죄해서 그렇지, 준수함으로 따지면 세상 어디에 내놔도 빠지지 않을 녀석인데?"

순간 녀석이 노파에게 뭐라고 했다. 장작빈은 얼른 녀석 입 모양을 따라 그대로 입술을 놀려봤다. 그랬더니 기묘한 말 몇 점이 무릎에 떨어진다.

—뱀. 탕. 만. 큼. 몸. 에. 좋. 은. 것. 도. 없. 소. 이. 다?

“으음… 정말 미친 녀석이야, 저거!”

“에라, 이 미친 녀석아!”
노파가 흐물거렸다.
“흠흠, 너 같은 청춘이야 뱀탕을 안 먹어도 하루에 열두 번씩 양기가
뻗치지, 어디 나 같은 늙은이도 그러하냐? 다 삭은 수레처럼 삐걱거리
고 오래된 생선처럼 고린내만 지독하단다. 누가 늙은 닭을 좋다 할까?”
“허! 엄살 부리지 마시오.”
박린은 엄숙했다.
“이를 보니 색깔도 뽀얗고 제법 속살이 튼실한 게 그럭저럭 쓸 만합
디다. 이건 정력이 왕성한 증거가 아니겠소?”
“흘흘.”
“어험, 뜨물 한 숟가락 뜰 여력만 있어도 얼마든지 자손을 볼 수 있
다고 했소이다. 소생이 볼 때, 사위를 얻느라 힘쓰시기보다는 옥동자
를 얻기 위해 힘을 쓰셔야 할 것 같소이다그려?”
“선비답지 않게 사설이 길구나. 요는?”
“보중하시란 말씀이외다!”
“흘흘.”
노파가 바지를 벗었다.
자잘한 남빛 자화지정(紫花地丁:제비꽃)이 수놓인 바지 역시 매우 추
레했다. 그 추레한 바지에서 또 보리톨만한 이가 두 마리나 기어나와
더러운 손톱 사이에서 으깨졌다.
톡톡!
“헛! 일수이어(一手二魚)?”

“흘흘.”

노파는 계속해서 이를 열 몇 마리나 잡고 입을 열었다.

아니, 입을 연 게 아니라 입을 열지 않고도 말할 수 있는 어떤 방법으로 말했다. 가느다란 기운이 머리로 건너와서 뇌수 사이를 돌면서 윙윙거리다 마침내 말이 되어버리는 혜광심어(慧光心語).

“린아.”

“어험.”

“네 스승께선 잘 계시냐?”

박린은 무뚝뚝하게 대꾸했다.

“밥이나 한술 주시구려, 숙모(叔母)!”

6

“햐! 숙모?”

장작빈은 또 혀를 내둘렀다.

“오다가다 만난 사이에, 그것도 오늘 당장 만난 처지에, 좀 전까지 자리다툼을 했던 노파에게 숙모라? 이 무슨 뻔뻔한 존칭? 게다가 밥이나 한술 달라?”

끄…으.

장작빈은 뿌연 취기가 몰려왔다.

피식피식.

헛웃음을 흘린 장작빈은 다시 만리경을 들었다.

“에이, 금쪽 같은 시간을 이렇게 미친 녀석을 살피느라고 허비해야 하다니… 이거 내 신세가 너무 비참하잖아?”

하지만 어쩌랴. 뭐 특별히 다른 할 일도 없어서 장작빈은 일이 어디까지 우습게 흘러가나를 계속 지켜보자고 생각했다.

"으음."

이번에 만리경으로 당겨온 사람은 미친 녀석이 아니었다. 추레한 백발에 꽂힌 촉규화(蜀葵花:접시꽃)만큼은 참 아름다워 보이는 노파였다.

"아무래도 내가 술에 어떻게 된 게야."

장작빈은 일단 고개부터 털어 눈에 가득했던 촉규화를 지웠다. 촉규화가 지워진 그 자리를 인도와 우공이 자리 잡는다. 장작빈은 다시 고개를 흔들었다.

"헹! 곰팡이? 찌꺼기?"

전혀 틀린 말은 아니었다.

"사내로 태어나서 고자도 아니고… 끄음! 지난 수년 동안 겨우 서너 번이 뭐냐 이 말씀이지!"

그것도 어여쁜 한족이 아닌 달알이족(達軋爾族:거란족) 출신 화녀(花女:창녀)와.

"참, 그년 고향이 우수리(鳥蘇里)랬나?"

그년은 사십이 다 된 나이에도 늘 철부지 계집애처럼 사타구니가 젖어 있었다. 그년도 저 노파와 다르지 않게 촉규화로 머리 장식을 했었는데 향기가 제법 쓸 만해서 살림도 야무지게 잘할 것 같았다.

"끄…으."

누군가가 엉덩이를 흔들면서 다가왔다.

"어이, 아찌!"

세모진 턱에 붓으로 콕, 찍어놓은 것같이 반짝이는 눈을 가진 여인. 여인은 허연 가슴을 반이나 드러낸 차림에서도 알 수 있듯 호로투 창기 패거리 매상(梅尙)이었다.

"이런, 쯧쯧! 불쌍해서 어떡하나 그래."

매상은 아침부터 이런 데 주저앉아 깡술 기울이는 중늙은이들이 지닌 외로움을 잘 안다고 자부하는 창녀였다. 매상은 끈으로 대충 만든 속곳이 다 보이는 자세로 맞은편에 털푸덕 앉았다.

"끄음!"

장작빈은 매상이 보라고 벌려준 사타구니를 외면했다.

"아찌? 다 삭은 늙은이가 아침부터 눈빛이 그게 뭐야. 발정난 수캐처럼 벌게가지고? 누가 한번 대주기를 바라는 거지?"

'에이, 저 지저분한 주둥이하고는!'

장작빈은 매상을 다시 외면했다.

피식.

웃은 매상이 의자 위로 한 발을 올렸다. 다음 순간 매상의 세워진 무릎 사이로 비소가 툭 비어졌다.

'으음!'

결국 장작빈이 시선을 고정시키자 매상은 얼른 바로 앉았다.

"아, 아, 그렇게 훔쳐보지 말고 조금만 기다려요, 씨팔!"

"크음!"

"아찌?"

매상은 탁자에 턱을 받쳤다.

"나도 그렇게 야박한 년은 아니라고. 아찌는 지금 달알이족 그년을 찾아왔지? 그럼 조금만 기다려요."

조잘거린 매상이 팔을 조금 벌리자 장작빈은 심한 갈증이 일었다. 아까는 사타구니를 보여주더니 이번에는 가슴이다. 그것도 밀가루처럼 뽀얗고 풍만한 가슴!

'으으으……'

매상은 오디처럼 톡 일어선 유실을 손가락으로 건드렸다.

"아이, 이게 왜 괜히 가렵지? 난 꼭 하고 싶은 날만 이게 가렵더라. 호홋! 덕분에 아찌만 좋은 구경을 하네? 어쨌든 그년이 한딱까리 뛰면 잽싸게 붙여줄게요. 마수걸이를 아찌같이 한물간 늙은이에게 하면 돼요? 안 되잖아, 씨팔! 그러면 재수에 옴 붙는다니까?"

쪽쪽.

제 유실을 핥아먹고 매상은 장작빈을 빤히 쳐다봤다.

"아찌, 지금 무지 급하지? 당장 싸고 싶지?"

"으?"

"뭐 아찌가 정 급하다면 그년을 이리로 불러올 수는 있지만… 그러면… 음, 돈이 평소에 비해서 두 배는 더 들 거라는 예상이네요. 왜냐하면 말예요. 으음, 그년이 하필 오늘 귀가 빠졌다지 뭐야? 그래서 옷을 사야 한다는 거예요. 아찌, 돈 가진 거 많지?"

장작빈은 입을 열 수밖에 없었다.

"야, 저번에도 귀빠진 날이라고 그랬잖아?"

"씨팔! 내가 그랬었나?"

"그래서 돈을 두 배로 줬잖아!"

"그랬어?"

"너 이년, 돈을 더 우려내려는 수작질이지?"

"이번에는 진짜야, 씨팔!"

"…끄음."

"어? 그게 뭐야?"

한순간 눈을 빛낸 매상이 제 젖을 놓자마자 번개처럼 손을 뻗었다. 장작빈은 세상이 노래졌다. 제 유실을 쪽쪽 빠는 매상에게 홀려 잠깐 정신을 놓은 사이, 만리경을 매상에게 빼앗긴 것이다.

"엄머머, 이게 뭐야?"

"이리 내놔!"

"왜 사내가 이런 망측한 물건을 가지고 다녀? 엄머머, 길이도 이렇게 늘였다 줄였다 하면서 마음대로 조절할 수 있구나. 어머, 창피해. 난 몰라!"

매상은 아예 만리경을 쪽쪽 빨면서 떠들었다.

"아이, 맛도 정말 기가 막히네. 정말 그것과 똑같아요. 어디 느낌도 그런지 한번 넣어볼까?"

"엉?"

"잉?"

"으?"

매상이 얼마나 호들갑을 떠는지, 객잔에서 한가한 시간을 보내던 사람들이 모두 이쪽을 쳐다본다.

'에이, 쌍! 뭐 눈에는 뭐만 보인다더니.'

장작빈은 당장이라도 만리경을 빼앗고 싶었지만, 워낙 매상이 진지하게 이야기해서 일단 지켜보기로 마음먹었다.

잘만 하면 돈을 주지 않고도 공짜 구경을 할 수 있는 상황. 그러나 매상은 만리경을 넣어 보이는 행위를 하지 않았다. 대신 사람들이 욕하는 소리가 들려온다.

"저거, 용두(龍頭:남근)잖아?"

"이야, 엄청나게 굵은데?"

"거 이상한 취미를 가진 늙은이네."

장작빈은 사람들이 내쏘는 거북한 시선을 외면했다.

매상은 더욱 호들갑이었다.

"엄머, 정말 굵고 튼실하기도 해라. 이것 좀 봐, 주름도 다 있네? 어떻게 아찌처럼 팍 삭은 늙은이가 여인이 잠 못 드는 밤을 다 생각했다지? 아찌, 이거 나 주려고 만들었지. 그치? 나한테 딱이네, 이거?"

"에잇!"

장작빈은 만리경을 빼앗아 객잔을 내려왔다. 순간 뒷머리가 뜨뜻해지는 게 느낌이 영 심상치 않았다.

아니나 다를까?

"에라이, 나잇값도 못하는 놈아!"

"꼭 시궁쥐처럼 생겨가지고!"

"늙은이가 주책이야!"

객잔에서 야유와 욕설이 난무하더니 곧 찐 계란이 날아오기 시작했다. 말이 좋아서 찐 계란이지, 껍질을 까지 않은 그것은 짱돌과 다르지 않다.

후닥닥!

장작빈은 찐 계란이 마구 날아오는 객잔을 우회해서 헛간에 숨었다. 정말이지 매상이란 년은 정숙함이나 고고함… 이런 여인의 미덕과는 거리가 멀어도 보통 먼 계집이 아니었다. 사람을 그렇게 고문하고도 모자라서 이런 개망신까지 퍼붓다니.

"에헴!"

흙담이 가까워서 다행이었다. 노파와 놈은 아직까지 무슨 이야기를 열심히 주고받는 눈치. 장작빈은 만리경을 유심히 살폈다.

'흠, 계집애들이 볼 때… 이게 꼭 그것처럼 생겼단 말이지?

그런 말을 들어서 그런지, 만리경은 과연 이상하게 생겼다. 앞이 버섯처럼 굵고 뒤로 갈수록 가늘어지는데… 중간에 길이를 늘였다 줄였다 하는 홈이 있어서 굵기 조절도 가능한 것이다.

"이걸 눈에 댄다? 어째, 기분이 요상하네?"

에잇, 기분 따위가 무슨 상관이랴.

장작빈은 만리경을 조절해서 노파와 놈을 살폈다. 아주 잠깐이었지만, 이쪽으로 고개를 돌린 노파와 눈이 마주쳤다. 장작빈은 만리경을 잘 조절해서 노파를 살폈다.

"엑?"

장작빈은 만리경이 바닥을 구르는지도 몰랐다. 다음 순간 장작빈 입술을 타고 한때 세상의 모든 사내가 한마음으로 은애한 여인이 지녔던 명호, 하지만 여인에겐 전혀 안 어울리는 살벌한 명호가 흘러나왔다.

"벼, 벽력선자(霹靂仙子)!"

＊　　　　＊　　　　＊

요양휘는 자신이 쫓는 박린보다 더 심각한 차림으로 막 호로투를 들어서는 중이었다. 더 정확히 말하면 해자를 가로지른 목교를 밟고 있었다.

"어마! 거지잖아?"

"정말 불쌍하게 생겼다. 그치?"

"그러니까 사람은 부지런해야 한다고."

사람들이 아무 말이나 지껄이면서 흘깃거리고 지나간다.

“쳇! 대명천지에 관원이 이 무슨 추태란 말이냐!”

이런 탄식은 차라리 안 하느니만 못했다. 뒤를 돌아본 사람들이 또 비웃었기 때문에.

“케케, 주제에 관원이랴. 염병!”

“미친놈인가 보지 뭐.”

“별 개좆같은 소리 다 들어보겠네!”

“저 자식이 관원이면 난 황제다. 으하하!”

그제야 요양휘는 황당했던 새벽 싸움을 점검하기 시작했다.

갑자기 달려든 이리들은 악착같았고 도무지 물러설 줄 몰랐다. 이런 이리 떼 앞에서 오랜 시간을 공들여 익힌 검로(劍路), 화산파 스물한 가지 검보는 무용지물이었다.

아무리 매화를 휘두르고 펑펑 장을 쳐내도 이리들은 끝도 없이 덤벼 들었고 절대 물러서지 않았다. 그랬던 이리들 덕에 살수들이 펼친 포위를 빠져나온 건, 이리들에게 정말 고마워해야 하는 일이었다. 하지만 전포가 걸레로 변한 건 책임을 물어야 했다.

황제께옵서 내려주신 전포가 아닌가. 이리들이 황제를 알까.

“본관이 이런 몰골이 된 건 어수룩한 조선 놈 때문이지! 으으…….”

요양휘는 금방이라도 미쳐 버릴 것처럼 괴로웠다.

요양휘는 삼백 년을 내려온 명문 장군가, 천 년을 내려온 명문 검파의 자부심이 거지, 그것도 조선 놈 때문에 분질러졌다는 사실이 정말 죽고 싶을 만큼 괴로웠다.

“으으…….”

요양휘는 감정이 미치기 일보 직전까지 치달았다. 꼭 피를 봐야지만 진정될 것 같은 예감이 든다. 요양휘는 얼른 제 손가락을 물었다.

그때였다.

요양휘가 막 손가락을 깨물어서 피를 보려고 마음먹은 그 결정적인 그 순간,

"비켜봐, 이 개식꺄!"

누군가 발딱 젖혀진 손으로 이마를 툭 때려 버린 건!

왕특은 객잔에서 관원과 손을 섞은 뒤부터는 은근히 뒤통수가 근지럽고 맥이 빠지는 중이었는데, 그런 꺼림칙함을 일거에 날려 버렸다.

"음트카카카!"

왕특은 기분이 좋았다. 이리들에게 정신 빼앗긴 시커먼 놈들을 단 한 방씩에 혼절시키고, 직업 근성을 백분 발휘해 은자까지 몽땅 챙긴 것이다.

"에… 이래서 머리보다는 재주가, 재주보다는 의리가 보다 뻑적지근하고 께적지근한 희망을 주는 게지."

왕특은 원래 동생들에게 '한 머리는 두 머리를 못 당한다' 는 평범한 교훈을 내려줄 생각이었다. 그러나 호로투를 적시는 햇빛이 너무 황홀했다. 그래서 자신도 잘 모르는 유식한 말을 했다.

"……?"

동생들이 왕특을 보았다.

장남이 왜 저런 말을 했는지 모르겠다는 눈빛이었다.

"으……."

왕특은 괜한 말로 자신의 무식함을 적나라하게 드러내 보인 게 아닌가 싶어서 기분이 또 꺼림칙해졌다.

그도 그럴 것이 유독 머리가 조금 더 트인 다섯째 왕오가 할 말을 자

신이 냉큼 해버린 듯한 느낌이 든 것이다.

말이야 바른말이지, 왕오가 아니었다면 어쩔 뻔했나?

왕오가 호박을 잘 굴려서 셋째 왕삼이가 이리들을 불렀다. 만약 그러지 않았더라면 자신은 바람만 미친 듯 몰려다니는 초원에서 양물을 꽁꽁 얼리며 날밤 까기를 고집했을 게 분명했다.

그러나 뭐래도 왕특은 왕씨 육 형제의 위대한 장남.

장남이 이만한 일로 공을 양보하면 동생들은 자신을 '대갈장군' 이라며 당장 비웃을 게 분명했다. 그 다음에 이어질 사태도 뻔했다.

장남을 길가에 떨어진 똥 막대기처럼 여기는 불행한 사태가 벌어질 것이다. 그러잖아도 가뜩이나 흉악한 동생 놈들인데.

"커험."

왕특은 험악하게 철두를 쓸어 올렸다. 그러면서 겨우 그만한 일로 자랑스러움을 잔뜩 처바른 왕오를 노려보았다.

"이상하게도 갑자기 머리가 근질근질하구… 음?"

왕특은 당황했다.

좀 전까지도 당장 엉겨붙을 듯 자신을 바라보던 동생들이 이젠 자기를 봐주지 않는다. 왕특은 더러워진 기분으로 동생들처럼 호로투를 봤다.

"씨팔! 또 싸움이 벌어지려는 게 아니냐?"

목교 위에서 또 괴이한 일이 벌어지고 있었다.

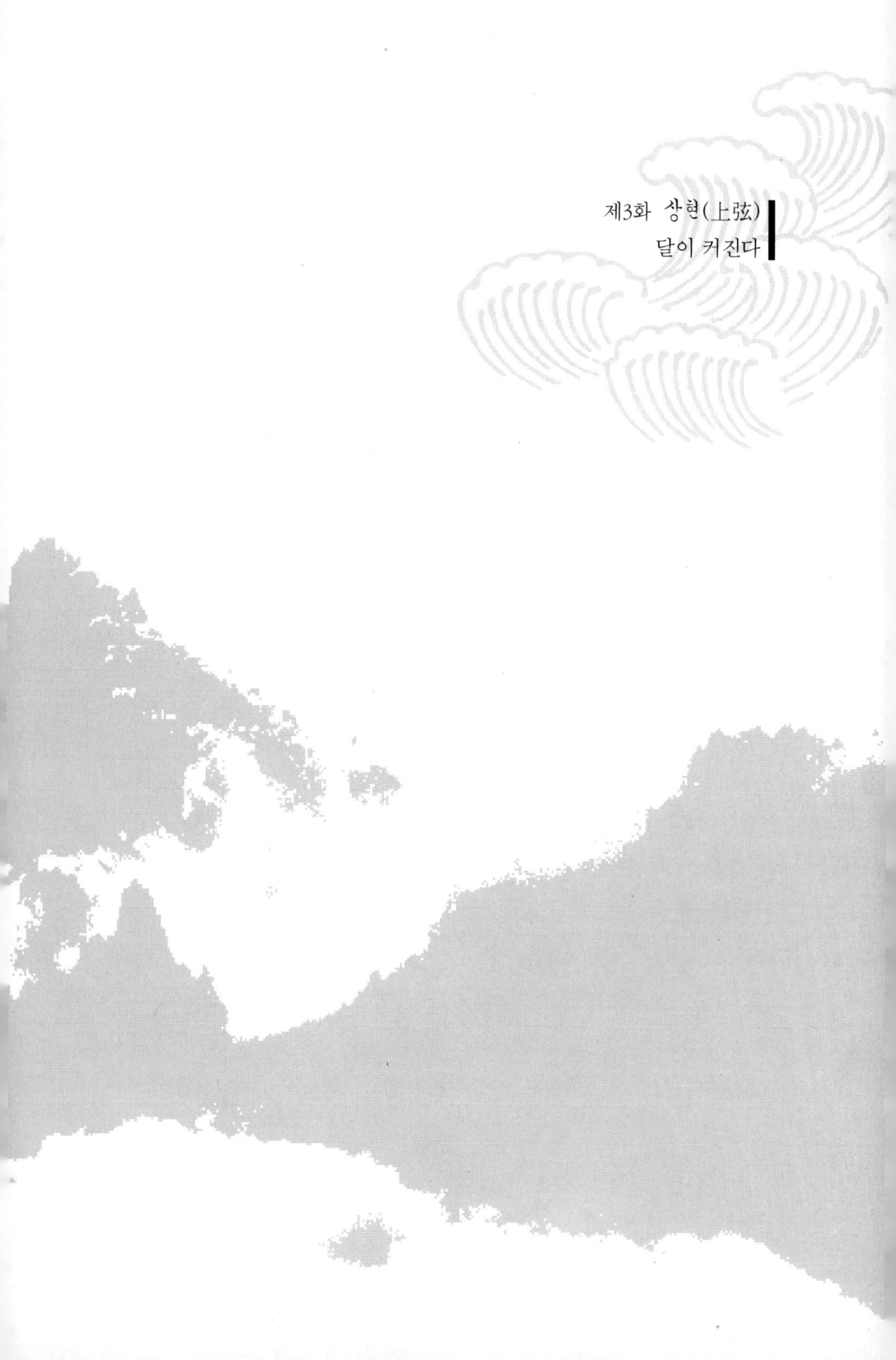
제3화 상현(上弦)
달이 커진다

해자(垓字)는 초원이 제집인 양 설치는 마적들과 흉년이면 어김없이 도적 떼로 돌변하는 악륜춘족(鄂倫春族), 잊을 만하면 칭제(稱帝)하고 참람 떠는 여진족(女眞族)을 대비한 것이라 깊이가 삼 장(9m)이 넘었다. 문제는 이런 깊이가 아니었다.

우기 때 같으면 해자에 물이 잔뜩 차 있을 테지만, 지금은 불행히도 건기. 호로투에서 흘러나온 각종 하수와 쓰레기로 해자는 엉망진창이었다.

*   *   *

민감한 코 때문에 왕씨 육 형제가 누구를 미행시키거나 암습을 가할 때만 선두에 세우는 취소사(臭小蛇), 풀이하면 '냄새만 잘 맡는 꼬마

뱀 녀석' 왕이는 이 지저분한 해자 아래로 냅다 몸을 날렸다.

"으힉!"

철푸덕!

"으……."

말똥과 인분, 돼지 똥과 구정물이 뒤범벅된 악취가 상상을 초월했다. 길을 막은 채, 이해할 수 없는 행위에 몰두한 거지의 이마를 한 번 갈긴 대가치고는 이건 지나친 보상이었다.

"도대체 이게 다 뭐야!"

정신을 차려보니 퉁퉁 불어 터진 소면 몇 줄기를 머리에 올려놓고, 이마엔 돼지 똥이 발려져 있었으며, 손은 인분을 움켜쥔 상태!

"야, 이 개식꺄! 너 오늘 죽었다!"

왕이는 그대로 엎어졌다.

철푸덕!

발이 빠지지 않은 결과였다.

"아푸푸……."

간신히 일어나 보니 세상이 온통 푸르고 붉게만 보인다. 왕이는 고개를 흔들었다. 순간 더러운 이끼 올라앉은 닭똥이 얼굴을 타고 흘러내리면서 세상이 제대로 보였다.

"끙차—"

왕이는 해자를 가로지른 목교 기둥에 대롱대롱 매달려서 위로 올라가고자 했다. 그러나 마음뿐, 쉽지 않았다.

"에잇!"

오물이 칠해진 기둥은 미끄러웠다. 온갖 오물을 몸에 두른 왕이 역시 지나가던 추어(鰍魚:미꾸라지)가 '할배' 라고 부르면서 수염을 몇 개

접어줘야 할 정도로 미끄러웠다.

철푸덕!

"으으으……."

거푸 세 번이나 기둥에 달라붙었던 왕이가 그 숫자만큼 나자빠져서 그 숫자만큼 오물을 더 묻힌 몰골로 망연자실 위를 보았을 때는… 그를 제외한 왕씨 오 형제가 달려들어서 이상한 거지, 자칭 대명 관원이라고 울부짖었던 자를 잽싸게 포위하고 있었다.

"아이, 씨팔! 누가 나 좀 어떻게 해주라!"

그때였다.

"으아악!"

엄청난 비명을 지르며 누군가가 날아와 왕이를 깔아뭉개고 진창에 쑤셔 박힌 건!

철푸덕—

"뭐야, 이 씨팔! 이 개좆같은 게!"

허부적허부적.

간신히 일어난 왕이가 호미를 빼 들고 멍해졌다.

"에?"

신발을 보니 방금 날아와서 박힌 자는 왕씨 문중 영원한 장남 왕특이 아닌가.

"형, 거 뭔 꼬락서니랴?"

녀석은 괴성을 지르며 냅다 달려왔다. 요양휘는 그 녀석 어깨를 살짝 잡아 틀어서 힘을 빼고, 이미 걸려 있던 발을 냅다 비틀어 해자로 던져 버렸다.

"너희들은?"

요양휘는 이 엉성한 무리의 정체를 금방 알아챘다.

철퇴와 쇠도리깨는 기본, 호미와 쇠스랑까지 동원한 참 대단한 무리들. 요양휘로서는 도대체 무슨 엄청난 원한으로 이렇게 찰거머리처럼 쫓아와서 핍박을 가하는지 정말 모를 일이었다.

"쳇! 내 관할은 아니지만, 어쩔 수 없지!"

요양휘는 망설이지 않고 오행매화검 제이초 매화혁기(梅花奕棋)를 떨어냈다. 순간 패도가 흑백(黑白)으로 이루어진 환영을 만들면서 찬란한 흑매화와 백매화를 피워 올렸다.

휘르릉―

슈앙!

하늘 높이 쳐 들려진 쇠도리깨가 흑매화와 백매화를 단숨에 때려잡았다.

깡!

쇠도리깨는 기이한 호선으로 비틀어져서 요양휘을 향해 떨어졌다. 요양휘는 잽싸게 허리를 비틀어 쇠도리깨를 피했다.

쾅!

쇠도리깨는 목교를 후려 때렸다.

"에잇!"

요양휘는 표미각(豹尾脚)으로 무릎을 제어하고 오행매화보(五行梅花步)로 퇴로를 확보한 다음, 쇠도리깨가 제압한 회전 반경을 따라 들어가면서 재차 패도를 날렸다.

추릿! 추릿! 추릿!

얼마나 빠르게 날아가는지 패도 끝이 시뻘겋게 달아올랐다.

“츳!”

순간 왕씨 육 형제 중 넷째 왕사는 치명적으로 찔러 들어오는 패도를 차단하려고 다시 한 번 쇠도리깨를 휘둘렀다.

부욱!

왕사는 어렸을 때, 초원을 헤매다가 어떤 기인에게 이 쇠도리깨질을 전수받았다. 이 쇠도리깨질은 겉보기에 그저 무식해 보이고 아무런 격식 없이 휘둘러지는 것 같지만, 자세히 보면 뭔가 기묘한 비틀림과 날카로움이 숨어 있다. 그런 쇠도리깨에 낭창낭창한 패도가 얽혔으니 결과는 불을 보듯 뻔했다.

빠각!

패도가 분질러지는 굉음이 호로투를 한 번 들었다가 놓았다.

“어?”

요양휘는 깜짝 놀랐다. 자하신공(紫霞神功)으로 패도를 감싸고 투로를 보호했는데, 쇠도리깨질은 그걸 간단하게 깨버린 것이다. 요양휘는 얼른 패도를 버리고 왼손을 천응조(天鷹爪)로 구부려서 회수되는 쇠도리깨를 움켜쥐었다.

피웃!

동시에 오른손을 호조수(虎爪手)로 만들어 옆구리를 찔러오는 쇠스랑을 움켜잡았다. 순간 철퇴가 떨어졌다.

“쳇!”

요양휘는 절망했다. 결국 심혈을 기울인 천응조는 쇠도리깨를 움켜잡지 못했고, 호조수로 잡은 쇠스랑은 기묘하게 비틀어져서 빠져나갔다. 요양휘는 잽싸게 허리를 돌려서 쇠스랑을 피했지만 철퇴가 훑고 간 어깨가 소금이 부어진 것처럼 쓰라렸다.

도대체 이 녀석들은 조선 놈과 무슨 관계이기에 나를 이다지도 핍박한단 말이냐.

"안 되겠다!"

요양휘는 재빨리 물러서서 두 주먹을 가슴에 붙였다. 동시에 구부렸던 왼 무릎을 폈고 오른발로는 바닥에 긴 반원을 그렸다.

슈아악—

반원이 왼 발꿈치에 딱 붙은 순간, 요양휘는 주먹을 앞으로 내밀면서 장으로 변환시켰다. 다음 순간 쫙! 펼쳐진 손가락에서 동그랗게 말린 공기가 굉음과 함께 분출됐다.

"낙화추영장(落花追影掌)!"

사실 왕씨 형제는 생전 처음 겪는 현란한 보법과 기이한 조공에 은근히 겁을 집어먹었다. 더불어 상대가 설마 대연객잔에서 만났던 그 관원일 거라고는 꿈에도 생각하지 못했다.

"어째 이상하게 돌아가는데?"

"글쎄 말이우?"

놈이 저만치 멀어져서 이상한 자세를 취하자 일단 무기를 거둔 왕오와 왕육이 서로에게 물었다.

"둘째 형에게 해코지한 놈을 혼내주려는 싸움이 아니었나?"

"맞어, 그건 그렇지."

"그런데 왜 이렇게 살벌해졌지?"

"그게 다 우리 잘난 장남 때문이지 뭐."

왕오는 이를 갈았다. 분수도 모르고 제일 먼저 덤벼들었다가 그대로 해자에 쑤셔 박힌 장남만 아니었어도… 저 거지 놈을 적당히 위협하는 선에서 충분히 마무리되는 일이 아니었나?

"하여간 큰형은 안 된다니까."

"당최 뭐 하나 제대로 하는 일이 없어요, 씨팔!"

"어? 저 새끼가 왜 저래?"

"음?"

한순간 발을 기이하게 움직여 저쪽까지 도망갔던 거지가 이번엔 정말 괴상한 걸 쳐냈다.

슈아앙―

"어, 어?"

"저, 저게 뭐야?"

새하얗고 이상한 구체가 검불과 먼지를 일제히 말아 올리며 이쪽으로 날아왔다. 왕오가 소리쳤다.

"자, 장풍!"

"장풍?!"

왕씨 형제들은 초라해졌다.

팡!

왕오가 제일 먼저 시뻘건 핏줄기를 뿜어냈다. 뒤이어 날아온 건 투명할 정도로 푸른 매화송이, 매화청심장(梅花淸心掌)이었다.

팡, 팡!

왕사가 쇠도리깨로 가슴을 막으며 몇 걸음 물러나자 이번엔 매화음풍장(梅花陰風掌)이었다.

팡!

왕육이 철퇴를 놓쳤다. 다음에 왕삼을 후려친 건 강풍을 동반한 거대한 구름, 태을미리장(太乙迷離掌)이었다.

"캭!"

일제히 나가떨어졌다가 벌떡 일어난 왕씨 형제가 비틀댔다. 요양휘도 마찬가지였다. 거푸 장을 쳐내느라고 끌어올린 기혈이 폭주를 견디지 못하고 마구 내닫기 시작했기 때문에.

"헉헉헉!"

"아흑… 저 개식끼가!"

"헉, 헉! 이놈들. 맛이 어떠냐? 감히 관원을 능멸하더니!"

왕씨 형제들과 요양휘는 서로를 노려봤지만 당장 어쩌는 수가 없었다.

"이놈, 이 거지 놈!"

"이 도적 놈들아!"

왕씨 형제들이 물러서면 요양휘가 따라 들어가고, 요양휘가 물러서면 왕씨 형제들이 따라 들어가는 공방과 욕설이 계속됐다.

"큰형, 무슨 대책이 있어야 할 게 아뇨?"

왕특은 지금 해자 아래서 시달림을 받고 있었다.

"이게 뭐냐고. 엉?"

"조용해 봐라!"

"조용하면 뭘 해, 철두가 안 돌아가는걸."

"너 개식꺄!"

"이 씹팔! 조용히 했수다."

왕특은 마침내 대책을 세웠다. 철두로 목교 기둥을 분질러 버린 것이다.

쾅!

끼이이—

“이만하면 됐냐?”

“으으으…….”

뿌연 먼지를 피워 올리면서 목교 전체가 후딱 기울었다. 다음 순간 목교에 있던 왕씨 형제들과 요양휘가 떨어져 해자에 처박혔다.

“으악!”

철푸덕!

“어헛!”

철퍽!

“쓰벌, 이게 웬 날벼락이냐?”

불행은 끝이 아니었다. 간신히 일어난 그들을 완전히 분해된 목교, 이젠 통나무라고나 불러야 될 목재들이 우당쿵탕 덮쳤다.

“크윽!”

“아아악!”

몸 각 부위에서 나오는 처절한 비명이 호로투를 흔들었다.

정말이지 의리로 똘똘 뭉친 얼치기 도적 왕씨 육·형제와 오기로 똘똘 뭉친 관원 요양휘에게는 매우 불행한 아침이었다.

그런 불행으로만 따진다면 살수 십호도 할 말이 참 많았다.

“난데없이 이리들이 달려드는 바람에 그만…….”

십호는 무릎을 꿇은 상태였다. 십호 앞에는 소름 끼치는 냉정함을 가진 인도가 있었고, 우공이 풀을 으적거리고 있다.

“이제 어떻게 할 생각이냐?”

십호는 감히 고개도 들지 못하고 대답했다.

“반드시 호로투에서…….”

"하! 천하 삼교(三敎) 중 하나인 혈사교가 얼치기 도적 놈들에게 이런 놀림을 다 받다니! 그 꼬락서니 참 볼 만하다. 에잉!"

성질 급한 인도가 손을 내둘렀다.

화르르!

시뻘건 불덩이가 사납게 십호의 등허리를 쓸었다.

'흑!'

십호는 뜨거웠지만 내색하지 않았다.

우공이 십호에게 물었다.

"은자는 얼마나 남았느냐?"

"그건……."

"쯧쯧!"

우공은 십호를 외면했다.

이리들에게 갈가리 찢긴 야행복은 걸레였고, 식량 대신 가져온 은자도 남아 있을 리 없다. 얼치기 도적 놈들이 모두 털어갔을 것이므로. 뿐만 아니라 십호는 얼굴과 손등이 상처투성이었다. 이건 살수가 아니라 핏물에 담갔다가 꺼낸 실타래 같다.

"끄음."

우공은 인도에게 물었다.

"내 이것들을 콱 졸라 버릴까?"

"내버려 둬."

무슨 생각을 했는지 인도가 소매를 뒤져서 은전을 꺼냈다.

"받아라."

촤라랑!

십호는 무심코 벌렸던 손을 거둬들였다.

은전이 불덩어리처럼 뜨거웠다. 순간 살 타는 냄새가 초원에 퍼지면서 화기를 흠뻑 머금은 은전이 바닥을 굴렀다.

탁탁.

손을 턴 인도가 말했다.

"십호, 명심하거라."

"…예."

"살수에게 실패는 곧 죽음이다. 실패하고 죽지도 못한 살수에게 변명만큼 구차한 것도 없다! 살수는 나를 죽여서라도 반드시 임무를 완수해야 하는 법! 두 번 다시 이런 추악한 꼴을 보이면 그때는 죽음보다 더한 고통이 어떤 것인지… 이 인도께서 친히 보여주마!"

"명(命)!"

"은전을 입으로 주워라. 그리고 당장 내 눈앞에서 사라져라!"

"예? 예."

치치치칙—

은전에 입술을 다 그슬린 십호가 사라졌다.

"이보게, 인도."

"음?"

우공이 우울한 어조로 말했다.

"유근(劉瑾), 황궁에 똬리를 튼 구렁이… 그 수염 없는 개자식도 당연히 이 꼴을 보고 있겠지?"

"끄음."

"냄새나는 입을 쩌억 벌리고 제법 좋아라하겠구먼?"

"쓸데없는 소리!"

인도가 웃었다.

“음헤헤헤… 캑!”

“음?”

“질주는 이제 시작된 거네.”

“아, 그걸 누가 모르나?”

“그래서 지금은 앞서거니 뒤서거니 말도 많고 탈도 많아. 하지만 종점에 이르면 지금 상황은 아무것도 아니지. 웃을 자격은 승리해서 천하를 거머쥔 무리에게 주어지는 게야.”

“아, 그걸 누가 모르냐고.”

“흠, 노부는 이번에 유근과 천변귀수, 두 놈에게 진 십 년 전 혈채를 반드시 받아내고야 말 것이네. 원수를 꼭 갚고 말겠다는 소리지. 어디 두고 보라고. 우헤헤!”

“이런, 씨불!”

“음?”

“혼자만 잘난 척하고 떠드니 얼마나 좋으냐?”

“끄음.”

머쓱해진 인도가 지평을 보며 중얼거렸다.

“정말 지독한 먼지로세.”

2

“시작되었느니라.”

“두렵지 않소!”

박린은 노파를 보았다. 몇 년 전에는 이러시지 않았었는데 백발이 다 되어버린 머리에, 백발을 장식한 촉규화에, 그 아래 흐릿한 눈썹에… 이제는 영영 멀어져 버린 세월이 보인다.

"정말 두렵지 않으냐?"

"처음 시작은 다 이렇다고 생각하오. 사이회거(士而懷居)이면 부족이위사의(不足以爲士矣)이니라. 선비는 어떤 경우에도 편안함을 생각해선 아니 된다는 말씀이외다, 숙모."

"그리 생각한다니… 다행이구나."

"선비가 순리(順理)를 따름은 지당하오. 다행이란 말씀은 듣기가 심히 거북하외다."

"끌끌끌, 정말 많이 자랐구나. 사별삼일(士別三日)이면 괄목상대(刮目相對)라더니."

"어험, 세월이 유수(流水)랍디다."

"흘흘, 무상한 게 어찌 세월뿐이겠느냐?"

박린은 대답을 요하는 물음이 아니었기에 잠자코 마른 잎새만 씹었다. 그러자 마른 잎새에서 흘러나온 가을 냄새가 입 안을 가득 채운다. 박린은 문득 노파와 함께 지냈던 묘향산을 생각했다.

빨간 잠자리가 하늘을 수놓던 산사(山寺), 투명했던 풍경 소리.

노파가 앞섶을 열어서 무엇을 꺼냈다.

"받아라."

그것은 흰털로 덮인 기이한 짐승이었다. 그것의 덩치는 토끼보다 조금 컸다. 뾰족한 귀 털이 한 뼘이나 위로 치솟았고, 등에는 푸르스름한 갈기가 세 치나 솟았다. 노랗고 동그란 눈알에 청록빛 선명한 반달이 떠 있는 것을 보면, 그 짐승은 분명 맹수였다.

킁킁킁!

짐승이 박린을 빤히 보면서 흑점 박힌 꼬리를 마구 흔들었다.

왈? 왈왈!

"설사자(雪獅子)가 널 용케 알아보는구나."

머리를 박린의 무릎에 몇 번 비빈 설사자가 냉큼 박린 소매 속으로 들어왔다.

"……."

박린은 묵묵히 설사자를 쓸었다. 설사자가 긴 혀를 내밀어서 손가락을 간질였다. 그런 설사자의 몸은 화로처럼 따뜻했다.

박린은 또 이 설사자와 울고 웃으면서 생활했던 산사를 떠올렸다. 길을 나선 이상 그리워해서는 안 되는 곳이었고, 어쩌면 영원히 돌아갈 수 없을지도 모르는 그곳.

그곳을 가득 채웠던 솔 향기와 바람 소리가 들려왔다.

왈!

설사자의 심장이 그물에 걸린 고기가 튈 때처럼 파닥거린다. 그 건강한 파닥거림이 마음을 뭉클하게 만들었다.

박린은 한참 만에 노파를 보았다.

"어험."

뭔가 물어볼 말이 마음에서 생겨났다가 지워졌다. 박린은 묻지 못했다. 아니, 물을 수 없었다. 왜 혼자 여기 계셨느냐고… 왜 산사를 떠나셨느냐고… 왜 나와 스승님을 버리셨느냐고.

"어험."

박린은 스승님께서 하신 당부를 떠올렸다.

"린아, 네 숙모가 너에게 한 가지 물건을 맡길 거란다. 그 물건은 너도 익히 잘 아는 것이란다. 아무 이유를 묻지 말고 받거라. 그리고 숙모에게 전해

라. 내가… 죽었다고. 죽어서 흙이 된 지 오래라고. 그러니 이제 그만 기다리라고……."

"그만 기다리라고 전하라 하지 않더냐?"
지나가다가 괜히 한번 툭 건드려 보듯 던져진 물음이었다.
"부디 보중하시라 하더이다."
"……."
"스승님께서 숙모께 전해 드리라고 오백 년 묵은 백사(白蛇)를 몇 마리 싸주셨는데… 험! 소생이 노자가 다 떨어지는 바람에 그만 홀랑 구워 먹었지 뭐요."
"홀홀, 네 스승이 그 정도까지 자상했단 말이냐?"
"어험!"
"거짓을 가까이 할수록 혀는 매끄러워져."
"하하! 알아채셨소?"
"너도 보아하니 어지간한 달변이구나. 이 녀석, 선비라더니 시정잡배(市井雜輩)가 아니냐?"
"어허, 시정잡배라니요?"
"어쨌든 빈말이라도 그리 해주니 기분이 좋구나. 그러고 보면 나도 참 어지간한 속물인 게야."
"……."
바로 침묵이 이어졌다. 바람이 불었고 뿌연 먼지가 무릎에 쌓였다. 침묵이 길어지자 설사자가 귀를 쫑긋 세웠다.
왈?
"알았다, 이 녀석아."

노파는 설사자를 쓰다듬으며 박린에게 물었다.

"린아, 천지가 다 적(敵)이다. 알고 있느냐?"

"알고 있소이다, 숙모."

"보이는 자들만 적이 아닌 게야. 보이지 않는 곳에 웅크려 있는 자들이 더 무섭다. 정말 자신이 있어 길을 나섰느냐? 네가 나선 걸 스승이 만류하지 않더냐?"

"만류하셨지만 어쩔 수 없었소이다. 뭐, 어떻게든 되지 않겠소? 진인사대천명(盡人事待天命)이라고 했으니."

"녀석, 그 대답 한번 구성지구나."

"……."

"쯧쯧, 그 스승에 그 제자라더니 옛말 그른 게 하나도 없도다. 큰소리치는 모습, 구렁이같이 슬쩍 넘어가는 능청, 사람을 정신없게 만드는 능력까지… 너는 어쩜 네 스승과 다른 게 한 치도 없느냐?"

"허어!"

박린은 눈을 부라렸다.

"숙모께선 여전히 사람 볼 줄 모르시는구려. 얼굴이나 인간성, 경륜은 스승님보다야 소생이 훨씬 더 낫다고 자부하오만."

"점점… 흘흘."

"기왕지사 나온 말이니 소생이 한마디 더 해야 되겠소."

"해보아라."

"어험. 말이야 바른말이지, 스승님 죽 끓듯 하는 변덕을 누가 다 수발해 낼 수 있단 말이오, 숙모님이시라면 또 모를까. 숙모님께서 아무 말씀도 없이 떠나신 뒤, 소생 무쟈게 고생을 했소이다."

노파가 눈을 흘겼다.

"엄살 부리지 마라, 이 녀석아! 그것도 고생이라고. 언제는 안 했던 고생이었더냐?"

"어험! 그래도 그렇지. 도대체 그 잘난 무공을 누가 배운다고 매달렸소? 싫다고 반항하는 소생의 머리를 강제로 열고 집어넣으시면서 스승님께서 얼마나 소생을 핍박하셨는지 숙모님께서는 정녕 모르시오?"

"끄음."

"숙모님께서 떠나신 뒤로는 하루하루가 아예 지옥이었소이다. 스승님께선 밤마다 새끼 잃은 암소처럼 어허엉, 어허엉, 온 산이 다 떠나가라 울어대셨소."

"……"

"뿐이오? 찬이 부실하다시며 밥상을 내치시질 않나, 생짜로 굶질 않으시나, 무엇보다 늘 술에 취해 계셨소이다. 술이 아니면 통 잠을 이루시지 못했소이다."

"…그랬구나."

노파가 씁쓸해했다. 박린은 그 씁쓸해진 얼굴에서 스승님을 보았다. 그렇다고 그렇게나 스승님을 좋아하면서 왜 같이 있지 않으신가를 묻지 않았다. 박린은 세상 모든 은애가 반드시 같이 있는 것으로만 결론 지어질 수 없다는 걸 오래전부터 알고 있었다.

"숙모."

"말해 보아라."

"대체 대의(大義)란 게 뭐요?"

"끄음."

"정의(正義)란 게 뭐기에 사람을 그 지경까지 몰고 가는 거요?"

왈?

“……."

오랜 시간이 지난 후 노파가 입을 열었다.

“린아.”

“듣고 있소.”

“사람은 말이다, 특히 뜻을 세운 사내라면 지켜야 할 걸 지켜야 하는 경우에는 얼마든지 잔인해질 수 있단다. 그걸 잃어버린 사내는 살아 있어도 죽은 것이란다.”

그래서 네 스승은 자기 자신을 죽였다.

나를 버리고 외면하면서까지. 너도 잘 알지 않느냐? 내가 너를 선비로 만들려고 얼마나 노력을 기울였는지. 그런데 네 스승은 결국 너를 자신과 똑같은 칼잡이로 만들었단다. 아니, 세상이 그렇게 만들었는지도 모르지.

노파는 마지막 말을 꿀꺽 삼켰다.

‘말이 흘려 내려가는 이 아픔은 정말이지 아프구나.’

“숙모, 소생은 스승님처럼 오직 사내로 살기보다 사내다운 선비로 살 거외다. 그래서 대국의 콧대 높으신 사내들 기를 칵! 꺾어주겠소이다! 그러니 아무 염려 마시고 보중이나 잘하시구려. 그래야 스승님을 다시 만날 수 있으실 게 아니오?”

“흘흘, 녀석!”

노파는 밉지 않게 눈을 흘겼다.

“정말 큰소리치는 모습까지 네 스승을 빼닮았구나. 난 네 스승이라면 이제 지긋지긋하다. 이젠 그만 만나고 싶단다. 알겠니?”

“이런. 어험! 좌우단간 소생은 짧고 굵게 살아야 한다고 입버릇처럼 말을 하는 자치고 제명대로 사는 자를 보지 못했소이다.”

"흘흘, 점점……."

"가늘고 길게 사는 자가 세상 온갖 부귀영화를 다 누리고 죽을 때도 꽉! 하고 죽는답디다. 그러니 이젠 숙모께서도 제발 좀 마음을 편하게 잡숫고 사시오. 소생이 이번 일만 끝나면 아주 편안하게 모실 것이외다. 부귀와 영화를 누리시게 해드리겠소이다."

"린아."

"어험."

"부귀와 영화를 누리기 위해 세상을 사는 사람도 있지만, 나와 네 스승은 그런 것만을 위해서 세상을 살지 않았단다. 그걸 잘 알면서 웬 잔말이 그렇게 많으냐?"

"뭐, 아무튼 소생은 그리 생각하오이다."

"이 녀석! 그런 자들이 네가 입에 달고 사는 선비냐?"

"…아니 될 것은 또 뭐외까?"

왈?

장작빈은 강아지 짖는 소리와 유사한 이 소리를 귀담아들어야 했다. 그래서 설사자가 운남(雲南)이 고향인 맹독성 맹수임을 미리 파악하고 있어야 했다.

산해경(山海經) 외전편(外傳篇)에 기록된 바, 설사자는 사람과 연을 맺으면 죽을 때까지 충성하고, 암수가 연을 맺으면 죽을 때까지 해로하는 특성을 지닌 연리지영물(連理枝靈物).

장작빈은 그런 엄청난 사실을 철저히 외면했다.

뿐만 아니라 말똥을 훔쳐 가고 집을 털어간 놈들을 손봐주려는 원래 목적과 인도와 우공에게서 받은 협박까지를 깡그리 망각하고 엉뚱한 일에 골몰하고 있었다.

왈왈!

"린아."

눈에 넣을 듯 한참이나 박린을 쳐다본 노파가 씁쓸하게 말했다.

"만나자마자 이별이라더니, 정말 오랜만에 만났는데 밥 한 끼도 못 해주고 또 이렇게 금방 헤어져야 하는구나. 이제 연경(燕京)에서나 널 만나겠지?"

"아마 그리될 게요, 숙모."

박린은 순순히 인정했다. 마음 저 아래에서 치솟아오르는 그리움 따위, 슬픔 따위, 애절한 감정 따위는 잘라내 버린 지 오래. 이젠 오직 앞으로 나아가는 일만 남았다.

노파는 아직 그런 감정들을 고스란히 가지고 있는 모양이었다.

"겨우 이천 리 길이지만 얼마나 많은 위험이 있을꼬? 벌써부터 널 잡으려고 눈이 벌건데."

"하하하!"

"음?"

"염려 마시오, 숙모. 이래 뵈도 소생을 흠모하는 무리가 꽤 되오이다?"

노파가 어이없어했다.

"녀석도 참… 얼치기 도적들과 약아빠진 관원, 한물간 도둑을 말하는 게냐?"

"어허, 속물 두 늙은이와 그 수하들은 왜 빼시는 게요?"

"속물? 인도와 우공도 끼어들었느냐?"

"뿐이오? 참한 노인네들도 있소이다. 험험."

“휴우.”

“왜 그러시오?”

노파는 한숨을 한 번 더 쉬고 입을 열었다.

“진청자 일행인 게로구나?”

“그 일행에 아주 어여쁜 낭자도 끼어 있소이다.”

순간 설사자가 반색했다.

까오?

“정말 좋겠구나.”

“그렇다고 뭐 좋을 것까지야. 험험.”

“인도와 우공은 기분 내키는 대로 행동하는 괴팍한 성격 같지만, 사실은 아주 치밀하고 음흉한 늙은이들이지. 지금은 전면에 나설 수 없는 상태라 네 뒤만 쫓을 게야. 하지만 언젠가는 전면에 나설 게다. 그때 그들을 만만히 봐서는 안 돼.”

“명심하리다.”

“진청자 일행도 믿을 수 없다. 끙!”

노파가 일어섰다. 박린은 노파 눈에 어린 깊은 수심과 회한을 놓치지 않았다. 노파가 어렵게 말을 이었다.

“새침데기 진청자… 심성이 그리 나쁜 사람은 아니야. 하지만 좋은 사람도 아니다. 그건 엉터리 땡초 광불도 마찬가지지. 아직 멀었어, 저희가 뭘 잘못했는지 깨달으려면! 진청자는 널 보자마자 네가 지닌 물건을 빼앗으려 들 게야.”

“그게 쉽겠소?”

“너도 명심하고 있겠지만, 진청자에게 물건을 빼앗기면 안 된다. 오히려 빼앗아야 한다.”

"명심, 또 명심하리다."

"……."

한동안이나 박린을 바라본 노파가 돌아섰다.

"그럼, 난 이만 가련다. 지금처럼 건강한 얼굴로 연경에서 다시 보자 꾸나."

노파가 휘적휘적 걸어갔다.

"숙모?"

노파가 돌아섰고 눈이 마주쳤다.

박린은 노파를 눈에 담아서 머리 속에 꼭꼭 박아 넣었다.

감정 따위는 다 삭제했다고 생각했는데 아니었다. 막상 헤어지는 순간이 오자 오래된 심지를 가진 등불처럼 감정이 살아 올라왔다. 어렵게 만났는데… 이렇게 또 금방 헤어져야 하는 슬픔이 코끝을 찡하게 울렸다.

"부디 보중하시오. 소생에겐 숙모가……."

"그만."

노파는 박린이 지금 무슨 말을 하려는 것인지 안다는 표정으로 빙그레 웃었다.

"흘흘… 네 걱정이나 해라, 이 녀석아."

왈!

노파가 안 보이자 박린은 눈을 훔쳤다.

"먼지가 들어간 게야. 그래서 이렇게 눈물이 나오는 게지. 선비는 어떤 경우에도 눈물을 보이지 않거든?"

장작빈은 노파와 박린이 헤어지는 것도 신경 쓰지 않았다.

우공이 이 사실을 알았다면 그 흉측한 손톱으로 장작빈을 당장 찢어 죽였을 테지만, 일이 그렇게 된 건 장작빈의 책임이 아니었다.

"에헴!"

장작빈은 지금 여인네가 가져야 될 미덕을 생각 중이다.

'아무 말이나 풍덩풍덩 내뱉으면 못 쓴다. 아무 사내와 눈을 마주쳐도 안 되지. 어떤 경우에도 사내와 합석은 절대 금지!'

본의에 의해서 사타구니를 열 때에도 세 번 이상은 필히 사양을 해야 해. 뿐만 아니라 사내가 지닌 기갈을 먼저 해결해 준 다음 절정에 달하고, 절정에 달하면 가냘프게 소리를 살포시 질러 사내가 행한 수고를 위로해 줘야 마땅하지.

"에헴!"

자, 그럼 여기서 잠깐 호로투 화목 매상이란 년을 살펴볼까?

이년은 아무 사내한테나 반 토막짜리 말을 툭툭 내뱉는다.

그것도 씨팔… 같은 육두문자(肉頭文字)를 잔뜩 버무려서.

뿐만 아니라 엉덩이와 사타구니를 다 드러내 놓고 뻔히 사내를 쳐다보는 걸 즐기지. 품행이 이런 수준이니까 어떤 때는 '제발 한번 넣어주세요' 라고 사정하는 것처럼 오해할 때도 부지기수거든?

'내 어찌 이런 쌍년을 정숙하다고 하리오?'

생각을 끝낸 장작빈은 크게 외쳤다.

"젊은 년이라 그런지 유실이 참으로 토실토실하네!"

지금 장작빈은 정숙하지 않은 년, 매상을 안고 떡 주무르듯 주무르는 중이다. 그래서 말뚱을 훔쳐 간 녀석은 머리 속에 눈곱만치도 남아 있지 않다. 매상이 철부지 잉어처럼 펄떡거리며 머리가 어질어질해질 정도로 짙은 콧소리를 내고 있기 때문에.

“흐응… 아이, 씨팔! 아찌, 그러니까 그 야릇한 물건을 나한테 맡기라니까?”

“어… 이것 참!”

장작빈은 황홀했다.

일수이어(一手二魚) 상황. 앞에는 매상, 뒤는 달알이족 화녀 파리(爬犁)가 등골을 싹싹 핥으면서 앓는 소리를 낸다.

“그게 어떤 물건인지… 으흥, 한번 내놔봐, 여봉.”

이 파리란 년은 자기와 몇 번 살을 비볐다고 아예 대놓고 ‘여봉’이었다. 청춘도 아니고 나이를 사십씩이나 처먹은 년이, 그것도 한없이 무식하고 야만스러운 달알이족 주제에 ‘여봉’이라고 부르다니.

‘쳇!

아무려면 어때? 마음 맞고 몸 맞으면 그만이지 뭐.

아무하고나 모나지 않게 연을 맺고 그럭저럭 한세상 살다가 죽으면 그만이 아닌가. 왜 여보 당신 따위의 몹쓸 언어에 연연해야 한단 말인가? 그런 몹쓸 언어에 목메어 혼자 비참한 노년을 보내다가 객사해 버리는 먹물들보다야……

“이봐요, 아찌?”

“오, 오냐!”

“나 이래 뵈도 상당히 비싼 몸이라고. 잘 알겠지만 아찌 같은 늙다리는 감히 내 불두덩을 건들지도 못해요. 으음, 여기서 딱 한 번 대줄 테니까 어서 그 물건을 날 줘요. 음? 왜 하필이면 이런 헛간에서 하냐고?”

“오해하지 마라. 노, 노부는 장소를 안 가린다.”

“아이, 씨팔! 밝히긴.”

“으흥… 여봉, 나도 마찬가지야. 특이한 걸 밝히걸랑? 그러니 우리

언닐 먼저 먹은 다음 바로 날 먹어줘요. 으흥, 난 언니한테 한 달에 딱 세 번만 그 물건을 빌릴 거야. 응?"

"허허, 이렇게 곤란한 일이… 에헴!"

장작빈은 정말 간만에 '곰팡이 낀 버섯' 이 크게 전율하는 것을 느꼈다. 그래도 만리경은 보물 중 보물, 돈이 있다고 얼마든지 살 수 있는 평범한 물건이 아니다.

'흐흐, 그렇다고 이런 기회를 놓칠 수야 없지!'

일단 드시고 보는 게야! 드시고 난 다음 오리발을 내밀든 닭발을 내밀든… 하다못해 꿩발을 내밀어도 절대 손해 볼 일은 없다.

그러잖아도 도주라면 이골이 났지 않은가.

'에헴, 우선 나이가 어린 매상이 년부터…….'

장작빈은 서둘러서 매상을 벗겼다. 윗도리를 벗기자 대번에 뽀얀 목덜미부터 엉덩이까지 죽 이어진 솜털, 그리고 밀가루처럼 부드러운 살결이 드러난다. 그리고 출렁 아래로 떨어졌다가 바로 되올라오는 젖이 기가 막히다.

"쩝쩝쩝쩝!"

장작빈은 매상의 솜털을 마구 핥아먹었다. 그러자 매상의 사타구니 사이에서 피어오른 기묘한 냄새가 목을 친친 감고 마구 심장을 두들긴다.

"어흡!"

장작빈은 얼른 이 상태를 점검한 다음, 바로 매상의 발딱 일어선 유두를 깨물었다.

딱!

번쩍 일어난 섬광이 머리 속을 후려 때렸다.

"아이고!"

유실을 놓친 이와 이가 서로 부딪치면서 일어난 섬광과 굉음이었다. 장작빈은 코가 화끈해졌다.

"이 나갔다, 이년아!"

"엄머? 그랬어?"

매상은 생글생글 웃으며 손을 내밀었다.

"아찌, 어떡하지?"

"뭘?"

"난 외상을 매우 싫어하거든? 절대 사절이라고. 왜냐하면 말에요, 아찌가 꿩발을 내밀면 난 아무 대책이 없거들랑?"

3

"어험."

박린은 저잣거리를 어슬렁거리면서 기웃대다가 저잣거리 끝에 있는 목책까지 왔다.

"으음, 과연!"

장백천산(長白天山) 인근에서 아름드리 전나무를 벌목, 애라하를 통해 여기까지 이동해 와서 빙 둘러친 목책은 과연 호로투를 요새처럼 보이게 만들었다. 목책은 높이가 무려 일 장 반(4m 50㎝)인 기둥을 수직으로 세웠는데, 끝을 송곳처럼 날카롭게 깎아서 외인이 함부로 넘어오지 못하게끔 만들었다.

뿐만 아니라 수성전(守城戰)을 대비, 상부에 사다리처럼 얼기설기 잔나무를 짜놓아서 성곽과 다르지 않았다.

그러나 박린은 이 튼튼한 목책보다 이 목책을 의지해 세운 망루를 보고 감탄을 연발하고 있었다.

"과연!"

망루는 바닥에서 무려 오 장(15m) 높이, 망루는 양털구름이 떠 있는 쪽빛 하늘로 까마득히 솟아올라서 그저 올려다보는데도 현기증이 다 일어난다.

"선비는 일상생활 속에서 운동을 발견해야 하는 법!"

허부적허부적.

박린은 망루로 올라갔다.

"다, 당신 뭐유!"

구말(具末)은 원래 밤 보초였다. 그런데 아침이 다 지나고 한낮인 지금까지 보초를 서는 이유가 있다.

낮 보초와 교대하기 전에 한잔 술이 생각나서 객잔에 들렀기 때문이다. 거기서 아는 사람을 만나 한잔 술이 한 병 술이 됐다. 한 병 술은 두 병 술이 됐고, 술은 원래 짝수로 마시면 안 돼서 세 병 술을 마셨다. 그 세 병 술만 마시고 일어섰으면 딱 좋았다.

세 병 술이 네 병 술이 되고, 네 병 술이 금방 다섯 병 술이 됐다.

마침내 다섯 병 술이 일곱 병 술이 되자 구말은 '에라이, 모르겠다' 상태. 교대고 뭐고 다 때려치우고 냅다 술을 들이붓는 상황까지 도달했다.

덕분에 오지 않는 구말을 기다리면서 속절없이 양물을 바짝 얼린 낮 보초 홍아(紅阿)가 가만있을 리 없었다.

"이 개새가 다음번 보초였걸랑요?"

　구말의 멱살을 잡고 꽁꽁 언 양물을 마구 비비며 촌장에게 달려간 낮 보초 홍아는 일단 그렇게 말했다.

　"대낮부터 술이나 잔뜩 처먹고 널브러진 이 개새가 얼마나 무책임한 놈인지 우리는 똑똑히 알아야 해유."

　분노한 촌장은 구말에게 엄한 형을 집행했다.

　"앞으로 열흘 낮 열흘 밤 동안 보초를 서게!"

　"킁!"
　그래 기분이 매우 안 좋은 상태로 보초를 서는 중인데 갑자기 목교가 무너져 내리는 괴이한 사태가 발생했다.
　뿐만 아니라 해자에서는 여러 명이 똥을 던져 대면서 서로 욕지거리를 해대는 해괴한 일까지 일어나고 있었다. 이건 심각해도 보통 심각한 일이 아니었다. 구말은 정신을 바짝 차리고 똥 싸움을 열심히 주시했다.
　그런데 생전 처음 보는 이상한 녀석이 올라와서 불쑥 머리를 디밀었다.
　"당신 뭐냐니께?"
　"예?"
　녀석은 맹한 표정으로 뒤를 한 번 돌아보고 다시 고개를 돌려서 되물어왔다.
　"소생 말씀이오?"

"이, 씨팔! 그려. 그럼 거기 당신밖에 누가 더 있어?"

"어험."

"당신 정체가 뭐냐니께?"

"소생이오?"

녀석은 맹한 표정을 한 번 더 지어 보이고 엄지손가락으로 자신을 가리켰다.

"소생은 선비외다!"

"선비?"

일 년에도 서너 차례씩 조선에서 파견된 동지사(冬至使)나 사은사(謝恩使), 천추사(天秋使) 깃발을 앞세운 조공 행렬이 이 호로투를 지나간다. 구말은 일단 이 조선 녀석이 뭘 모르고 망루에 올라온 것이라 생각하고 점잖게 타일렀다.

"이봐. 이곳은 외인 출입 금지 구역이여. 알어?"

"아, 그렇소?"

녀석은 어정쩡하게 물은 다음, 출입 금지 구역이라는 말이 무색하게 망루로 올라왔다.

"흠!"

구말은 녀석에게 조금 흥미를 느꼈다.

그러잖아도 누군가와 이야기를 나누고 싶어서 몸살을 앓던 참. 조선 양반들은 필담(筆談) 나누기를 즐기고 인심도 후해서 청심환(淸心丸)이나 호골환(虎骨丸)처럼 귀한 약을 몇 알씩 주는 경우가 많다. 꼭 그런 것 때문은 아니었지만 구말은 이 녀석과 걸쭉한 농이라도 몇 마디 주고받으려면 자신이 일단 상대를 알아야 한다고 생각했다.

'이자는 조선인 중에서도 격식과 체면을 목숨처럼 소중히 여기는 바로 그 양반?

찌그러진 갓에 물소가 씹다가 버린 것처럼 쭈글쭈글한 도포를 걸치고 등에도 허름하기 짝이 없는 병풍을 졌지만, 엄숙한 척하는 얼굴과 근엄을 가장하고 꼭 다물린 저 입술을 보니까 양반이 틀림없다. 그런데 이 괴상한 녀석은 농을 주고받을 생각이 전혀 없어 보였다.

"어험."

녀석은 촌닭처럼 주위를 보고 병풍을 내려놓았다.

털썩!

"초원이 일망무제로 펼쳐졌으니, 가히 한번 크게 울어볼 만한 장소로다!"

'가히 한번 크게 울어볼 만한 장소?

구말은 녀석을 따라 초원에 눈을 주었다.

'가히 한번 크게 울어볼 만한 장소' 인지는 모르겠지만, 툭 터진 초원은 매일 봐도 시원하다.

수천 마리 양 떼가 한가로이 풀을 뜯는 저 너머, 야생마 수백 마리가 바람처럼 내닫고 약대와 노새, 나귀들이 관도를 쉼없이 오간다. 그 사이로 닭과 돼지, 염소들이 노닌다.

"이런 곳에서 선비가 시(詩) 한 수도 읊지 못한다면 어찌 하늘 아래의 하늘, 요동벌을 봤다고 행세할 수 있으리오."

'어라?

구말은 녀석이 좌정하자 어이가 없어졌다.

'가히 한번 크게 울어볼 만한 장소' 라거나 '시 한 수도 읊지 못한다면……' 따위는 그렇다 치자. 뒤에 거지발싸개 같은 병풍을 턱하니 펼쳐 놓고 도대체 지금 뭐 하자는 건가.

구말은 갑자기 심한 짜증이 몰려왔다.

"이보슈!"

"어험, 말씀하시오."

"당신, 뭐여?"

"소생이 아까 밝혔질 않소?"

"그거 말고."

"예?"

"뭔데 여기 올라와서 이러냐고."

"왜, 못 올 데라도 온 것이오?"

"……."

잠시 사이를 두고 힘을 고른 구말은 힘껏 악을 썼다.

"여기는 외.인. 출.입. 금.지. 구.역.이.랬.잖.어!"

"쉿!"

녀석이 힘도 안 들이고 입에 손가락을 갖다 댔다. 그리고 이리 오라는 듯 손가락을 까닥였다.

"음?"

구말은 주춤주춤 녀석에게 다가갔다. 녀석이 거리낌없이 행동하는 것을 보고는 마음이 켕겨서였다. 아무래도 녀석은 자신이 보초를 잘 서나 못 서나 촌장이 감시하려고 보낸 자 같았다.

'이런 개도 안 물어갈 늙탱이 같으니라고! 어디 할 짓이 없어서……'

"어험, 공(公)은 선비를 아시오?"

"음?"

"예(禮)와 비례(非禮)를 아시오?"

"으?"

"생각해 보지 않은 모양이시구려?"

구말이 계속 멍한 표정을 지어 보이자 녀석이 결론을 냈다.

"이보시오, 귀공."

"……?"

"선비도 모르시고 예와 비례도 모르신다면 굿이나 보고 떡이나 드시는 게 어떻소? 지독한 술 냄새나 풀풀 풍겨서 선비가 지닌 시심(詩心)을 흐리는 건 군자가 취할 행동이 아니오. 어험!"

딱!

녀석이 엄지와 중지를 묘하게 비틀어서 소리냈다.

'굿이나 보고 떡? 술… 냄새?'

구말은 촌장에게 당할 때의 감정을 슬슬 끌어올렸다.

'날 순 무식쟁이 취급을 하다니!'

구말은 와락 녀석에게 달려들었다.

"이놈!"

순간 녀석의 소매에서 또로록 굴러 나온 무엇이 바닥을 톡! 차고 구말 어깨로 튀어 올랐다. 그 속도가 얼마나 빨랐는지 구말은 하얀 뜨개실 뭉치가 튀어 오른 걸로 착각했다.

"으?"

그것은 뜨개실 뭉치가 아니라 짐승이었다. 그것도 고양이와 토끼, 삽살개를 섞어놓은 것처럼 생긴 괴이한 짐승!

갸르르—

녀석은 밝은 노란 색깔 눈에 떠 있는 반달이 선명했고, 슬쩍 보여주는 푸른 발톱은 무려 두 치. 녀석이 하품하듯 입을 크게 벌리자 입천장에 붙은 살무사 이빨 같은 독니 한 쌍이 보인다.

그게 갈기를 세우고 상판을 확 구겼다.

으르르.

"으헉!"

구말은 부들거리면서 주저앉았다.

"선비에게 비례를 행한 보답이오이다. 어험!"

조선 녀석, 박린은 구시렁거리고 바로 돌아섰다.

"아, 아! 천산에 조비절이요[天山鳥飛絶], 만경은 인종멸이로다[萬徑人蹤滅]. 고주에 사립옹이니[孤舟蓑笠翁], 독조에 한강설이로세[獨釣寒江雪]."

계절이나 초원과 전혀 안 어울리는 시였지만 목소리만큼은 매우 힘차고 낭랑했다.

"새도 날지 않고 인적마저 끊겼는데… 험험, 도롱이 입고 삿갓 쓴 늙은이만 홀로 눈[雪]을 낚는구나. 정말 좋은 시가 아니냐?"

박린은 혼자 해석까지 마치고 나서 입맛을 쩝쩝 다셨다.

"이보게, 설 서방."

까오?

"주해가 필요하신가?"

왈왈!

"어험, 여기서 천산(天山)이란 하늘 아래 모든 산을 말씀하는 게야. 어떤 자들은 이 천산을 실존하는 산명(山名)이라고 우기지만 그건 뭘 모르고 지껄이는 소리지."

까웅?

"또 만경(萬徑)이란 세상 모든 길을 말씀함이지. 인종(人蹤) 역시 사람 자취를 말씀함이니… 이 얼마나 숨 막히는 광경이 펼쳐진 것인가? 백설로 조용히 뒤덮인 산하, 그림으로 그리려 들면 그야말로 붓질이 엄두가 안 나는 상태가 아닌가? 정말 기막힌 시가 아니뇨?”

끄응.

설사자가 나와는 상관없다는 듯 고개를 한 번 기울였다가 길게 하품을 했다. 박린은 어이없어하지 않고 바로 고개를 들어 어디를 바라보았다. 물론 해자에서 아직까지 싸움에 열심인 얼치기 도적 왕씨 육 형제와 대도독부 부위 요양휘를 본 게 아니었다.

“저게 뭔가? 황진(黃塵)이 아닌가?”

하늘을 물들여 버릴 듯 거대하게 일어난 먼지구름 위로 언뜻언뜻 보이는 건 홍사(紅蛇)처럼 길게 날리는 붉은 군기(軍旗)들이다. 그 아래 정연하게 오와 열을 맞춘 철기대가 지평 이쪽과 저쪽을 한 줄로 이으면서 치달아 오고 있었다.

두두두—

철기대가 피워 올린 먼지가 하늘을 온통 뒤덮어서 초원에 커다란 그림자가 생겼다. 삽시간에 그림자 아래가 시끄러워졌다.

두두두—

거대한 해일처럼 밀어닥친 군세에 한가하게 노닐던 양 떼들이 호로투로 달려오고, 닭과 오리들이 깃털을 날리면서 사방으로 뛰어 달아났다. 그런 떠들썩함 한가운데를 거선(巨船)처럼 갈라 들어온 봉황군 철기대가 서서히 속도를 죽였다.

“워어, 워어!”

철기대가 몰고 온 먼지가 호로투 목책을 한 번 후려치고 하늘로 퍼졌다. 먼지가 걷히면서 모습을 드러낸 철기대는 정예였다. 엄청난 먼지에도 마갑(馬甲)과 철린이 새것처럼 번쩍이고 말 울음소리 한 점 들리지 않았다.

박린은 감탄하지 않을 수 없었다.

"장수가 과연 누군지 모르겠지만 대단히 엄정한 군기로다. 비록 황실이 엉망이어도 저런 군대가 있음에 이 큰 나라가 유지되는 것이 아니겠는가?"

잠시 후, 지평에서 다시 먼지가 일었다.

후두두두—

이번에 나타난 건 무수한 깃발을 쳐든 보군(步軍)들이었다. 오색 깃발이 거대한 먼지구름을 배경으로 물결처럼 출렁거리면서 달려오는 광경은 또 다른 장관이었다.

"어험."

박린은 중앙에 우뚝한 깃발에 눈을 주었다. 금거북 두 마리가 수놓인 붉은 깃발에 쓰여진 글자가 용처럼 꿈틀거린다.

—요동도지휘첨사(遼東都指揮僉使) 봉성장군(鳳城將軍) 장약기(張若基)!

"봉성이라면 봉황성이 아닌가? 그렇다면 저 군사들은 조선과 국경을 맞대고 있는 봉황군(鳳凰軍)이 틀림없다. 아가 만 리 길을 풍찬노숙하며 달려온 보람이 있도다. 마침내 이렇게 만났으니. 어험험!"

박린의 말대로 그들은 봉황군이었다.

연연 일행을 데리고 대천두(大川頭)에서 남하를 시작한 봉황군은 노도비(老道批)를 거치지 않고 바로 관전(寬田)으로 진군, 험준한 청기산(青埼山)을 우회 포석하(浦石河)를 타고 계속 남하해 마침내 이 호로투로 들어섰다.

"으음."

박린은 군세에 다시 한 번 감탄했다.

"철기 사백을 선봉 세우고 좌우익과 후군에도 철기를 삼백씩 배치, 그 안에 보군 다섯 부대를 죽 깔아놓은 대단한 군세로세."

봉황군은 보군 편제도 엄중했다.

창대(槍隊)가 선두, 그 뒤는 도부대(刀斧隊), 그 뒤를 궁대(弓隊)가 잇고, 이 궁대를 화포대(火砲隊)가 밀고 있는 형태.

한동안 봉황군을 찬찬히 살핀 박린은 이내 고개를 흔들었다.

"어험, 대단히 보기 좋은 모습이로세. 하지만 틀이 너무 엄격해. 더불어 보군들은 바짝 달라붙었고 철기들은 너무 분산돼 있네. 저래 가지고서야 명령 전달이 어렵지."

까오?

"이런. 설서방?"

왈?

"저런 편제는 초원 사정에 적응하기 매우 어렵단 말이지. 시시각각으로 변하는 곳이 초원 아닌가. 한마디로 정공(正攻)엔 적수가 없되 기습(奇襲)엔 곡소리깨나 들리는 편제야."

박린이 이런저런 평가를 내리는 동안 봉황군 선발대가 막 해자로 출발했다. 해자는 요양휘와 왕씨 육 형제가 난전을 벌이는 곳. 아직 해자는 싸움이 한창이었다.

"이랴!"

선발대 중 말 한 필이 급히 본대(本隊)로 달려갔다.

두두두——

"어험."

박린은 고개를 돌렸다. 박린이 이번에 본 건 봉황군 중심에 놓여진

함거였다. 외곽을 초피(貂皮)로 얼기설기 둘러 추위와 햇빛을 막은 함
거 옆에 선 세 사람이 보인다.

"마의를 입은 노도사와 그와는 정반대로 생긴 비대한 괴승, 철장 쥔
할머니시라?"

그들은 바로 진청자와 광불, 곽파였다.

박린은 낮게 탄식했다.

"만 리 길을 와서 겨우 만났는데, 고지식한 봉황군과 모양만 그럴듯
한 노인네들에게 둘러싸인 채 옥살이를 한다?"

한동안 무엇을 생각한 박린은 문득 손을 쳐들었다.

딱!

소리와 동시에 설사자가 쪼로록 달려왔다.

까오?

"설 서방, 자네 고견을 세이경청(洗耳傾聽)해야겠네."

설사자는 의견을 제시했다.

왈왈왈!

"으음."

왈왈!

설사자는 계속 말했다.

왈! 카옹! 왈왈!

"어험."

박린은 멀뚱해졌다.

까오?

"지나치게 빠른 말씀이네. 신인(神人)이 아닌 담에야 누가 다 알아듣
겠느뇨?"

꼬왈?!

'이놈!'

장작빈은 지금 망루 아래에서 열심히 사다리를 치우고 있었다.

녀석의 차림이 하도 특이해서 저잣거리에서 몇 번 물어보지 않고 바로 되짚어온 길. 처음엔 망루로 올라가서 직접 손을 봐줄까도 생각했지만, 괜히 그럴 필요 없었다.

'흐흐흐!'

망루는 사다리만 치우면 망망대해에 뜬 섬이나 다름없다.

'이 나쁜 거지! 어디 두고 보라지. 말똥을 훔쳐 간 게 얼마나 얍삽하고 비열한 작태인지를 똑똑히 알게 해주겠다!'

사다리는 통나무와 밧줄로 만들어서 보기보다 튼튼했다. 거의 분해하다시피 사다리를 치워 버린 장작빈은 땀을 닦으면서 희희낙락했다.

"에헴!"

이제 인도와 우공만 기다리면 되는 일. 말똥을 훔쳐 간 죄는 그 노마물들이 자신보다 몇 배나 더 처절하게 물을 게 분명했다.

'아이고, 좋아라!'

우선 우공이 엄청난 손톱으로 얼굴 가죽을 홀딱 벗길 테지? 그 다음에는 인도가 불덩어리를 들고 그 벌겋게 벗겨진 얼굴을 마구 지질지도 몰라! 그러면 녀석은 오줌을 설설 지리면서 '어흐흐! 제발 좀 살려주시우' 하고 울부짖겠지? 그때 본인이 척 나타나서 이렇게 한말씀하시는 게야.

'네 이놈! 대명천지가 아니더냐? 죄를 짓고는 못 사는 세상이란다. 선량한 사람을 이렇게까지 괴롭히고도 과연 살 수 있으리라고 생각했느냐?'

"카카카카캇, 에헴!"

장작빈은 망루를 올려다보고 망루 그림자 속으로 들어갔다.

다음 순간 그가 연기처럼 희미해지더니 감쪽같이 사라졌다.

스윽.

장작빈은 무한투(無限偸)를 펼쳐 모습을 지워 버린 것이다.

무한투는 원래 소림 역근경 중 상행십이중루(上行十二重樓)에서 파생된 희대의 은둔법(隱遁法)이다. 장작빈은 환관 집 창고에서 이 비서(秘書)와 몇 가지 보물을 들고 나온 뒤, 하루아침에 죄인 신세가 됐다. 장작빈은 바닥에 누워서 녀석이 만난 노파 벽력선자를 곰곰이 생각했다.

'그 노파가 이런 촌구석에……?'

일수를 휘두르면 장영 일천 개가 사방 십 장을 으스러뜨리고, 일소를 지으면 꽃 일만 송이가 떨어졌다는 기인, 벽력선자!

동생과 함께 천하제일미(天下第一美)라고도 불렸던 그녀가 그런 초라한 행색으로 여기를?

"에이, 설마?"

당최 믿어지지 않는 일이었다.

매상의 말에 따르면 그 노파는 한 오륙 년 전쯤 이곳에 자리를 잡았고, 날마다 그 흙담에 나와서 동쪽만 바라보았다는 것이다.

"음?"

장작빈은 몇 번 더 벽력선자와 노파를 동시에 떠올려 합쳐 보려다가 고개를 흔들었다.

"그럴 리 없다!"

벽력선자가 그런 추레한 모습으로 이런 촌구석에 자리 잡을 아무런 이유가 없었다. 한때 장작빈도 다른 사내들처럼 벽력선자를 은애했던 시절이 있었다.

장작빈은 자신보다 열 살이나 연상인 벽력선자와는 딱 한 번, 그것도 우연히 스쳤다. 그 결과 몇 년 동안 잠을 이루지 못했다. 어쩌면 그 시절에 가졌던 아련한 동경과 은애가 이런 부정을 하게 한지도 몰랐다.

'벽력선자는 벌써 수십 년 전에 황궁 사람이 되었어. 황제 뒷수발이나 들어주는 궁인(宮人)이 되었단 말씀이지.'

그래서 슬퍼했고, 세월이 흐르면서 점점 잊혀졌다.

"에라이, 이제 나와 무슨 상관이냐."

장작빈은 괜히 머리만 복잡하게 만드는 추레한 노파를 지워 버리고 철부지 잉어, 매상을 떠올렸다.

'고년 참!'

매상은 젊은 년답게 길게 끌거나 미적거리지 않고 한달음에 절정으로 치달았다. 양물을 넣을 때, 부끄럽다며 눈을 감아달라고 요구한 게 못내 꺼림칙하지만.

"흐음… 그년이 하고 나서 바로 손을 씻었단 말씀이야?"

장작빈은 기분이 묘해졌다. 매상, 그 여우 같은 년이 손으로 해준 건 아닐까? 조임과 풀림이 유난히 죽였는데?

장작빈은 바지를 벗고 양물을 살폈다.

"잉?"

아까는 괜찮았었는데 지금은 표피가 벌겋게 부어 있었다. 시험 삼아서 툭 건드려 보니까…….

"윽!"

장작빈은 볼 살을 마구 푸들거렸다.

겨우 손으로 하자고 내가 금비녀를 두 개씩이나!

"이, 씨팔! 매상, 내가 그년을!"

4

"야, 이 개식꺄!"

왕특이 힘껏 내던진 주먹만한 덩어리가 저 앞에서 이쪽을 노려보던 놈을 때렸다.

픽!

"아이고!"

널브러졌던 그놈이 벌떡 일어나서 바로 한 덩어리를 이쪽으로 날렸다. 왕특은 맹렬하게 날아오는 덩어리를 뻔히 바라보면서도 피하지 못했다. 똥과 진흙, 통나무가 뒤엉켜 있는 바닥이 얼음판처럼 미끄러웠고 수렁처럼 끈적끈적했기 때문에.

픽!

"짜샤. 어떠냐! 내 돌이 더 크지?"

아니! 저놈은 넷째 왕사가 아닌가?

"으으!"

왕특은 매우 분노했지만 도리가 없었다. 자신을 비롯한 형제 모두가 해자에 처박혔고, 막 일어나려는 순간에 통나무가 우르르 쏟아졌다.

그래 잠깐 기절했다가 일어나서 보니 몸 전체가 똥과 진흙에 버무려져서 당최 누가 누군지 분간할 수 없는 상태였다.

그래도 숫자가 일곱이니 그중에 한 놈은 거지가 분명했다.

이런 상황에서 거지를 확인할 수 있는 방법은 다른 게 없었다.

한 덩어리씩 날려서 비명 소리를 들어보는 것.

처음에는 서로가 조심조심 진흙을 던졌지만, 누군가 진흙에 똥을 넣어 던지자 너도나도 똥을 던졌고, 누군가 돌을 넣어 던지자 아예 돌을 던지는 엄청난 사태로 발전했다. 그래서 지금은 누가 과연 형제인지를 확인할 생각보다 어떻게 하면 한 대라도 더 때리나를 고민하는 상황이었다.

픽!

"어흑!"

왕특은 또 자빠졌다가 일어나서 한 덩어리를 날렸다.

"에잇!"

픽!

"아프지, 요놈아!"

"에잇!"

요양휘도 벌떡 일어났다.

"아야야!"

요양휘도 죽을 맛이었다. 삼대를 이어온 명문 장군가의 고귀한 자식이, 화산 개파 이래 최고 기재가 이런 어처구니없는 상황을 꿈에서라도 상상해 봤던가. 몸은 척척하지, 발은 떨어지지 않지, 냄새까지 지독해서 정신이 다 오락가락한다.

"이놈들!"

요양휘는 정신을 차리고 온 신경을 집중했다.

좌우를 비롯해서 앞뒤에서 날아오는 덩어리들이 한두 개가 아니다. 그러나 아무리 정신을 집중해도 이미 날아온 건 피할 재간이 없었다.

픽!

요양휘는 눈알을 강타한 고통에 쓰러졌다. 요양휘는 얼른 바닥을 긁어서 손에 잡히는 걸 움켜쥐고 일어났다.

누군가 떨어뜨린 호미.

"에잇!"

퍽!

호미를 맞은 자가 자빠졌다. 이어 누군가를 강타한 그 호미가 허공에 둥실 떴고, 그 뒤에서 일어난 누군가가 다시 호미를 움켜잡았다.

텁!

파라랑!

회전하면서 날아온 호미가 다시 요양휘를 두들겼다.

퍽!

"…끄윽!"

또다시 뒤에서 벌떡 일어선 누군가가 호미를 잡았고, 똥에 바로 버무려진 호미가 날아가서 또 누군가를 강타했다.

퍽!

"이 씨팔, 니들 다 죽었다!"

"누가 할 소리!"

"덤벼라!"

슈슝슝슝! 피슝―!

이제 왕씨 육 형제와 요양휘는 목숨을 걸고 싸움에 임했다. 누군가가 통나무를 치켜들고 마구 휘두르자 바로 누군가가 쇠스랑을 쳐들었다.

퍽!

그 사이를 패도가 날아다니고 철퇴가 붕붕거린다 싶더니 하나씩 둘씩 뻗기 시작했다. 다 뻗어서 마침내 조용해졌나 싶은 순간, 벌떡 일어난 누군가가 또 주먹을 날렸고 그 옆의 누군가가 멱살을 잡았다. 누군가가 목을 조르면 또 누군기는 발로 찼고, 또 누군가가 물어뜯었다.

"죽어!"

"뇌라, 이놈아!"

요동도지휘첨사 장약기는 이 한심한 싸움을 물끄러미 지켜보다가
마침내 결단을 내렸다.

"이봐."

부장 가달(佳達)은 구십 근짜리 대부(大斧 : 큰 도끼)를 사리고 얼른 포
권했다.

"예이, 합하!"

"저 일곱 놈을 당장 포박해라!"

*　　　*　　　*

연연은 지평 저쪽으로 침몰하는 달을 보고 있었다.

열기를 삭제해서 더 창백한 달 속에 든 이름 모를 계곡과 호수, 계수
나무 아래 떡방아를 찧는 옥토끼와 은 두꺼비가 선명했다. 달이 침몰
하는 궤적을 따라 천천히 미명이 물들어온다.

"기침하셨사옵니까?"

담비 가죽 사이로 곽파가 물어왔다.

"……."

연연은 대답을 미루고 곽파의 뒤편을 보았다.

헤아릴 수 없이 많은 군막들, 그 사이로 안장을 내린 군마들이 서성
인다. 아침밥 짓는 매캐한 연기와 여물 끓이는 냄새 속에 갑옷을 손질
하고 병기를 챙기는 부산함이 가득했다. 그런 부산함을 안으로 끌어당

긴 연연은 곽파를 보았다.

"간밤도 힘드셨지요?"

"힘들지 않았사옵니다, 아가씨. 병사들이 지켜주는 바람에 간만에 숙면을 취했사옵니다."

연연은 곽파의 말을 믿지 않았다.

행로 내내 곽파는 어미 닭이 병아리를 품 듯 가장 가까이서 자신을 지켜주었다. 연연은 조금 더 담비 가죽을 젖혔다.

휘이이.

초원이 코끝 싸한 싱그러움으로 달려왔다. 초원 한 편에 구부정한 자세로 곽파가 시립해 있었다. 저런 불편한 자세로 곽파는 밤새 함거를 지킨 것이다.

뭉클해진 연연은 아무 말도 할 수 없었다.

"간밤에 서리가 내렸나이다."

"그래요. 파파께서도 온통 하얗게 변하셨네요."

오랜 세월이 담긴 백발에, 구부정한 어깨에, 방랑으로 남루해진 옷자락에 서리를 가득 얹은 곽파가 눈을 들어 연연을 보았다.

"울지 마소서, 아가씨."

"아, 아니에요, 파파. 연연은 어, 어떻게 이 은혜를 갚아야 할지 모르겠네요. 연연은 지금… 아무것도 없네요. 그게 너무 슬퍼요."

다가온 곽파가 연연의 눈물을 닦아주었다. 곽파의 손은 나무뿌리처럼 거칠었고 화로처럼 따뜻했다.

한참을 더 울고 마음을 가라앉힌 연연이 곽파를 불렀다.

"파파."

"말씀하소서, 아가씨."

"먼저 약조해 주세요. 꼭 대답을 주시겠다고요."

"……."

"어서 약조해 주세요, 파파."

"예, 아가씨. 꼭 대답을 드리겠나이다."

"좋아요, 파파. 이제 물을게요."

연연은 보슬을 조금 들었다. 순간 복숭아처럼 솜털이 보송한 턱과 선명한 입술이 드러났다.

"파파, 저에게 정말 희망이 있나요?"

*   *   *

서리는 공평했다.

용린(龍鱗:용 비늘)을 상징하는 붉은 기와 위에도, 높이 치솟은 성벽 위에도 눈가루 같은 서리가 빼곡이 내렸다.

비둘기는 오문에 앉아 자신이 날아온 요동 쪽을 한 번 보고는 힘껏 날개를 털었다.

퍼득!

비둘기는 흘깃 금수교를 굽어보면서 태화문을 지나자마자 바로 좌측으로 날개를 꺾어 홍의각을 한 바퀴 선회했다. 선회는 그리 길지 않았다. 비둘기는 다시 한 번 하늘을 찌를 듯 힘차게 비상했다가 날개를 사리고 낙하했다.

척!

"고생이 참 많았구나, 애야."

비둘기를 쓸어준 목소리가 매우 흡족한 미소를 지으며 비둘기 발에 감긴 전통을 끌렀다. 목소리는 비둘기에게 낟알 몇 톨을 상으로 내렸다.

퍼득!

비둘기가 떨어뜨린 깃털이 눈부셨다. 잠시 눈살을 찌푸렸던 목소리는 종종걸음으로 자녕궁 문을 열었다.

끼이이―

자녕궁으로 들어온 목소리가 고개를 수그렸다.

"요동에서 온 전서이옵니다."

"그래?"

전서를 받은 자가 목소리와 동일한 예를 취하며 또 다른 자에게 전서를 건넸다. 그런 과정을 일곱 번이나 거친 전서가 놓여진 곳은 서육궁(西六宮) 남향에 자리 잡은 양심전(養心殿)이었다.

양심전은 영락제가 지었는데 황제가 조용히 휴식을 취하며 나라 대소사를 심사숙고하던 건물이다. 그러나 지금은 아니었다.

양심전은 벌써 십 년째 사람이 드나들지 않고 버려진 상태라 어둡고 깊은 음산함에 휩싸여 있었다.

"역시 명불허전(名不虛傳)! 무태사 진청자답사옵니다!"

전서를 한 번 쫙 펼쳤다가 내린 얍삽한 목소리였다.

"그가 고지식한 맹호(猛虎) 장약기를 선택했사옵니다."

"으음."

양심전 안.

저 앞에 황제가 대신들을 접견하는 옥좌가 있고 이쪽에 자단목(紫檀木)으로 만든 장방형 탁자가 있다.

이 탁자를 빙 둘러앉은 자들은 모두 여덟 명이었는데, 하나같이 특이한 외모를 지닌 자들이었다.

키가 오 척이 안 되는 단구가 있는가 하면, 칠 척 장신이 있고, 배불뚝이 옆에는 깡마른 자가 앉아 있다. 그 옆에는 대머리, 그 맞은편에는 실눈, 그 좌측에는 외눈박이, 그 우측에는 매부리코였다. 그들은 이렇게 전혀 다른 외모를 지녔으면서도 하나같이 얼굴이 밀랍처럼 희고, 눈빛이 붉으며, 수염이 없다는 공통점을 지닌 자들이었다.

"대도독부 퇴물들이 수작을 부린 것이온데, 이걸 눈치 챈 진청자가 선선히 받아들인 것이옵니다!"

얍삽한 목소리가 전서를 정리하자 매부리코가 고개를 끄덕였다.

"흐음, 군권은 물론 병력도 없는 퇴물들이 꽤나 노회한 수작을 부렸구면. 요동도지휘첨사 장약기라면 사사로운 정리에는 끌리지 않으나 앞뒤가 꽉 막힌 숙맥이 아닌가? 그래 일찍부터 한직만을 전전한 위인, 높은 군공에 비해서 머리가 덜 돌아가는 자이지?"

"그렇싸옵니댜!"

이번에 나선 자는 배불뚝이였다.

이자는 앞니 한 개만 남고 이가 다 빠져서 말이 한쪽으로 새는 특이한 억양을 구사했다.

"품계는 정삼품이라도 대도독븄에서는 거의 잊혀진 장슈이고, 어떤 쟈는 야예 퇴물 취급을 하기도 하옵니댜. 한마디로 불쌍한 장슈가 아니옵니꺄? 끈 떨어진 쪽뱍 같댜고냐 할까용?"

"음, 그렇긴 하네. 유육과 유칠이 난을 일으켰을 때, 아주 큰 공을 세웠지. 하지만 그뿐이야. 고집이 황소야. 그래 내가 요동으로 발령을 내버렸지."

잠시 침묵을 지킨 매부리코가 누군가에게 물었다.

"북조(北朝:몽고)에서 기별은?"

"말먹이를 걱정하지 않아도 되는 푸른 달[月]에… 출병을 약조했사옵니다. 현재는 다만 말 마리 수를 늘리고 창검을 벼르며 양을 살찌우는 계절이라 출병이 불가하다 하옵니다."

대머리였다.

"좋아. 남왜(南倭:왜구)에서 기별은?"

이번에는 약간 읍을 한 외눈박이가 대답했다.

"온주(溫州)에 근거를 마련하고 칼잡이들을 집결시키는 중이옵니다."

"역시 좋은 기별일세. 하지만 왜놈들은 조심을 해야 돼. 절대로 믿어선 안 되지! 우린 술에 극독을 풀고 태연히 잔을 부딪치지만, 놈들은 모가지를 댕강 잘라 버린 상태에서 말하기를 즐기니까."

"한마디로 됴심, 또 됴심하란 말씀이 아니옵니까?"

다시 나선 배불뚝이가 특이한 억양을 자랑했다. 깡마른 자는 침이 줄줄 흐르는 느낌에 얼굴을 얼른 뒤로 물렸다.

매부리코가 물었다.

"도망친 새끼 봉황(鳳凰)은?"

"불행히 멍청한 장약기에게 걸렸으니 노회한 진청자 마음먹은 대로 당분간 흘러가지 않겠사옵니까? 하지만 암운령(暗雲鈴)이 세 번 울었으니 요동에 나가 있는 형제들이 각 부족을 움직여서 장약기가 거느린 봉황군을 밀어붙일 것이옵니다."

"흠."

"이제까지 두 번 운 암운령이 새끼 봉황 암살이었다면, 한 번 더 운 암운령이 의미하는 바는 바로 전쟁이옵니다. 그 와중에 새끼 봉황은 자연스레 제거되옵니다. 그러면 봉환(鳳環)은 핏속에 잠겨서 영영 모습을 드러내지 않겠지요. 그 일은 그리 괘념하실 일이 아니라 사료되옵니다."

단구가 보고를 끝내자 이번에는 장신이 읍했다.

"어제 혈사교 쪽에서 보내온 전언에 따르면 박린의 행로가 묘하게 진청자 일행 행로와 일치됐다 하옵니다. 우연인지 알 수는 없사오나 만에 하나 그들이 서로 교통하기 전에 속히 제거해 버리고 용환(龍環)을 취하라 일렀사옵니다. 다만 한 가지 마음에 걸리는 게 있사와서……."

"말해 보게."

"녀석이 기이한 방법으로 꼬리를 끊는 바람에 접근이 그리 용이하지 않다고 하옵니다. 아무래도 우리가 그자를 너무 과소평가하지 않았느냐는 예감이 드옵니다."

"미친 자가 아닐 수도 있단 말인가?"

"앞에는 남하하는 봉황군을 두고, 뒤에는 각종 인물들을 배치해 간단하게 포위를 빠져나간다 하옵니다."

"각종 인물들?"

"예. 산적들과 관원, 늙은 도둑이라 하옵니다."

"거참, 재미있는 일이로세!"

"재미냐 아니옵니다. 야, 그놈이 바로 태감합하를……."

"조용!"

"야, 녜녜. 항상 이놈 쥬둥이야 말썽이옵니다. 에행!"

배불뚝이가 물러서자 장신이 읍했다.

"직접 보지 않아서 뭐라고 말씀드리기 참으로 민망하오나 박린에 대비한 비책이 따로 필요할 줄로 사료되옵니다."

"……."

생각에 잠겼던 매부리코가 말했다.

"개들을 풀게."

“하오시면?”

“강북상련(江北商聯)에 뼈다귀를 몇 개 던져 주게. 기왕이면 향기롭고 먹음직해 뵈는 게 좋겠지!”

“예!”

“그리고 요동에 있는 밀영에게 당장 전갈을 보내. 어떻게든 녀석을 시험해 보라고 말이야.”

“당장 시행하겠나이다!”

퍼드득!

비둘기·네 마리가 날아올랐다.

비둘기들은 음산한 기운이 감도는 양심전을 몇 바퀴 선회하다가 각자 흩어져 다른 곳을 향해 날아갔다.

5

금거북을 양각한 주목(主木)을 중앙에 세우고 사방에 구름 문양을 그린 부목(副木) 여덟 개를 덧세워, 양 가죽을 씌운 봉황군 지휘 군막도 뽀얀 서리가 덮었다.

이 군막 제일 상석에 좌정한 요동도지휘첨사 장약기는 귓속이 매우 간지러웠다. 하지만 한가하게 귀를 후빌 상황이 아니었다.

“뭔가, 저자들은?”

해자에서 막싸움을 벌였던 자들은 몰골이 상상을 초월하는 바가 없지 않았다. 원래 어제 포박했는데 악취가 워낙 지독해서 하루 동안 물에 불려놨다가 이제 심문을 하게 된 것이다.

녀석들은 퉁퉁 부어버린 눈두덩이며 깨진 이마, 비틀어져 버린 콧날과 입술이 참으로 볼 만했다.

장약기는 부장 가달을 보았다.

"저자들 신원은 파악했나?"

"예? 아, 예……."

덩치가 엄청나서 갑옷도 따로 맞춰야 하고, 신병인 대부도 세 사람이 낑낑거리며 들어야 하는 맹장 가달이라도 저 괴상한 자들에 대해서 아는 게 별로 없었다. 지휘 군막으로 오기 전에 잠깐 심문을 해보았지만 별로 신통치 않았던 것이다.

"에… 아무튼 호로투에 사는 자들이 아니옵니다, 합하!"

"그런가?"

장약기는 다시 녀석들을 보았다.

'으음! 장수가 얼굴을 가지고 뭐라고 하는 건 좀 그렇지만, 정말 괴이하게 생긴 녀석들이 아닌가?'

상처 때문에 험악해 보이는 건 이해가 가능했다. 장약기가 이상하게 생각하는 건 상처 아래에 있는 바탕이었다.

'야저(野猪:산돼지)에 전서(田鼠:두더지), 필암어(必巖魚:피라미)에 추어(鰍魚:미꾸라지), 호자어(胡子魚:메기)… 이거 순 짐승과 어류들 인상이 아닌가?'

인상이야 어떻든 장약기는 머리 속에 든 대명률(大明律)을 뒤적거렸다. 대명률에 의하면 전시인 변방은 제형안찰사(提刑按察使)나 도지휘사(都指揮使)를 통하지 않고도 형을 집행할 수 있다.

'흠, 이 녀석들이 무슨 죄를 지었지?'

싸움을 했지만 주먹다짐 수준. 그것도 자기들끼리 오고 갔다. 굳이 죄를 주자면 목교를 부쉈다는 건데, 그것도 작정하고 부순 게 아닌 것 같다.

'목교는 병사들을 시켜서 복구해 놓았으니 됐다. 가뜩이나 죄인들만 양산하는 세상이 아닌가? 이깟 일로 죄인을 양산해 봐야 민초들만 더 고달파질 뿐이고 원성만 높아질 뿐!'

그렇다고 그냥 놓아주자니 뭔가 억울했다. 장약기는 다시 한 번 녀석들을 자세히 살폈다. 장약기가 야저와 전서를 지나 막 호자어처럼 생긴 녀석에게 눈이 갔을 때, 그 옆에 있는 멍투성이 추어가 입을 연다.

"합하!"

"말해 보라."

"소관은 대도독부에서 봉성으로 파견된 전령, 부위 요양휘라 하옵니다."

"음?"

"고조부께선 일찍이 중서성 참지정사(參知政事)를 지내셨던 요공양(療孔揚) 대인이시고, 중조부께선 대도독부 북로총관(北路總管) 요가림(療佳林) 장군이시며, 조부께서는……."

"아, 됐네!"

장약기는 자칭 대도독부 전령이자 부위라는 멍투성이 추어의 입을 막았다. 삼대를 줄줄이 주저리는 것을 보면 저 추어는 관원으로서 기본을 갖추고 있다. 또한 저렇게 눈을 부릅뜨고 이쪽을 노려보는 걸 보면 더욱 기본이 됐다.

"합하!"

"그래, 더 할 말이 있느냐?"

"소관을 이런 도적 놈들과 같이 취급하시면 아니 되옵니다."

"그럴 터이지."

"소관이 조선 놈에게 당해서 꼴이 이렇지만, 소관은 대도독부 전령이옵니다."

"증표가 있는가?"

"예?"

"관인(官印)이나 전통을 말하는 것이지. 자네가 관원이라면 당연히 관인이 있을 테고, 전령이라면 전서가 든 전통이 있어야 하네. 그걸 보여달라는 것일세."

"끄음."

갑자기 멍투성이 추어가 입을 다물고 고개를 푹 숙였다.

"어서 내놔보게. 그게 있으면 내 자네를 믿겠네."

"그게… 조선 놈이 다 털어갔나이다."

"으음, 그래?"

"네 이놈!"

가달은 대번 고함부터 질렀다.

"어느 안전이라고 그 따위 씨알도 안 먹히는 거짓말을 줄줄 늘어놓는 거냐! 감히 대도독부 전령을 참칭하다니… 네가 정녕 죽고 싶어 환장했구나! 내 당장 그 주둥이부터 매만져 주마!"

장약기는 얼른 가달을 제지하고 뒤를 보았다.

"야소 공(耶蘇公)은 어찌 생각하누?"

"엇?"

요양휘는 야소를 보고 조금 물러앉았다.

야소는 노란 머리카락에 움푹 꺼진 푸른 눈을 지닌 색목인. 키는 팔 척이고 저금처럼 생긴 긴 협검(狹劍:폭이 좁은 검)을 차고 있었다. 더불어 아래위가 한 벌인 검은 주름 통치마를 입었고, 옆구리에 표지가 검은 서책을 꼈으며, 목에는 목걸이를 달았다.

그런 야소가 이쪽으로 천천히 걸어오면서 유창한 한어(漢語)를 구사했다.

"아, 아, 회개할진저, 길 잃고 방황하는 어린 양이여!"

"……?"

"자비하신 우리 주님 앞에 죄를 회개하고 부디 새사람으로 거듭나기를 간구하노라!"

"음?"

요양휘는 어리둥절해져서 왕특을 봤다. 왕특이 대번 반응한다.

"뭘 봐? 이 개식꺄?!"

"……!"

요양휘는 결국 고개를 흔들었다.

"내가 졌다, 이 눈치없고 무식한 도적 놈아!"

"아직 멀었다, 식꺄! 넌 반드시 철두 맛을 봐야 돼!"

요양휘와 왕특이 이런저런 신경전을 벌이는 동안 야소 공은 뭔가를 계속 읊조렸다.

"…주는 죄악을 기뻐하는 신이 아니시니. 악이 주와 함께 유하지 못하며 오만한 자가 주의 목전에 서지 못하리라. 주는 모든 행악 자를 미워하시며 거짓말하는 자를 멸하시느니라. 여호와께서는 피 흘리기를 즐기고 속이는 자를 싫어하시니라."

'주문인가?'

요양휘는 졸지에 방황하는 '어린 양'에서 '오만한 자'로, '행악한 자'에서 '거짓말하는 자'로, '피 흘리기를 즐기는 자'에서 '속이는 쟈' 가 됐다.

저벅, 저벅저벅.

다가온 야소가 다짜고짜 머리를 디밀었다.

빡!

요양휘는 앞이 깜깜해지면서 번개가 창자를 홀랑 태우고 회음으로 내리 꽂히는 환상에 사로잡혔다.

"컥!"

요양휘는 널브러졌다.

"으으……."

이번엔 필암어처럼 생긴 멍투성이 왕오 차례였다.

"예수께서 후려치시는 매는 사랑이라. 하나도 안 아프니 불비가 퍼붓는 속에서도 회개에 대한 참된 깨달음을 주시는도다. 에잇!"

빡!

왕오가 널브러지자 야소가 또 중얼거렸다.

"죄를 숨기는 자는 형통치 못하나 죄를 버리고 자복한 자는 불쌍히 여김을 받으리라. 아멘!"

"어험, 정말 아름다운 햇빛이로다!"

망루라서 그런지 싱그러운 가을바람을 실어온 햇빛이 찬란했다. 박린 뒤에는 보초 교대도 망각하고 술을 마구 퍼마신 무책임한 작자이자, 선비에게 비례를 범해 설사자에게 찍힌 불행한 사내 구말이 있다.

"시, 시원하시옵니까?"

"통증이 느껴지오."

구말은 비례를 범한 값을 치르는 중이다.

"엇! 그, 그러시옵니까?"

구말은 잠시 후에 또 물어봤다.

"이번엔 어, 어떠하시옵니까?"

"역시 통증이 느껴지오."

"아, 그럼 힘을 조금 빼겠나이다."

구말은 또 물어봤다.

"이번엔 어, 어떠시옵니까? 아직 통증이 느껴지시옵니까?"

"통증은 안 느껴지는데 그렇게 시원하지도 않구려."

"꼭 시원하시게 책임을 지겠사옵니다, 선비님!"

구말은 열심히 박린을 주물렀다.

6

린아.

누가 널 선비라고 하더냐? 너는 나와 크게 다른지 아느냐? 마찬가지인 게야, 이놈아! 별 볼일 없는 칼잡이란 말이지.

헹! 문무(文武) 양과에 장원 급제?

힘, 단정히 앉았느냐? 그러면 주제를 파악하고 생각해 보아라.

매일같이 해질녘이면 황천에서 이리 오라 울부짖는 소리 달려들고, 핏물보다 더 진한 어둠이 추녀에 매달린다.

그럴 때, 과거 내가 베어버린 자들이 흘린 피로 담요를 깔고, 그들의 한을 이불 삼아서 누우면 정말 아득하니라.

달이라도 휘영청 밝아봐라. 황천 끝자락이라도 잡은 것처럼 뼈가 다 드러나지.

이런 새벽에 뒤척이다가 가만히 일어나 촛불을 살려본 적이 있느냐? 그 휘황한 촛불 아래에서 칼을 닦아본 적이 있느냐?

그럼 혈조에 괴어 있던 죽은 자들이 네 무릎을 기어올라 와서, 멱살을 움켜잡고 창백한 입술을 벌려서 물어오지 않더냐?

담금질 무늬처럼 어른거리는 눈알을 들이대며 가래 끓는 소리로 분명 이렇게 물어왔을 테지.

"이 칼의 주인은 어디 있느냐?"

그때 말이다.

죽은 자들이 내 행방을 물어봤을 때 말이다. 칼을 닦는 네 정체까지 물어봤을 게다. 그때 넌 뭐라고 주둥이를 놀렸느냐?

음?

린아.

스승이 지금 심각한 말씀을 하시는데… 앉은 자세가 매우 불량스럽구나. 답을 하기에 앞서서 일단 종아리부터 걷어라.

한 백 대쯤 맞으면 자연히 답이 떠오를 게다.

철썩!

*　　　*　　　*

"헉!"

박린은 깜짝 놀라 눈을 떴다.

순간 천지를 가르면서 떨어졌던 회초리가 사라지고, 종아리가 끊어져 나가는 것 같았던 통증이 사라졌다.

"에이… 점잖지 못한 늙은이로고."

왜 꿈에까지 나타나서 선비가 즐기는 한가한 수삼매경(睡三昧境)을 어지럽히는지… 이해가 안 가는 건 아니다.

"아무리 그래도 그렇지. 끙!"

박린은 너무 생생했던 꿈을 털어버리고 일어났다.

구말이 졸다가 깜짝 놀라서 외마디 소리를 질렀다.

"어이쿠!"

구말이 생각할 때, 저 괴이한 선비는 인간도 아니었다.

밤새 한잠도 안 자고 구질구질한 시(詩)를 읊조리고 덩실덩실 춤을 추었으며 설사자란 맹수와 말을 주고받았다.

그 덕에 정말 열심히 보초를 서긴 했지만.

구말이 어찌 생각하거나 말거나 박린은 설사자를 보았다. 설사자는 지금 네 활개를 쩍 벌리고 배를 다 드러낸 상태로 코를 도르랑대는 중이다.

"어험."

박린은 인상을 찌푸렸다.

"수삼매경에 빠진 자세만큼은 절대 영물답지 않도다! 하나 잠버릇을 빙자해서 잠을 질투하는 건 선비답지 못한 일이 아니뇨?"

망루 끝으로 다가간 박린은 아래에 펼쳐진 초원을 보았다.

"어험."

봉황군은 여전히 제자리. 봉황군은 야숙했던 흔적을 말끔히 지우고 정연한 육화진(六花陣) 상태로 명령을 대기하고 있다.

"지휘부와 함거를 중심 삼아서 육화진을 펼쳤다? 역시 고지식한 장수로세. 날렵한 기병을 운용하는 초원 어느 한 부족이 포위를 한 상태로 치고 빠지기 전법을 펼치면⋯ 저런 건 한순간에 무너지지. 그나저나 이제 슬슬 움직일 때가 됐는데?"

말이 떨어지자마자 봉황군에서 뿔 나발이 길게 운다.

뿌— 우우.

순간 연꽃처럼 오므라들어 있던 봉황군 좌익이 퍼지면서 뒤로 주욱 밀려 나갔다. 동시에 양익도 물러나면서 옆으로 붙고, 반대쪽도 크게 오므라들었다가 퍼졌다.

"흠, 전후에 보군을 삼 대씩 배치하고 기병 일천이백을 취약한 허리에 둔다? 나머지 기병 이백을 오십 기씩 쪼개서 사방을 더듬으며 전진한다? 허! 어디 그래 가지고야 측면을 빠르게 치고 들어오는 기병 일천인들 막을 수 있겠느뇨."

또 뿔 나발이 울었다.

뿌뿌우— 뿌우—

뿔 나발 소리를 타고 봉황군은 대연객잔이 있는 양목천을 향해서 남하를 시작했다. 먼지 속에서 말 울음소리, 방패 부딪치는 소리, 포차 삐걱이는 소리가 뒤섞이고, 창검 수천 자루가 세워져서 붉고 누런 기치를 휘어 감는 광경은 보기 드문 장관을 연출했다.

"어험, 기세는 하늘을 찌르고도 남는구나."

아래 호로투도 난리였다. 사람들은 일손을 팽개치고 목책에 하얗게 달라붙어서 입을 딱딱 벌렸다.

왕왕왕!

개들도 봉황군을 따라가며 짖었다.

먼지를 뒤집어쓴 개들이 터덜터덜 돌아오고 초원이 텅 비어버리자 이번엔 양 떼들과 염소, 닭들이 초원으로 우르르 달려나갔다.

"어험."

박린은 망루를 유심히 살폈다. 한동안 천장에 달라붙어 있던 눈이 기둥을 죽 미끄러져 내려오다가 문득 구말을 보았다.

'헉!'

구말은 눈이 마주친 순간, 아주 불길한 느낌에 사로잡혔다.

박린은 기이하게 생긴 막대로 망루를 쿡쿡 쑤셔보고 있었다.

"망루가 이렇게 높으니 당최 사생활이 보장되지 않는 게야. 천하개지미지위미(天下皆知美之爲美)는 사악이(斯惡已)라고 했느니, 천하가 다 알게 하는 아름다움을 아름다움으로 여기면 이게 바로 악(惡)이라는 말씀이지. 험험!"

박린은 도덕경(道德經)을 내세워 망루가 지닌 문제점을 질타했다.

"음?"

구말은 맹한 표정이다. 박린은 다시 도덕경을 중얼거렸다.

"몰래 술을 한잔 마시려고 해도 이 망루 눈치를 봐야 한다면 그 얼마나 비통한 일이겠는가? 선비가 가진 재주를 뽐내는 건 도리가 아니지만, 술주정뱅이를 위해 망루를 헐어버려야 되겠도다!"

마침내 구말이 비명을 질렀다.

"으악!"

만약 이 비명이나 박린이 지금 한 말을 한물간 도둑, 장작빈이 들었다면 기절초풍하고도 남았다. 그러나 장작빈은 매상에게 당한 원한이 사무쳐 밤새 한잠도 못 자고 뒤척거리다가 새벽녘에야 겨우 잠이 들었다. 물론 무한투가 풀어진 상태였다.

"드르릉… 카카… 푸아!"

밤 말을 쥐가 듣고 낮 말은 새가 듣는다는 속담을 실천하는 자들이 여기 있다. 그들은 인도에게 심한 고문을 당해 입술이 부르튼 십호와 혈사교 살수들.

'이런 제길!'

그들은 망루 밑판에 바짝 붙어서 호시탐탐 박린을 암습할 기회를 노리다가 시커메졌다.

'에잇!'

십호는 얼른 눈을 두 번 끔벅이고 눈썹을 부르르 떤 다음, 엉덩이를 세 번이나 흔들었다.

'절대 당황하지 말고 머리를 굴려보자!'

"……?"

살수들은 뜻을 알아채지 못했다.

'허, 이런 낭패가?'

십호는 속이 탔다. 눈을 끔벅이는 대신 귀를 만져야 했는데, 귀를 만질 상황이 아니었다. 손은 지금 벽호공을 시전하는 중, 어쩔 수 없이 눈을 끔벅거렸더니 '눈 딱 감고 예리하게 엉덩이를 굴려보자'라는 뜻이 됐다.

빠득!

이를 간 십호는 곧바로 땀을 쭉 흘렸다.

다행이었다. 저 아래, 이상하게 생긴 중늙은이가 코를 심하게 골아 붙이기에 망정이지, 하마터면 이 가는 소리를 들킬 뻔하지 않았나?

십호는 빨리 결정해야 했다.

망루가 헐리기 전에 무조건 공격이든 작전상 후퇴든!

더 빨리 결정해야 하는 사람도 있었다.

바로 구말이었다.

'원, 재수가 없으려니까!'

별 이상한 작자에게 홀려서 이 무슨 꼴인가?

슬금슬금.

구말은 입구로 이동해서 얼른 사다리를 잡았다. 지금 구말에겐 보초고, 책임감이고 다 필요없었다. 이 상황에선 잽싸게 망루를 내려가는 길만이 살길이었다. 그러나 아무리 더듬어도 사다리가 잡히지 않는다.

"헉!"

바닥은 무려 오 장(15m) 아래. 바닥을 치고 올라온 아찔한 현기증이 엄습한다. 어떤 하릴없는 놈이 사다리를 분해해서 바닥에 저렇게 깔아 놨단 말인가?

그건 한물간 도둑 장작빈이 박린을 노리고 한 짓이었지만, 구말은 알지 못했다.

"찾았도다! 바로 이곳이로세. 단 한 방에 망루를 해체해 버릴 수 있는 이음매가! 역시 선비 눈은 정확한 법이지."

"으으……."

구말은 더 이상 무엇을 기대한다는 게 얼마나 어리석은 일인지를 깨달았다. 구말은 눈을 꽉 감고 심호흡을 크게 한 다음, 펄쩍 뛰어서 기둥을 끌어안았다.

주르륵—

구말은 정신없이 기둥을 미끄러지다가 또 놀랐다.

밑창에 달라붙어 있는 시커먼 자들을 본 것이다.

그들은 바로 십호를 비롯한 살수들이었지만, 이걸 구말이 알 리는 만무했다.

"으헉!"

놀라기는 십호도 마찬가지였다.

어떻게 하면 이 엄청난 난관을 헤쳐 나갈 수 있을까 열심히 머리를 짜내는 중인데, 난데없이 기둥을 타고 사람이 내려온 것이다. 그게 박린이 아니라서 다행이었지만, 참 엉성하게 생긴 녀석이다.

십호는 얼른 고개를 좌로 젖혔다.

'어서 꺼져!'

'저 개새가 왜 고갤 흔들지?'

어쨌든 구말은 잽싸게 내려갔고, 살수들은 십호가 보낸 고갯짓을 엉뚱하게 알아들었다.

'해결하자!'

살수들은 일제히 위로 솟구쳤다.

순간 망루가 기우뚱하더니 바로 무너졌다.

와르르—

"헛!"

버섯을 꽉 깨문 매상이가 뿌연 엉덩이를 코에 대고 마구 비벼댄다. 순간 방초 사이에서 풍겨진 향기가 코를 틀어막았다.

"얼른 벗겨야지."

장작빈은 끈으로 만든 매상의 속곳을 벗겼다.

그런데 이상했다.

"어라?"

질척한 샘이 나타나야 하는데, 이건 웬 통나무가 나타난다.

"으악!"

장작빈은 퍼뜩 현실로 돌아와서 얼른 몸부터 빼냈다.

다음 순간 벌떡, 세워졌던 버섯이 땅에 박혔다. 장작빈은 고통을 느낄 새가 없었다. 통나무는 꿈이 아니라 현실이었다.

"이 씨팔!"

장작빈은 세 바퀴를 더 돌아서 간신히 통나무를 피하고, 그제야 망루가 무너져 내린다는 걸 깨달았다.

우르르—

장작빈은 통나무를 요리조리 피하면서 문득 하늘을 보았다.

"저게 뭐지?"

가을볕 찬란한 하늘에 뭐가 날고 있다. 자세히 보니 네 폭짜리 병풍. 병풍은 저 혼자 날고 있는 게 아니었다.

'저, 저 얍샵한 거지 놈!'

훨훨 날리는 남루한 도포 자락으로 봐서 놈은 망루에 있던 조선 놈이었다. 장작빈은 주먹을 불끈 치켜들었다.

"야, 이놈아! 이 나쁜 놈아! 으헉!"

엄청난 속도로 병풍은 사라지고 대답처럼 통나무가 떨어졌다.

우르르—

장작빈은 몸을 뒹굴려 통나무를 피하고 벌떡 일어섰다.

가만히 생각해 보니 망루를 무너뜨린 건 조선 놈이 확실했다. 일부러 무너뜨리지 않고서야 어찌 멀쩡하던 망루가 무너질 수 있단 말인가?

'어라?'

앞에서 무엇이 일렁거리더니 시커먼 놈들이 스윽 나타난다.

"이것들은 또 뭐야?"

장작빈은 모르고 있지만, 그들은 바로 십호와 동료들이었다.

십호는 단정했다.

'이 중늙은인 조선 놈과 잘 아는 자다!'

이 중늙은이는 망루 아래에서 놈을 기다리거나 지키고 있던 게 틀림없었다. 그렇지 않다면 망루 위에 있던 놈이 어떻게 자신들이 습격한다는 걸 알고 망루를 무너뜨렸나?

'필시 저 중늙은이가 신호를 해준 게야!'

과연 그렇다면 꿩 대신 닭이라도 잡아놔야 한다.

그래야 살벌하고도 해괴한 고문을 즐기는 두 장로, 인도와 우공에게 할 말이 생기기에. 십호는 귀를 만지고 고개를 끄덕였다.

'해결하자!'

쨍쨍쨍쨍!

"흑!"

도둑이 제 발 저린다고, 장작빈도 엉뚱한 판단을 내릴 수밖에 없었다. 먹물에서 금방 건져 낸 듯한 흑의를 걸치고, 철저하게 싸맨 복면을 보건대 이놈들은 분명 그 환관 놈이 보낸 살수들!

"유근(劉瑾)… 이 불알 없는 개새!"

장작빈은 보물 몇 점 훔쳤다고 이런 촌구석까지 악착같이 따라붙은 환관 놈을 저주했다.

"세상을 다 가진 상태에서도 욕심나는 게 더 있다더냐? 치사한 놈 같으니. 같이 나눠 먹으면 어디가 덧나냐?"

장작빈은 얼른 신병 발초곤(拔草棍)으로 장검에 대항했다.

발초곤은 장작빈이 요동에 와서 구한 무기. 원래 봉추(捧槌:산삼)를 캐는 도구였던 이 발초곤은 끝에 붉은 실을 길게 달아서 무엇을 휘어 감아 뒤로 젖히는 데 아주 유용했다.

붉디붉은 발초곤과 푸른 장검 열 자루가 합쳐졌다.

쩡!

'어?'

십호는 눈을 부릅떴다.

살짝 맛간 것 같은 인상, 불에 '타다가 만 것' 같은 몰골을 지닌 중늙은이는 감쪽같이 사라지고 없었다.

'젠장!'

십호는 절망했다. 이상한 조선 놈도 놓치고, 이상한 중늙은이도 놓친 상황. 이제 길길이 뛰는 인도와 우공에게 고문받을 일밖에 안 남아 있다. 아니나 다를까, 옆으로 슬쩍 다가온 구호(九號)가 손발을 부지런히 움직여서 말을 전달했다.

'이봐, 장로님들께서 잠깐 보자는데?'

"어험."

병풍 아래 펼쳐진 초원은 온통 삭아버린 빛이었다. 바랭이도, 갈대도, 가시덤불도 온통 땅빛으로 물들면서 스러지고 있었다. 이럴 때 초원은 초원이 아니라 칙칙한 바다 같았다.

"돌아갈 때를 익히 아는 겸허함이여, 푸른 청춘을 과감히 떨어버리고 땅에 정중히 고개를 숙였구나!"

박린은 두 팔을 한껏 벌려 겸허한 초원을 끌어안았다.

휘이이—

요동벌 천 리를 치달아 온 싱그러운 바람이 남루한 도포와 갓을 흔들면서 뒤로 달려간다.

"이 싸아한 바람은 과연 어디에서 생겨나는 것인가? 바로 하늘과 땅이 맞닿은 곳, 지평이라네. 고아한 선비는 늘 이 지평에 눈을 묻고 살아가느니, 속진(俗塵:속된 티끌) 묻을 새가 없다네. 심호흡을 한번 크게 하면 금방 하늘이 열리지."

박린은 감격에 겨운 얼굴로 크게 심호흡을 했다. 그때 하필이면 저 앞 이십 장 정도를 앞선 봉황군이 날린 먼지가 선비를 핍박했다.

"아… 홉!"

까오?

"설 서방?"

왈?

"천병이지만 이건 너무하는 처사가 아닌가? 엄정한 군기며 삼엄한 기세는 정말 나무랄 데 없다. 하나… 그렇다고 지나가는 선비 콧구멍에까지 먼지를 퍼부어서야 되겠는가."

설사자가 일단 세수부터 했다. 그리고 더러워진 발을 보더니 눈을 확 찌푸렸다.

와아앙!

"아, 아, 참게나, 설 서방!"

까웅?

"점잖지 못한 늙은이… 어험, 스승님께선 아에게 자네 말 알아듣는 법을 전수해 주셨네. 그런데 아직 아의 귀가 열리지 않아서 문제란 말이지."

끼잉.

"어험."

박린은 설사자에게 넌지시 물어봤다.

"한번 혼내주자. 뭐, 이런 뜻인가?"

왈!

"어험, 자네 말이 맞네. 하나… 설 서방, 어찌 선비가 칼부림을 좋아하리오? 칼부림은 무식한 자들이나 즐기는 살벌한 유희가 아니던가? 선비는 칼부림이 아니라도 엄한 꾸지람 내릴 수 있는 방법을 얼마든지 갖추고 있다네."

끼잉.

설사자가 포기하자 박린은 몸을 반쯤 돌려서 왼발을 가슴까지 들어 올렸다. 그 발이 천천히 내려와서 땅을 딛는 순간,

스윽.

박린은 거짓말처럼 사라졌다. 그 자리에 다시 무엇이 일렁이더니 괴이하게 생긴 중늙은이가 나타났다. 무한투를 펼쳐 살수들로부터 도망친 장작빈이었다.

"에헴! 거참, 볼수록 괴이한 놈이네?"

장작빈은 어제 새벽에 보았던 불규칙한 신법과 오늘 병풍을 타고 나는 수법, 그리고 이렇게 꺼지듯 사라져 버리는 수작을 이해하기가 쉽지 않았다.

"혹시?"

장작빈은 한때 박린과 흡사한 재주를 지녔던 자를 떠올리곤 이내 부정했다.

"설마?"

십 년 전 황궁과 무림이 벌인 전쟁인 소주혈사(蘇州血事)! 그때 죽은 자가 어찌 살아날 수 있단 말인가. 장작빈은 괜히 골치 아프게 생각하기보다 편하게 생각하기로 했다.

"에라이, 치사한 도둑놈아! 병사들 속에 숨으려나 보지? 어디 실컷 꼭꼭 숨어봐라. 난 보기보다 찰거머리다, 이놈아!"

장작빈은 무한투를 펼치려다가 문득 뒤를 보았다. 저 멀리 망루의 잔해 위에서 이쪽을 바라보는 자들이 있다.

"허! 저 지겨운 노마물들."

스윽.

"이거… 계속 꼬인단 말씀이야?"

장작빈은 무한투 속에서 경공을 펼치기 시작했다. 그러자 대번 뿌연 먼지가 밀려와서 코를 틀어막는다.

"에취!"

장작빈은 재채기를 하느라고 발이 무엇에 걸린 걸 몰랐다. 그것은 누군가 매어놓은 풀 매듭. 발에 채인 풀 매듭이 픽, 터져 나가면서 장작빈도 허공에 둥실 떴다.

털푸덕!

장작빈은 얼른 일어났다.

"에이, 씨팔!"

늪에 빠진 기분이 이럴까?

장작빈은 이 불행만 거듭되는 추적을 당장 때려치우고 싶었다. 하지만 돌아갈 마땅한 집도 없고, 무엇보다 인도와 우공이 뒤에 떡 버티고 있다.

"별수없지 뭐. 가는 데까진 가봐야 하지 않겠어? 에잉!"

제4화 천변(千變)
천 번이나 변하다

박모(薄暮:어스름)가 깔릴 때까지 부지런히 남하한 봉황군은 이수구(利樹溝) 초원에 이르러서 행군을 멈췄다.

여기서 오십 리만 더 서진(西進)하면 본성(本城) 봉황성이었지만, 장약기는 고생한 병사들에게 술을 한잔씩 내리고 싶어서 야숙를 명했다. 야숙을 준비하는 병사들의 소란함을 잠시 바라본 장약기는 인근 목책과 성채에 전갈을 보냈다.

전갈을 받은 이수구에서 양 삼백 마리를 보내왔다. 토성자산성에서도 술 구십 수레를 보내왔다.

장약기는 바람이 펄럭이는 벽에 눈을 묻은 채, 사람이 들어오는 것도 모르고 있었다.

"험!"

인기척에 고개를 돌린 장약기가 한 손을 쳐들었다.

"그냥 앉게, 군례 따위는 필요없으니."

가달이 앉기를 기다려서 장약기가 물어왔다.

"골고루 나누었는가?"

"예이, 합하."

토성자산성에서 보낸 술도, 이수구에서 보낸 돼지와 양도 육천이 넘는 병사들이 배불리 먹기에는 많이 부족했다. 하지만 불티 자욱한 화톳불마다 웃음이 피어났고, 병사들이 노래를 부르고 춤을 춘다.

"내일 본성으로 들어갈 것이네."

"아옵니다."

"행여 병사들이 해이해지지 않도록 잘 단속하고, 야번을 철저히 세우게. 최근 들어 야인들 동태가 심상치 않아. 이 요동뿐 아니라 북방 전체가 그렇다는 이야기야. 뭔가가 금방 일어날 것처럼 술렁이고 있어!"

"예이, 합하!"

횃불에 드러난 장약기 얼굴은 변방처럼 꺼칠했다.

"합하, 소장이 드릴 말씀이 있사옵니다."

"말해 보게."

막상 허락이 떨어지자 가달은 침묵했다.

"어서 말을 해보래도?"

가달은 한참이나 망설이면서 말을 고른 다음 장약기를 보았다.

"합하."

"그래."

"변방을 지키는 어리석은 무부(武夫)가 세상 돌아가는 이치를 알면 얼마나 알겠사옵니까. 하지만 이 한 가지는 아옵니다. 문제는 언제나 황도에서 먼저 일어난 게 아니옵니까?"

"밑도 끝도 없이 그 무슨 소린가?"

"합하, 왕진(王振)과 왕직(王直)이 천하를 도탄에 빠뜨린 게 바로 어제이옵니다. 그 폐해를 잘 알고 계시는 황상께옵선 현재 유근을 중용, 만기를 버리시고 황음에 빠져 계시옵니다. 대체 그 불알도 없는 환관 나부랭이가 뭣이관데 나라를 이토록 엉망으로 만들 수 있사옵니까?"

"자네… 술 먹었나?"

상기된 가달을 장약기가 보았다.

"술 때문이 아니옵니다, 합하!"

"술 때문이 아니면? 오늘 자네가 진정으로 내게 하고 싶은 말의 요지는 뭔가?"

천천히 일어선 장약기가 뒷짐을 지고 태사의 주변을 서성거렸다. 그러자 장약기의 면갑에 달린 미늘이 쩔렁거리면서 불빛을 반사시켰다. 가달은 장약기에게 드리워진 그런 우울이 마음 아팠다.

"합하."

"……."

"세간에서, 아니, 우리 봉황군도 마찬가지이옵니다. 병사들이 부르는 노래를 알고 계시옵니까? 그 노래를 소장이 여기서 한번 불러보겠사옵니다."

가달은 목소리도 다듬지 않았다.

나라에는 황제가 둘이라. 하난 옥좌에 앉은 황제요, 다른 하난 그 황제를 세운 황제라네. 옥좌는 주(朱:정덕제) 황제 것이지만, 천하는 유(劉:환

노래가 끝나자 침묵이 군막을 내리덮었다. 침묵은 밖의 소란함을 끌어당겼다. 왁자하게 떠들고 웃는 병사들, 군막을 흔들며 지나는 바람, 날아오른 불티를 따라서 술잔이 돌려지고 고기 굽는 냄새가 초원을 향해서 출발하는 모습까지.

"가달."

"……."

"난 말일세… 그자들이 부리는 장수가 아니네. 금의위에 동창도 모자라 서창, 그것도 모자라 내행창(內行廠)까지 만들어서 천하를 거머쥔 그자들이 부리는 장수가 아니네."

"알고 있사옵니다."

"유근이라고 했나? 세간에서는 그자들 패거리 여덟 명을 팔호(八虎)라고 부르며 두려워한다지? 하나 난… 이 장약기는 그자들이 임명한 장수가 아니네. 무슨 뜻인지 아는가? 난 황상께옵서 임명하신 장수이고, 봉황군이 인정한 장수이며, 백성들이 위임한 장수이네. 애초부터 그자들과는 다른 길을 걸어왔어."

"이를 말씀이시옵니까."

"생각해 보게, 가달."

"……."

"그자들이 갖은 불법을 저지르며 악행을 행하는 작금, 내가 군사를 휘몰아서 그자들을 겁박하면 어찌 되겠는가? 우선 요동도지휘사사에서 가만있지 않을 것이네. 뿐만 아니라 요동에 산재한 각 영과 위, 하다못해 작은 방책에 이르기까지 창검을 돌려서 나를 치려고 들 걸세."

장약기 목소리는 변방처럼 거칠었다.

"합하!"

가달은 그 거친 목소리 사이에서 드러나는 깊고 깊은 음영에 울컥해졌다.

"아니야."

장약기가 고개를 저었다.

"내가 거병하면 많은 인명이 죽어 나갈 테지. 인심은 피폐해지고 원성도 하늘을 찌를 것이야. 그리되면 우린 전에 우리가 토벌한 유적(劉賊)들과 다를 바가 없네. 난 백성들이 흘릴 피 값이 얼마나 엄중한지를 잘 아는 장수라네. 이런 내가 비겁해 보이고 겁쟁이 같아 보이는가?"

"……."

"가달."

"합하!"

"우리 흔쾌히 인정하세. 그자들이 어찌 바둑돌을 놓던 세상은 그자들 것이 아니야. 황조(皇朝)는 다해도 백성은 남네. 이게 세상이야. 화무십일홍(花無十日紅)이라는 말도 있질 않은가? 꽃은 지네."

"……."

가달은 대답 대신 주먹을 꽉 움켜쥐었다.

그렇다고 장약기가 비겁해 보이거나 그가 한 말을 인정치 못해서가 아니었다. 황도에서 내려다보는 변방은 어떨지 몰라도, 변방에서 올려다보는 황도는 온갖 악취로 가득 차서 더 이상 기대할 게 없었다.

황음(荒淫)과 매관매직(賣官賣職), 뇌물(賂物)과 음모(陰謀)와 치부(致富). 한 줌도 안 되는 그것들이 이 세상 모든 가치를 윽박지르고 규범을 구속하면서 진실을 호도하고 있었다.

가달은 그것을 안타까워했고 이해하지 못했다.

"합하!"

"……."

다시 무거운 침묵이 군막을 내려 앉혔다. 또 그렇게 오랜 시간이 지난 후에 문득 생각난 듯 장약기가 물었다.

"무태사께옵서는?"

"함거에 계시옵니다."

"세 분이 함께 계시는가?"

"새 주인이라는 소저와 함께 계시옵니다."

"…그랬군."

"하명하실 일이라도?"

"그분들께 조금이라도 불편함이 있어서는 아니 되네."

"합하."

"……."

"구렁이들이 황궁을 차지해 천하를 호령하는 작금이 아니옵니까. 그래 무태사 같은 충신께서 이런 쓸쓸한 황야를 배회하는 게 우리 현실이옵니다!"

"가달."

"예이, 합하!"

"……."

장약기는 힘들게 입을 열었다.

"병력을 거느린 장수란 감정을 세상의 중심에 둬야 하네. 장수는 병력을 동원해 내 편한 쪽으로 중심을, 질서를, 세상을 흔들 수 있기 때문이지. 그래서 장수는 중심이 아닌 다른 감정을 가지면 안 되는 게야.

이걸 자네도 명심해 주었으면 좋겠네."

"……."

가달은 한동안 장약기를 본 다음 조용히 읍했다.

"밤바람이 차옵니다, 합하. 편히 주무소서."

"가달."

"……."

"거병(擧兵)은 내가 나를 버릴 수 있을 때, 하는 걸세."

"말씀이 어렵사옵니다."

"야소 공은 여태 그들과 함께 있는가?"

야소(耶蘇).

장약기가 내려준 애칭이 그대로 이름이 된 제라르 드 리데포르트 4세
는 이 년 전에 봉황군 참모가 됐다.

여양(閭陽)에 용이 떨어진 그해는 무더위가 삼십 일이나 계속된 뒤,
광풍이 천지를 덮고 소나기가 칠 주야 동안 계속됐다.

그 소나기가 그친 구월 끝 무렵, 야소는 봉황성을 들어섰다.

자기 말로는 바다를 십오 년이나 항해하여 약속된 땅에 도착한 거라
고 떠벌렸지만, 그는 누가 봐도 난파당한 해적이었다.

멀리 불란서(佛蘭西:프랑스)가 고향이고, 그곳에서 아주 유명한 가문,
즉 템플기사단(Ordre des Templiers)의 장이었던 제라르 드 리데포르트
경의 후예라는 이 색목인은 유난히 투지가 강하고 검술에 능했다.

어쨌든 이 제라르 드 리데포르트 4세는 자신의 신(神)인 야소로부터
신령스런 불비를 맞고 '죄 씻음을 체험한 신부'이며, '성스러운 전도
자'임를 자칭했다.

왕씨 육 형제와 요양휘를 둘러본 야소는 눈을 감았다.

"자, 오늘도 축생과 다름없는 우리에게 일용할 양식을 주신 주님께 감사의 기도를 올립시다."

여기까지는 문제가 없었다.

아까 '축생과 다름없다' 는 말을 요양휘가 거부했지만, 박치기 한 방으로 해결한 후여서 야소는 더욱 근사한 목소리를 냈다.

"에, 혼돈 속에서 천지를 창조하시고 이 축생과 같은 죄인들이 지닌 더러운 죄를 보혈로 대속하오신 주님, 참으로 감사하옵니다."

"쩝쩝."

고기를 씹는 소리가 분명했지만, 야소는 참았다.

"…전능하신 주님, 이 황량한 초원에서 금수와 다를 바 없는 삶을 살아온 저 불신자들에게 복음을 허락하시고 이렇게 일용할 양식을 내려주심도 진심으로 감사드리나이다……."

"끄…으."

트림 소리도 참았다.

"에… 이 축생과 같은 자들이 사탄이 저지른 유혹에서 깨어나 천국에 이를 수 있도록 허락해 주시옵소서. 따지고 보면 이 불쌍한 자들이 캄캄한 어둠에 싸여 사탄과 동침을 거듭하고 사탄을 흠모하며 사탄을 따라 방황을 거듭하는 대마귀가 된 건……."

"후르륵!"

"……."

"쩝쩝쩝. 끄…윽!"

야소는 결국 참지 못하고 성스런 기도 중에 불경한 소리를 낸 자를 보았다. 순간 눈이 마주친 왕특이란 자가 태연하게 술을 들이켰다.

"끄…으."

야소는 왕특에게서 눈을 거두지 않았다.

"뭘 봐, 이 개식꺄!"

왕특은 대번 눈알을 아래위로 굴린다.

'오오, 주님. 저자가 저지르는 불경을 용서하소서. 저자는 지금 자신이 무슨 짓거리를 하고 있는지를 알지 못하옵니다!'

"쩝쩝쩝, 꺽꺽꺽."

왕특은 주절거렸다.

"누가 일용할 양식을 주셨다고? 원, 오래 살다 보니까 별 개좆같은 소리를 다 들어보겠네. 야, 임마. 괜한 헛소리로 정신 산란하게 만들지 말고 내 이나 좀 쑤셔주라!"

"오오, 주님!"

야소는 벌떡 일어섰다.

"기어이 손을 쓰게 만드는 자가 아니옵니까! 주님께선 저자를 너그러이 용서하여 주소서. 천벌은 이 야소가 대행하겠나이다!"

턱!

야소는 왕특을 잡았다. 왕특은 피하고 싶었지만, 양손이 뒤로 묶여 있는 상태였다. 순간 눈치 빠른 왕오가 왕특을 부추겼다.

"형님, 이 왕오는 형님 마빡만 철석같이 믿수!"

왕특은 으쓱해져서 철두를 수탉처럼 뻣뻣이 쳐들었다.

"자아, 올 테면 와라, 코쟁이!"

"간다!"

빡!

“아이쿠!”

대번 처절한 비명이 일었다.

“음훼훼… 개식끼! 별것도 아닌 게 까불고 있어.”

왕특은 자랑스럽게 고개를 몇 번 꺾고 동생들을 보았다.

“역시 우리 형님 마빡은 알아줘야 한다니까!”

“아무렴. 철두광사가 아닌가!”

“무쇠대가리가 빛나는 뱀 어른이란 뜻이지. 헤헷!”

왕오와 왕사가 앞을 다투어 흐뭇한 소리를 던져 댔다.

그러나 저 뒤에 널브러진 야소도 보통 머리가 아니었다. 왕특은 머리를 한번 부르르, 떨고 엎어졌다.

털썩!

와장창!

탁자 위에 있던 술독이 떨어져서 박살났다. 양 다리도 진흙 바닥에 굴렀다. 이 술 한 동이와 양 다리는 이틀이나 굶은 왕씨 형제들과 요양휘에게 지급된 ‘일용할 양식’ 이었다.

요양휘는 광분했다.

“야, 이놈들아! 도대체 나와 무슨 원수가 졌다고 이렇게 핍박이 심하냐! 왜 먹을 것도 못 먹게 하느냐 이 말이다!”

“그러는 넌, 이 개식꺄?”

왕이가 되물었다.

왕이는 요양휘에게 엄청난 원한을 가진 상태였다. 이마를 한 번 툭 친 대가로 형제들 중 제일 먼저 해자에 처박혀 버리는 불행을 당했기 때문에.

“넌 우리 형제와 무슨 원수가 졌냐. 응? 이 거지발싸개야!”

"뭐? 거지… 발싸개?"

"그래, 이 개새야! 왜 우리를 이런 곤란한 지경에 빠뜨렸어? 네가 목교 위에서 이상한 짓만 안 했어도 절대 이런 일이 없었다. 알어?"

"그 소리는 내가 할 소리다, 이놈아!"

요양휘는 어깨로 왕이를 들이받았다.

퍽!

"윽, 이 개식끼가 사람을 쳐?"

왕이도 머리로 요양휘를 들이받았다.

퍽퍽퍽!

둘이 티격태격하자 나머지도 편하지 않았다. 한 줄에 굴비 엮이듯 엮여 있는 상태라 하나가 움직이면 전체가 움직일 수밖에.

"아이, 씨팔! 넷째 형. 왜 나를 쳐?"

왕육이 구시렁거리자 왕사는 왕삼에게 항의했다.

"셋째 형, 거 좀 점잖게 있읍시다."

"야, 왕사! 지금 내가 움직이고 싶어서 움직이냐?"

"그렇다고 이 아우를 칠 건 뭐요?"

"큼! 너, 지금 반항하냐?"

"에잇! 맘대로 생각하시구랴, 씨팔!"

"이런 싸가지없는 식끼가!"

퍽!

왕삼은 어깨로 왕사를 밀었다. 다음 순간 왕사가 비척거리다가 머리로 왕육의 턱을 건드렸고, 왕육 역시 비척거리다가 팔꿈치로 왕오의 눈을 찍었다.

"컥!"

왕오는 어찌어찌하다가 다리로 요양휘를 찼다. 요양휘는 쓰러지면서 머리로 왕이의 입술을 박았다. 그 충격은 그대로 왕삼이 전달받았고, 왕삼은 배나 커진 그 충격을 다시 왕사에게 전달했다.

"에잇!"

쿵!

잠시 후 어깨와 머리, 발은 물론 팔꿈치, 심지어 이까지 동원해서 서로 치고 받고 물어뜯는 작태가 벌어졌다.

우당탕쿵탕!

그 와중에 진흙 바닥을 이리저리 표류하던 양 다리가 사라졌다.

그것도 모르고 왕씨 형제들과 요양휘는 군막이 뒤집어질 때까지 싸움을 계속했다.

우르르.

군막이 뒤집어지자 이번엔 서로 양 다리를 찾느냐고 난리였다.

"내 양 다리!"

"어? 이게 어디 간 거야?"

양 다리는 보이지 않는다. 그건 양 다리가 누군가에 의해서 군막을 떠났기 때문이었고, 지금 그 누군가는 열심히 양 다리를 뜯어 먹고 있었다.

"어디 두고 보라지, 요 치사한 놈들!"

그는 바로 이런 소란함을 틈타 무한투로 슬쩍 군막에 들어왔다 나간 장작빈이었다.

노릇노릇하게 구워진 양 다리는 정말 기름지고 맛있었다.

"쩝쩝쩝! 말똥과 식량, 옷가지를 털어간 게 얼마나 큰 대죄인지 뼈가 저릴 정도로 깨닫게 해주마. 쩝쩝쩝, 네놈들은 이제부터 단 한 끼니도 못 처먹을 게야. 아이, 정말 부드럽다. 쩝쩝쩝!"

광불도 좋아 죽겠다는 표정이 된 건 당연했다.

"전비후주(前飛後走), 좌어우하(左魚右蝦) 경쇄채화(輕洒菜花)라… 요동 음식은 추운 날씨 덕으로 화과(火鍋:중국식 신선로)에 데쳐 먹는 것이 별미라더니. 참으로 기발한 상차림이로세. 나무관세음보살."

털을 벗긴 꿩 앞엔 돼지고기와 양 고기, 그 왼쪽엔 싱싱한 잉어를 다섯 마리, 오른쪽엔 귀한 새우와 게를 한 접시씩. 그것들을 죽 돌아가면서 삭힌 백채와 소면, 춘장을 비롯한 각종 양념과 향료를 늘어놓은 상은 정말 보는 이의 심금을 울리고도 남았다.

"호! 장약기란 아이는 부처님이 틀림없네! 내가 보장하지. 아, 아! 이게 과연 얼마 만에 받아본 매우 약소한 상이란 말이냐!"

광불은 자기가 지금 무슨 소리를 하는지도 모를 정도로 감탄을 연발하고 있었다. 광불은 육포 우린 물 몇 숟가락과 도마뱀을 먹는 것으로 연명해 온 지난 몇 년을 회고하고 울먹이는 소리까지 냈다.

"어흑! 얍삽한 말코는 천벌 받을 게야. 그 녀석 꾀임에 빠져 변방과 오지만을 골라서 방랑하느라고 이 부처는 기름진 음식을 멀리해 왔도다. 허어, 이런! 창자가 마구 요동을 치는구나!"

광불은 얼른 손을 비비고 잉어를 잡았다.

"땡초."

"음?"

"이 참에 중 때려치우고 아예 병사를 하지?"

광불은 얼른 잉어를 내려놓고 고승다운 얼굴로 대꾸했다.

"음. 뭐, 그것도 좋겠지. 하지만 중은 중의 길이 따로 있고, 병사는 병사의 길이 따로 있는 법이야. 흠흠! 그런데 어찌하여 망구는 중과 병사도 분간치 못하는 망발을 일삼는고?"

"으이구, 저 추괴한 화상! 그 침이나 닦고 흉물을 떨어라."

"으?"

광불은 얼른 침을 닦고 다시 엄숙해졌다.

"옜다! 이게 아무리 맛있어도 도마뱀만 하겠냐?"

곽파는 꿩 고기 들린 저금을 이쪽으로 내밀며 광불을 외면했다. 광불은 곽파의 옆얼굴에 매달린 그 씁쓸함을 이해했다. 삼 년 동안 참 많이도 싸웠고, 정도 많이 들었는데.

'나무관세음보살.'

이 방랑이 끝나고 있었다.

"팔 떨어지겠네. 어서 먹어."

곽파도 방랑이 끝나간다는 걸 알고 있었다.

예정대로라면 여기 이 이수구에서, 아니면 봉황성 어디쯤에서 천변 귀수가 보낸 '그 물건'을 만나게 될 것이다. 그리되면 우린 이제 각자가 왔던 길로 돌아가야 하겠지. 이제 우린 죽어서나 볼 수 있을 게야.

"내가 가시 발랐어, 땡초."

"끄음."

광불은 꿩 고기를 힐끔 볼 뿐, 받아먹지 않았다. 그제야 곽파는 뒤에 연연이 있음을 알아차렸다.

"아가씨, 늙은이들이 아가씨께서 보고 계신 걸 몰랐나이다."

곽파는 고개를 수그렸다.

"……."

연연은 곽파를 보았다.

이럴 때 곽파는 철혈녀가 아니라 철부지 소녀와 다르지 않았다. 주름진 얼굴에 가득 번지는 저 홍조, 깨물려지듯 다물어지는 저 선 고운 입술, 부끄러움 가득한 눈망울.

'파파.'

처음 만났을 때만 해도 연연은 자신에게만 저런 다소곳한 모습을 보이는 철혈녀 곽파를 이해하지 못했다. 곽파는 절대 평범한 신분이 아니었다.

'파파께선 날 친딸처럼 생각하시는 거야.'

연연은 곽파를 바로 볼 수 없었다.

아미의 전대 장문이자 무림이신녀, 천하제일미였던 곽파가 이런 변방을 쓸쓸히 방랑하며 허술한 상을 앞에 두고 왜 저런 얼굴이어야 하는지를 너무나도 잘 알기에.

"나무아미타불. 아가씨, 요동 음식이옵니다. 이걸로 오늘 저녁 공양을 하시지요. 어제보다야 진수성찬이 아니옵니까?"

"……."

연연은 광불도 바로 볼 수 없었다.

광불은 생김만 놓고 보면 파계당한 괴승이 틀림없지만, 사실은 당금 소림 최고 어른으로서 전대 소림 장문인 광혜의 사형. 무태사 진청자도 전대엔 한 자루 벽사신검으로 무당을 영도하던 장문이었다.

'그런 어른들께서 왜 변방을 전전하셔야 하나.'

연연은 자신이 쫓기고 있음을 아파했다. 힘이 없음을 안타까워했다. 어디에나 눈이 숨어 있고 어디에서나 칼이 날아오는 이 현실을 저주했다.

"많이 드셔야 하네요, 파파. 저는 진 노야를 모시고 오겠어요."

연연은 곽파와 광불이 편해지라고 얼른 자리를 떴다. 연연은 초원을 거닐면서 지평 가득 뿌려진 별을 바라보았다. 언제나 그랬지만, 내일도 그러할 것이지만 별은 차가우면서도 영롱했다.

별빛에 병사들 노래가 뒤섞였다.

가을을 타고 오랑캐 몰려들어
이들과 싸움을 하는 우리는 명의 병사들.
밤이면 초원의 모래를 안고 잠이 든다네.
[塞虜乘秋下 千兵出明家 將軍分虎竹 戰士臥草原]

변방에 돋는 달은 활을 닮아 둥그렇고
찬 서리는 칼에 내려서 꽃처럼 반짝이는데
언제나 살아 돌아가리, 가엾은 내 아내여.
[邊月隋弓影 胡霜拂劍花 山海殊未入 少婦莫長嗟]

노래가 끝나자 쟁반만한 달이 지평을 굴러서 어디론가로 떠난다. 그 궤적을 거슬러 오르는 노래가 다시 시작됐고, 자욱이 일어난 불티가 지평으로 달려가서 별과 별 사이로 스러졌다.

"아가씨, 아예 곡기를 끊으실 작정이시옵니까?"

언제 다가왔는지 뒤에서 진청자가 물어왔다.

"…한 끼니쯤 안 먹는다고 죽지 않네요, 노야."

연연은 지평에 박힌 눈을 빼지 않았다. 만약 눈을 빼서 진청자를 본다면 금방이라도 눈물이 흐를 것 같은 예감. 연연은 입술을 깨물었다.

"벽력선자는 찾으셨나요?"

“아직… 하지만 꼭 만나질 것이옵니다.”

“그랬군요.”

진청자도 달을 응시했다.

“노야.”

“말씀하소서.”

“전 가끔 바라요. 다시 평범한 백성으로 돌아가지기를. 텃밭에 심은 옥수수가 잘 자라는지, 소채에 벌레는 끼지 않는지, 오늘 상엔 무엇을 올려야 하는지, 염소가 언제 새끼를 낳는지를 근심하는.”

“…가능하시겠사옵니까?”

“가능해요. 하지만 세상 사람들이 저를 그렇게 살라고 그냥 내버려 두지 않겠지요? 그게 슬프네요. 세상 사람들은 절 이권과 이권, 세력과 세력 사이에 끼워넣을 거예요. 그래서 결국 평범한 백성이 되지 못하겠지요? 이젠 저도 그걸 아네요.”

“히…유.”

진청자가 뿜어낸 한숨이 달로 달려갔다.

“노야.”

“말씀하소서.”

“제가 지금이라도 모든 걸 포기하면, 다시 전처럼 평범해질 수 있나요? 그게 전혀 불가능한 일인가요?”

“……”

연연은 기어코 눈물을 떨구면서 또 물어봤다.

“…내일도 오늘과 똑같겠지요?”

“……”

진청자는 고개를 숙이고 연연이 다 울 때까지를 기다렸다.

연연은 오래도록 눈물을 그치지 않았다.

진청자는 가늘게 떨리는 연연의 작은 어깨에 얹혀진 달빛과 별빛을 가만히 바라보았다. 그리고 선황이셨던 홍치로부터 자신에게 전해진 당부와 무게를 생각했다.

오랜 시간이 지나고 울음을 그친 연연이 말했다.

"노야, 전 아직도 믿을 수 없네요. 어느 날 갑자기 다가온 이 무게와 기대, 슬픔을… 더불어 알지도 못해요. 제가 돌아갈 자리가 과연 저에게 맞는 건지를."

"세상이 그렇사옵니다, 아가씨. 요즘처럼 어수선하면 더욱 그렇지요. 누구도 내일 어찌 될지 장담을 못하옵니다."

진청자 말은 틀리지 않았다.

연연은 지평을 굴러가는 달에서 어떤 이상이 생겼음을 알아차렸다. 더 정확히 말하면 지평 어디쯤에서 쏘아진 점이 천천히 달을 가르면서 확대되는 걸 보았다. 그건 점이 아니었다.

'사람이 날아오는 거야!'

그랬다. 확대되는 것처럼 보였던 건 워낙 빠른 속도로 날아오기 때문에 그렇게 보여진 것이었다. 순간 어떤 소리도 들리지 않는 고요함이 연연을 내리 덮었다. 연연은 자신이 진청자에게 안겨서 뒤로 몇 걸음 물러나고 있음을 알았다.

진청자도 당황하기는 마찬가지였다.

도약 한 번으로 달을 쫘악, 갈라 버리고 그대로 몸을 뒤집어서 이쪽으로 날아올 수 있는 자는 세상에 그리 흔치 않았다.

"누구냐!"

순간 저 앞쪽에서 뿌연 막 같은 것이 생겨났고, 그것이 몇 번 일렁이는 것 같더니 사람이 나타났다.

스윽—

그는 삐뚤어진 갓에 남루한 도포를 입었는데 병풍을 졌다.

"하핫! 선비를 알아보는 노인장이 있을 줄은 미처 몰랐네."

"……?"

"노인장도 선비이시오?"

"음?"

"어?"

진청자와 연연은 눈을 동그랗게 떴다.

자칭 선비라는 자가 다가왔다.

어슬렁어슬렁.

녀석은 적당한 거리에 이르자 정작 제가 물음을 던진 진청자는 신경도 안 쓰고, 진청자의 품에 안긴 연연을 유심히 살펴보는 눈치였다. 잠시 후, 녀석는 깜짝 놀라는 척과 함께 괴이한 소리를 내뱉었다.

"암컷이 아니뇨?"

"뭐라?"

진청자는 매우 분개했다.

차려 입은 의관을 보니 조선에서 온 녀석이 분명했다. 문제는 그런 국적이 아니었다.

'암… 컷!'

진청자는 일갈했다.

"이놈!"

순간 사방 이 장이 푸르게 꿈틀대면서 일제히 바늘 끝 같은 살기를 피워 올렸다. 그것은 진청자가 끌어올린 태극신공(太極神功)에서 뿜어진 강력한 호신강기, 태극청류사(太極靑流絲)였다. 녀석은 잠시 당황한 것처럼 뒤로 물러선 다음 뾰족한 의문을 던졌다.

"어?"

녀석은 얼른 몸을 낮춘 상태에서 갑자기 무릎을 꿇었다. 진청자는 녀석이 말실수를 크게 뉘우치고 사과를 하려는가 보다고 생각했다.

그런데 아니었다.

"하하! 이거 벌건 초면에 인사가 늦었소이다. 소생은 조선 땅에서 온 선비 박린이올시다. 노인장, 우선 절부터 받으시지요."

"으?"

녀석이 넓죽 엎어졌다. 망연해진 진청자가 연연을 보았다. 연연도 뭐가 뭔지 모르겠다는 표정이었다.

"어험."

"……?"

"소생은 조선에서 여기까지 만 리 길을 왔소이다. 오는 동안, 별만 잔뜩 보고 인물다운 인물을 만나지 못하여 매우 심기가 불편했는데, 이렇게 노인장을 대면하고 보니 그 불편했던 심기가 다소 가라앉는 듯싶소이다. 하하하!"

좌정한 녀석이 묵직해졌다.

"으음."

진청자는 갑자기 달라진 녀석에게서 문득 누군가를 떠올리지 않을 수 없었다. 왜 하필이면 그 친구를 지금 떠올린 것인지 그 이유를 자신도 알 수 없었다. 아마 녀석이 쓴 갓과 도포를 보고 떠올린 것 같았다.

'그 친구는 묘향산에 자리를 잡았지.'

변덕이 철판에 올려놓은 소금 같았고, 괴팍하기는 상에 놓인 추면

편(漁麵片:수제비) 같았으며, 급한 성격은 화과에서 끓는 물 같았었지만 더없이 좋았던 친구.

'아아!'

진청자는 억장이 무너지는 회한을 어쩌지 못했다.

경망스러운 게 세상 인심이라더니, 한때 세상은 벽력선자 곽부용(郭芙蓉)과 곽파 자매를 가리켜서 무림이신녀라고 불러줬다.

마찬가지로 광불과 그 친구, 자신을 한데 뭉뚱그려서 천외삼신(天外三神)이라고 불러줬다.

적어도 소주혈사, 그 가슴 아픈 혈겁이 일어나기 직전까지는.

진청자는 해일처럼 밀려오는 회한을 추스르고 녀석에게 물었다.

"박린이라고 했나? 자네는 왜 천병 한가운데를 이렇게 배회하는 것인가?"

"노인장께서는 함자가 어찌 되시오?"

진청자는 질문을 잘라냈다.

"그건 네가 알 필요 없다! 묻는 말에나 답을 하거라!"

녀석도 물러서지 않았다.

"허! 이렇게 황당할 데가… 소생이 노인장의 봄가을을 생각해서 먼저 인사를 올렸거늘, 이런 법이 어디 있단 말이오. 선비를 이렇게 무시하는 건 도리가 아니외다. 험험."

"봄가을을 생각했다니?"

"춘추(春秋) 말씀이외다. 하하하!"

녀석이 웃었다. 잡티 하나 없는 밝고 시원한 웃음이었지만, 진청자에게는 다 알고 있으면서 왜 굳이 그 뜻을 물어보는지 도무지 이해할 수 없다는 비웃음처럼 보였다.

“넌 무슨 볼일이 있어 이곳에 나타난 것이냐?”

진청자는 다시 물었고 녀석은 엉뚱한 말로 대꾸를 날렸다.

“소생은 사실… 암컷을 찾으려 왔소이다, 노인장.”

“……!”

“이제 생산을 할 때가 되어서 말씀이오.”

“……!”

어이가 없어진 진청자가 잠시 대꾸를 하지 못하자 녀석은 아예 손까지 내밀면서 위협을 가해오는 모습이 참 가관이었다.

“노인장, 선비가 좋은 말로 할 때 암컷을 당장 이리 내놓으시오! 만약 안 내놓으시겠다면 점잖지 못한 일을 당하실지도 모르는 일이오이다. 어험!”

‘암컷을… 내놓으라고?’

되뇌임이 끝나자 다시 태극청류사가 빳빳하게 일어섰다.

휘르릉―

“기어이 피를 보고 싶은 게로구나, 이놈!”

진청자는 말을 마치고 왼발을 살짝 비틀었다. 순간 거짓말처럼 진청자가 어두워지기 시작하더니 감쪽같이 사라졌다. 잔상은 물론 그림자마저 일점 허용치 않는 신기한 보법, 칠성둔형(七星遁形)을 펼친 것이다. 박린은 눈을 말똥거렸다.

“허어, 괴이한 노인장이네? 흠, 이렇게 된 이상 별수없지 않느뇨? 기다릴 밖에…….”

박린은 하늘을 보았다.

하늘은 달빛과 별빛으로 어질러져 온통 푸른빛에 점령당해 있었다. 은하수가 하늘을 가로질러 지평 저쪽에 내려앉고 있다.

“정말 시 한 수 생각나지 않을 수 없구나.”

박린은 얼른 중얼거림을 이었다.

“하나 선비는 때로 장사꾼처럼 밑천을 중요시해야 하는 법! 순간의 속된 감정에 취해서 밑천을 내보이는 어리석음은 결코 바람직하지 않도다. 에라이, 누워서 잠이나 한숨 때려야겠네!”

박린이 벌렁 누워버린 순간,

화라락!

누런 장영이 박린 바로 위 허공을 쥐어뜯었다. 그것은 바로 진청자가 뽑아낸 십팔소금나수(十八小擒拿手)였다.

‘이놈이!’

진청자는 헛손질에 당황했다. 십팔소금나수를 쳐내기 직전, 마치 그러리라 예상한 것처럼 녀석이 날름 누워버려서 애꿎은 허공만 잡아뜯었기 때문이다.

‘제법일세.’

진청자는 묘한 호기심이 생겼다. 녀석이 방금 보인 동작을 그저 우연이라고 믿기에는 자로 잰 것처럼 동작이 너무 정확했고 아주 절묘했다.

‘어디, 이번에도?’

진청자는 손을 크게 돌렸다. 그러자 단전에 가득 차 있던 태극신공이 손으로 몰려들면서 구부러진 손가락 끝에 아주 단단한 구체를 형성했다. 진청자가 그러거나 말거나 박린은 천하태평으로 눈까지 감고 있었다.

‘간다!’

진청자는 과감하게 손가락을 튕겼다. 다음 순간 손가락을 뛰쳐나온 강맹한 지풍 네 갈래가 박린에게 쏘아졌다. 만년한철도 두부처럼 꿰뚫어 버리는 건천태을지(乾天太乙指)!

퉁퉁퉁퉁!

"이렇게 돌아눕는 게 지세를 인정하는 바른 자세이지."

퍽!

흙이 한 주먹 튀어 올랐다.

"또 이렇게 한 바퀴를 구르면 간단한 운동도 된다네."

퍽퍽!

돌이 튀면서 풀잎이 날아올랐다.

"다리까지 쪼그리면 아주 편안해지지."

퍽!

번쩍 일었던 섬광이 크게 뒤집혔다.

그런데도 박린은 여전히 딴소리였다.

"이렇게 멀거니 누워 있다가 누가 암습이라도 해온다면 참으로 크나큰 낭패가 아니뇨?"

벌떡 일어선 박린에게 현천칠성장(玄天七星掌)이 날아갔지만, 박린은 이미 앉아버린 뒤였다. 갓을 스치고 저만치 달려나간 현천칠성장이 땅거죽을 때리고 위로 한 자나 튀어 올랐다.

콰앙!

"에이, 설마 이 야심한 밤에 그런 비겁한 야료를 부리는 자가 세상에 있으려고."

이어 사상풍뢰장(四象風雷掌)이 땅을 쓸었고, 회풍장(廻風掌)이 돌을 빠갰지만, 박린은 그때마다 묘한 핑계를 대고 빠져나갔다.

결국 애꿎은 땅거죽만 실컷 후려진 진청자는 씩씩대면서 모습을 드러낼 수밖에 없었다.

"아이고, 노인장!"

박린은 진청자가 모습을 보이자 반색했다.

"부르지 마라, 이놈아!"

"어딜 그렇게 급히 다녀오셨소? 소생이 한참이나 기다렸소이다. 사람을 혼자 두고 온다 간다 말씀도 없이 갑자기 사라지시면 그것만큼 큰 실례도 없소이다."

다음 순간 진청자가 슬쩍 눈꼬리를 휘었다.

"그 못난이가 제자 하나는 정말 똑 부러지게 키웠구나. 끌끌!"

2

박린은 침묵했다.

실컷 핍박을 가하다가 안 될 것 같으니까 껄껄 웃는 늙은이 진청자에겐 이 침묵도 매우 의미심장하게 보이는 모양이었다.

"그래, 그 못난이가 벽력선자 대신 널 보낸 것이냐?"

박린은 대답할 필요도 없고, 이유도 없었다. 진청자가 다시 정색하고 물었다.

"물건은 어디 있느냐?"

박린은 아예 대답하지 않겠다는 표정을 지어 보였다.

진청자는 그제야 녀석이 자신을 처음 봤다는 걸 깨달았다. 암컷이란 말에 분노해서 깜박 자신을 소개하지 않은 것이다.

"으험험."

진청자는 민망함을 감추고 자신을 소개했다.

"노부는 네 사부가 일러준 바로 그 사람, 무당의 진청자니라. 그러니 아무 염려 하지 말고 네 사부가 맡긴 물건을 이리 내놓거라!"

"……."

"험험, 갑작스럽게 손을 써서 네가 많이 놀란 모양이구나. 이거 크게 미안하다. 노부는 널 사특한 무리들인 혈사교나 강북상련, 그도 아니면 신흥 무벌(武閥)로 한참 기세를 떨치는 북행전(北行殿)에서 파견한 인물이 아닌가 해서 말이다."

"어험!"

박린은 진청자를 살펴보았다.

거친 마의, 햇빛에 그을린 얼굴이었지만, 진청자는 평생을 수행하면서 살아온 노도사가 지닐 수 있는 단아함을 지녔다. 더불어 도사가 지니면 안 되는 날카로운 위엄도 지녔다.

"진청자라 하셨소?"

"오냐. 노부가 바로 네 못난이 사부……."

"소생은 당최 무슨 말씀이신지 모르겠구려."

"으?"

"어험. 사실 소생이 모시는 스승님께서 얼굴이 좀 아닌 게 사실이고, 소생보다 영 못난 것도 사실이오."

"……?"

"하나 그게 노인장과 무슨 상관이 있다고 소생 스승님을 못난이라고 단정하시는 게요?"

"마, 말했지 않느냐? 네 사부와 둘도 없는 친구라고."

"그걸 뭘로 증명할 수 있으시오? 설사 그걸 증명하셔서 노인장과 소생의 스승님께서 친구라고 가정합시다. 그게 소생과 무슨 상관이며,

맡기지도 않으신 물건을 내놓으라 하심은 또 무슨 경우이외까?”

“뭐라?”

“어험, 못 알아들으신 모양인데 소생이 쉽게 말씀을 드리지요. 지금 노인장께선 주무시다가 남의 다리를 벅벅 긁는 해괴한 말씀을 하고 계신단 말씀이외다!”

“으음.”

“그게 아니면 소생이 노자가 이리 든든한 걸 눈치 채셨던가, 아무튼 둘 중 하나겠지요. 험험!”

박린은 진청자 눈앞에 은자 주머니 두 개를 흔들었다. 하난 애라하 얼치기 도적인 왕오와 왕육에게서 얻은 것이고, 다른 하난 대도독부 부위 요양휘의 것.

짤랑짤랑!

“이 녀석이!”

진청자는 얼굴을 붉혔다. 세상에, 이건 모욕도 이만저만한 모욕이 아니었다. 진청자는 다시 주먹을 꽉 쥐었다. 친구 제자라서 귀엽게 봐 주려고 했더니, 이 녀석은 아예 자신을 치사한 협잡꾼으로 만들어 버리지 않는가.

부르르.

박린은 크게 탄식했다.

“아하, 오늘은 선비의 가슴이 미어지는구나!”

“……?”

“저 노인장께서 이 은자를 꿀꺽하시려는 목적은 뻔하다. 제대로 된 선비치고 스승 없는 선비가 어디 있는가? 저 노인장께선 필시 무쟈게 배가 고프신 게야. 아무럼, 그렇고말고! 그래 저런 거짓말을 하며 스승님을 파시는 게 분명하도다. 바로 이런 때에 명약관화(明若觀火)란 말을 쓰지!"

순간 폭죽 천 개가 한 번에 터지는 굉음으로 진천철장(震天鐵掌)이 사방 삼 장을 난타했다.

콰앙—!

"놈! 주둥이부터 혼내준 연후, 물건을 받겠노라!"

진청자는 천지태을신검(天地太乙神劍)을 쭉 뽑았다.

천지태을신검은 무당의 장문 신병으로 길이만 무려 일곱 자(210㎝)에 폭이 네 치(12㎝)에 달하는 연검. 그 낭창낭창한 신에 빼곡한 갑골문(胛骨文)이 매우 상서로운 빛을 뿜어내면서 꼿꼿하게 머리를 쳐들었다.

"이놈, 매 맞을 준비를 다 했느냐!"

가볍게 쳐냈다지만 진천철장 세 방이 등과 배, 가슴을 강타한 고통은 상상을 초월할 것이었다. 제대로 맞았다면 한 방에 담긴 무게가 족히 천 근이 넘지 않는가.

'정말 제대로 맞아버린 건 아닐까?'

진청자는 먼지가 가라앉기를 기다리며 노심초사했다.

먼지가 가라앉자 일목요연하게 모든 게 드러났다. 어느 틈에 녀석은 병풍을 쫙, 펼쳐서 세워놓았다.

"음!"

병풍에 새겨진 손자국을 본 진청자는 기가 막혔다.

손자국은 바로 자신이 쳐낸 진천철장이 만든 것!

녀석은 병풍 뒤에 숨어 여전히 엉뚱한 소리만 지껄여 대는 데 여념 없다.

"홍! 사기가 안 통하시니 이제는 광풍이로세? 먼 길을 와서 피곤에

전 선비를 이렇게 핍박하시는 건 정말 도리가 아니지. 계속 저렇게 성질을 부리신다면 땡전 한 푼, 국물도 없네. 참으로 음흉한 노인장이 아니뇨."

뿌득.

"내 저놈과 사생결단을 하고 나서 물건을 받으리라!"

천지태을신검을 등에 붙인 진청자가 막 몸을 날리려는 순간,

"노야, 이번엔 제게 기회를 주세요."

"예?"

연연은 꽃처럼 붉은 입술을 야무지게 깨물었다.

"저분께선 암컷을 찾는다고 하셨어요."

"그건 저놈이 소신을 약 올리려고……."

"아니네요, 노야. 저분께선 암컷을 찾는다고 두 번이나 분명히 말씀을 하셨어요. 그렇다면 저분 말씀은 농담이 아니에요. 저분은 자신이 원하는 암컷을 찾기까지는 노야께 절대 마음을 열지 않을 거네요. 그리되면 노아께선 저분께 밑천을 다 드러내게 되세요."

"밑… 천이라고 하셨사옵니까?"

"아까 듣지 못하셨어요?"

"예?"

진청자는 눈을 끔벅거렸다.

"아까 저분께서 그러셨어요, 선비는 때로 장사꾼처럼 밑천을 중요시해야 하는 법이라고요. 순간의 속된 감정에 취해서 밑천을 내보이는 어리석음은 결코 바람직하지 않다고."

"……!"

"저분께선 노야께 일찌감치 충고를 하신 것 같아요. 왜 그리 충고했

는지는 모르겠지만, 어쨌든 노야와 싸우기 싫다는 말을 저렇게 하신 것 같아요. 노야, 뭐 짚이는 게 없으세요?"

"끄… 음!"

진청자는 신음을 어쩌지 못했다.

'저 녀석 사부가 그 못난이인 걸 뻔히 알면서… 저 녀석 꼼수에 놀아나 하마터면 밑천을 몽땅 털릴 뻔했구나!'

진청자는 태극신공을 꺼뜨려 단전으로 보내고 천지태을신검을 허리에 둘렀다.

철컥!

천지태을신검이 결을 지르는 소리, 그 소리를 따라 몰려온 과거의 편린이 마음 저 아래 숨어 있던 감정을 건드렸다. 진청자는 말갛게 피어오르는 그 감정을 이기지 못하고 나직이 녀석을 가르친 친구를 불러보았다.

"천변귀수(天變鬼手)."

순간 한때는 천외삼신이라고 불렸던 한 사내가 무려 십 년이라는 시간을 뛰어넘어서 진청자에게 달려왔다. 그 사내는 이 세상 모든 무공을 그대로 재현할 수 있는 오성을 지녔던 사내, 그 기막힌 오성으로 소주혈사를 일으켜 사지를 잘린 채, 고향인 조선으로 쫓겨가야 했던 사내였다.

'이 못난 친구.'

진청자는 다시 몹쓸 회한이 몰려들어서 엉엉 울어대는 걸 그냥 내버려 두었다.

정말 많은 세월이 지나가서 이젠 다 가라앉았으리라고 생각했는데 아직도 많이 아프구나. 명호를 부르자마자 기다렸다는 듯 바로 달려오는 친구여.

"무량수불."

진청자는 연연을 보았다.

연연은 그 천변귀수의 제자에게 겁도 없이 다가가고 있다.

진청자는 걱정하지 않았다. 연연은 무공도 없고 몸도 아주 작고 가냘프지만 기이한 능력을 지녔다.

그 기이한 능력을 연연 자신도 몰랐고 사람들도 몰랐다.

"흐음."

진청자는 막 눈을 마주친 두 사람을 조용히 주시했다.

"이보세요, 조선에서 오신 선비님."

연연은 쪼그려 앉으면서 보슬을 살짝 걸어 올렸다. 진청자와 광불, 곽파밖에 보지 않은 얼굴을 생판 모르는 박린에게 보여준 것이다.

"헉!"

연연은 보슬을 내렸다.

"선비님께선 어떤 암컷을 찾으세요?"

"…낭자! 소생이 방금 본 게 무엇이오?"

멍한 표정으로 눈을 몇 번이나 끔벅이던 박린이 엉뚱한 소리를 했다. 목소리가 은근히 떨리는 것을 보면 박린은 홀린 게 분명했다. 연연은 싱긋 웃었다.

"왜요? 한 번 더 보실 의향이 있으세요?"

"무, 물론이오."

"상당히 특이한 취향이시네요?"

박린은 뒷머리를 긁었다.

"하하! 남들도 다 그런 말을 합다. 원래 선비란 그래야 하는 게 아니겠소? 자 왈, 학이시습지(學而時習之)이면 불역열호(不亦說乎)니라.
배우고 때로 익히면 즐겁지 아니한가. 어험!"

"좋아요."

연연은 보슬을 올렸다가 금방 내렸다.

"다 보셨나요?"

"한 번 더 봅시다, 낭자!"

"선비님께선 지금 소녀를 우롱하고 계시네요."

"우롱이 아니라 경건한 '학이시습지' 를 하는 것이라오."

"그 말씀을 믿으란 말씀이세요?"

"믿기 싫으면 관두시오, 어험."

박린은 입을 삐죽 내밀었다.

"좋아요."

연연은 입술을 깨물고 다시 보슬을 올렸다.

"헉! 어, 어험."

"다 보셨나요?"

"아, 아직 더 봐야 하오이다."

"됐네요."

연연은 보슬을 내렸다. 이쪽에서 진청자와 박린이 벌인 소란이 얼마
나 심했는지, 광불이 나타났기 때문이었다.

"커험!"

광불은 목에 건 흉측한 해골을 덜렁대며 사방을 휩쓸어 보았다. 광
불은 도대체 어떤 놈이 자신이 애지중지하며 용맹정진하는 화두인 '먹
는 행위' 를 방해했는지 매우 분노했다.

"나무관세음보살."

쇠종을 울리는 듯한 불호가 박린만을 긴장시킨 게 아니었다. 불호는 야소와 머리 싸움을 한 뒤 기절했던 왕특을 냅다 후려갈겼다.

"아이, 씨팔! 거, 더럽게 시끄럽네."

왕특은 안을 둘러보았다. 기둥이란 기둥은 금방이라도 넘어갈 것처럼 삐딱하게 기울었고, 그것을 지켜보는 보초병들 인상이 이만저만 험악하지 않았다.

'이 흉악한 동생 놈들이 또 사고를 친 모양인데?

왕특이 이런저런 생각을 하며 막 분위기를 파악하려는 순간, 보초병 중 얼굴이 날렵하고 전립을 약간 내려써 멋을 부린 자가 갑자기 외쳤다.

"너도 땅에 머리를 박는다. 거행(擧行)!"

왕특은 이게 대체 무슨 소린가 싶어서 어리둥절했지만, 얼른 동생들을 따라 했다. 동생들은 소위 '한 딱가리' 중이었다.

"거행!"

"모두 그 자세에서 한 발을 든다. 거행!"

"거행!"

"아쭈! 너!"

"아, 네. 저 말입니까?"

"너 말고 자식아, 그 옆에 메기처럼 생긴 놈!"

"아, 네네네."

"지금 요령을 피우나?"

"아, 아닙니다."

"너 혼자 그 자세로 뺑뺑이를 돈다. 거행!"

“거… 행.”

한동안 광풍이 일었다. 보초병들이 나간 후에야 메기처럼 생긴 놈, 왕특은 사정을 이해했다. 양 다리를 잃어버린 요양휘가 발광해서 큰 싸움이 벌어졌고, 그 싸움으로 군막이 무너졌으며, 그 일로 인해서 보초병들이 이렇게 험악해졌다는 것을.

“끄음.”

왕특은 눈을 감았다. 상황이 매우 심각했다. 야소란 놈에게 자신이 지닌 유일한 무기이자 밑천인 ‘철두’를 도전받았다. 왕특은 이내 눈을 떴다.

―허어… 나무관세음보살.

“야! 넌 저게 무슨 소리라고 생각하냐?”

왕이가 퉁명스럽게 대꾸했다.

“그 딴 데 신경 쓰지 말고 그 마빡이나 신경 쓰시구랴. 씨팔.”

“끄험.”

왕특은 분노가 치밀었지만 ‘장남다운 아량’으로 참았다.

그러나 왕이는 뭘 믿고 그러는지 계속 나불댔다.

“흥! 철두광사? 지나가던 개가 다 깨갱 하고 웃을 일이지. 이제 봤더니 큰형 머리는 철두가 아니라 솜방망이 아뇨? 대체 그 머리로 뭐 하나 제대로 하는 게 없으니. 일이 다 이렇게 된 게…….”

쿵!

개구리처럼 사지를 푸들거린 왕이가 길게 누웠다.

왕특은 ‘어떠냐?’ 하는 눈으로 저쪽 구석을 쓸었다.

“커흠!”

왕특이 이렇게 어울리지 않는 큰기침까지 한 이유는 사실 별게 아니었다. 바로 그곳에 있는 야소 때문이었다.

‘주여, 정말 대단한 머리가 아니옵니까?’

야소도 왕특을 바라보았다. 험악한 선상 반란도 박치기 서너 번이면 깨끗이 해결났는데, 저 마귀대장은 정말 상상을 초월하고도 남음이 있다. 야소는 절망했다. 앞으로 펼쳐질 전도 생활에 엄청난 훼방꾼이 나타난 것이다.

“으음.”

야소는 눈싸움마저 마귀에게 질 수 없어 눈에 잔뜩 힘을 주었다. 순간 핏발 선 푸른 눈알과 맹한 눈알이 묘하게 얽혀서 돌아갔다. 그 얽힘을 단단히 옥죄면서 먼저 입을 뗀 사람은 왕특이었다.

“이봐, 코쟁이! 너… 대단한 놈이다. 정말!”

“닥쳐라, 이 마귀대장 놈아!”

“헹? 마귀대장?”

“그래, 이 돌대가리야!”

“내 눈엔 네가 마귀대장 같다, 이 개식꺄!”

왕특은 색목인을 처음 봐서 야소가 정말 마귀대장이라고 생각했다. 둘이 옥신각신하자 왕씨 형제들이 하나씩 드러누웠다.

“에이, 씨버랄! 이 무슨 꼴이야.”

“일이 다 이렇게 된 게… 그 거지 놈 때문이야. 쓰벌!”

“씹팔! 큰형 머리 때문이 아니고?”

“염병! 그것도 단단히 한몫 거들었지 뭐.”

“거지 놈을 내 그냥 안 둘겨. 조까!”

"음?"

요양휘는 또 민감해졌다.

저 흉험한 형제들이 말하는 거지가 일을 이 지경까지 몰고 온 조선 거지 놈을 말하는 건지, 아니면 거지처럼 변해 버린 자신을 말하는 건지 애매했다.

요양휘는 버럭 소리부터 질렀다.

"야, 배도 고픈데 잠 좀 자자, 이 돌대가리들아!"

요양휘는 대연객잔에서 조선 거지 놈을 만난 후 일이 계속 꼬이기만 했다. 어떻게 꼬여도 이렇게 꼬이는지 정말 모를 일이었다. 세상에! 황도에서 잘 나가던 관원이 도적 놈들과 한패거리 취급을 받다니!

"야! 어디 말 좀 해봐라, 이 얼치기 도적 놈들아! 왜 나를 쫓아다니는 거냐? 왜 잠도 못 자게 핍박하냐? 대명 최고 가문에서 자랐고, 군부에서도 전도가 제일 유망한 이 요양휘가 네놈들 따위와 대체 무슨 상관이냐!"

대답은 금방 나왔다.

"침 튄다, 이 거지발싸개야!"

얼치기 셋째 왕삼이었다.

"너나 조용해라, 이 개식꺄!"

"이이……."

요양휘는 눈알을 부르르 떨었다.

"왜? 한번 해보게?"

왕삼이 일어났다. 그 바람에 왕삼과 같이 묶여 있던 왕사도 일어날 수밖에 없었다.

"에이, 씨팔! 셋째 형, 왜 날 괴롭히슈?"

왕사와 같이 묶여 있던 왕육도 일어나서 왕사를 노려보았다.

"넷째 형, 거, 잠 좀 잡시다."

왕오는 흙바닥에 머리를 처박았다.

"아이쿠!"

얍삽하게도 왕육에게 기대서 자다 당한 참변이었다.

"어푸푸! 에잇, 퉤퉤!"

코와 입에 가득한 진흙을 털어버린 왕오가 막 광분하려는 순간, 다시 불호가 들려왔다.

―나무관세음보살 나무아미타불!

이번엔 그저 소리만 큰 게 아니었다. 고막을 쩡쩡 울리면서 군막 전체를 뒤흔들었다. 부스스, 흘러내리는 먼지를 본 요양휘의 안색이 시커메졌다.

당금 강호에서 이 정도로 엄청난 불호를 낼 수 있는 화상은 단둘! 그중 한 명은 소림 전대 장문인 광혜이며 또 다른 한 명은?

"맙소사! 처, 천외삼신 광불?!"

광불은 박린을 움켜잡았다.

무슨 일인지 모르겠지만, 거듭 불호를 읊조리면서 대충 돌아가는 상황을 파악해 보니까 원흉은 바로 이놈.

"이 녀석!"

"캑캑!"

"감히 이 부처님의 용맹전진을 방해하다니! 도저히 그냥 묵과할 수 없도다. 이런 경우 절간 같으면 마땅히 죽비로 응징을 할 것이나 다행히 난 죽비가 없어서 말랑말랑한 금강지로 버릇을 고쳐 줄 수밖에…
엥?"

광불은 놀랐다. 멱살을 잡힌 상태에서 녀석이 희미해졌기 때문이다.
뿐만 아니라 두둑― 소리와 함께 접혀진 병풍이 살짝 옆으로 기울어진
다 싶더니 맹렬한 기세로 허리를 쓸어왔다.

"헛!"

광불은 항마연환신퇴로 허리를 비틀고 바로 무상각을 펼쳐 병풍을
때렸다.

팡!

무상각은 이내 관음십팔족이 돼서 병풍을 휘어 감았다. 순간 영롱한
금빛 광채가 광불을 감싸고 은은한 우렛소리를 냈다.

우르르릉―

다음 순간 믿을 수 없게도 무상각을 미끄러진 병풍이 빙글 회전했다.

그래 금빛 관음십팔족은 애꿎은 허공만 냅다 열여덟 번을 후려칠 수
밖에 없었다.

팡팡팡팡!

"사특한 물건이로세!"

광불은 까마득히 떠오른 병풍을 향해서 갈 지 자 그린 두 손을 내밀
었다. 순간 광불의 열 손가락에서 번쩍 떠오른 섬광, 탄지신통이 병풍
을 직격했다.

따다다땅!

소리와 동시에 폭죽처럼 튕겨진 찬란한 불꽃이 날렸다. 광불은 이내
신병 염십사(念十絲)를 쏘아보냈다.

파라라라락!

염십사. 소림 유일의 암기이며 무림 제일의 암기인 금빛 은사 열 줄이 병풍을 얽어매는가 싶더니 이내 고개를 꺾고 낙하했다.

"쳇! 약은 녀석 같으니! 염십사를 예상하고 재빠르게 병풍을 수거해 갔구먼. 쩝."

입맛을 다신 광불은 대뜸 진청자를 봤다.

"말코."

"왜, 왜 그러냐?"

"저 녀석도 네 제자냐?"

"음?"

"방금 녀석이 사라진 수법이 바로 말코 네가 툭하면 펼치는 칠성둔형이 아니냐?"

"그, 그렇게 보였냐?"

광불은 조용했다.

"……."

진청자도 광불을 따라 하늘을 봤다.

하늘엔 이름 모를 계곡과 호수, 산맥을 안은 달이 은하수를 건너가고 있었다. 녀석은 칠성둔형으로 사라져 버린 게 맞았다. 진청자는 천변귀수를 떠올리고 쓰디쓰게 웃었다.

'누가 자네 제자가 아니랄까 봐…….'

"말코."

광불이 입을 열었다.

"말하게, 땡초."

"천변귀수… 그 친구가 저 아이를 벽력선자 대신 보냈지?"

"……."

진청자는 대답하지 못했다.

"이런, 나무관세음보살."

불호는 저 아래에서 나오는 자책처럼 낮았고 회의처럼 어두웠다. 소주혈사 때, 자신들이 오랜 우정을 나눠왔던 천변귀수를 외면했듯, 오늘 또 그의 제자를 이렇게 핍박해서 쫓아버렸다는 뒤늦은 자책. 더불어서 어리석은 자들이 실수를 반복하는 것에 대한 깊은 회의.

광불은 울음을 간신히 참고 있는 것처럼 보였다.

진청자가 침묵을 헐었다.

"땡초."

"듣고 있네."

"망구에겐 비밀로 하세. 자네도 알다시피 망구는 애틋한 감정이 많이 남은 눈치야. 아직도 그 친구를 깊이 은애하고 있단 말일세."

광불이 고개를 끄덕였다.

"그래, 망구가 울고불고 야단하면 곤란해지니까."

다시 시작된 침묵 속에서 달빛이 펄럭였고, 지평 어디쯤에서 서리가 내리고 있었다.

3

린아.

아무도 믿지 말거라. 믿지 않는 도끼는 절대로 발등을 찍지 않는단다. 믿었던 도끼만이 발등을 찍는다. 그런 일이 네게 일어나면, 넌 네 죽음의 때가 가까이 왔음을 알아야 한다. 그래 네가 애써 이룩한 모든 행위가 부정당하고 덧칠해지는 걸 보면서 서서히 황천에 발을 담가야 할 것이다. 믿고 싶은 사람이 생길 것 같은 예감이 든다면, 그런 예감이 들게끔 한 그 사람을 가차없이 베어라. 그러는 길만이 네가 배신당하지 않을 수 있는 방법이고, 죽지 않을 수 있는 방법이다.

어험, 린아.

또 종아리를 걷어야 되겠구나.

이 스승님께서 뼈아픈 고언(苦言:충고)을 내리는 중이거늘, 어찌 그런 불량한 자세로 잠을 잘 수 있단 말이냐!

이번엔 약소하게 한 오백 대만 맞아라.

그러면 고언이 자연히 뼈에 아로새겨질 것이다.

철썩!

*   *   *

"에헴!"

장작빈은 오랜만에 기름진 양 다리를 포식한 결과, 누군가 이리로 온다는 것을 빤히 알면서도 얼른 바지를 까고 주저앉았다.

"에잇, 모르겠다!"

순간 잡풀이 벌건 엉덩이를 사정없이 찌르고, 바람이 그 차갑고도 섬뜩한 손톱을 내밀어서 등을 쓰윽, 긁어내린다. 하지만 장작빈은 언제나 그랬듯 그런 사소한 걸 신경 쓰지 않았다.

"흠, 내년 봄엔 이 자리가 참 기름질 게야."

장작빈은 고개를 끄덕였다.

"위에서 나오는 물건은 향기롭지만 잘해 봐야 악(惡)이 되지 않으면 다행이거든? 그런데 아래에서 나오는 물건은 언제나 선(善)한 열매를 맺는 법이지. 바로 이렇게… 끄응!"

말이 끝나자마자 선한 열매를 맺는 물건이 내는 소리라고는 절대 믿어지지 않는 거북한 소리가 흘러나왔다.

뿌웅—

아주 고약한 냄새가 은근히 초원을 흔들었다.

"끄응! 달도 오라지게 밝은 밤이네."

장작빈은 황홀한 표정으로 달을 감상했다. 누가 이리 온다는 생각이 마음을 꺼림칙하게 만들었지만, 한참 급한 볼일을 보는 사람에게 시비를 붙을 무식한 작자는 세상에 없을 것이다.

'제가 알아서 피해 가겠지 뭐.'

그래도 이상한 기미가 보인다면?

"커험! 절세신공 무한투를 펼치면 된다네. 자, 그럼 어디 어떻게 생긴 놈인가 얼굴이나 한번 볼까?"

장작빈은 무심코 만리경을 댔다가 자지러졌다.

"헉!"

봉황군 진중이라 잘해 봐야 지나가는 초병(哨兵)이려니 생각했는데 그게 아니었다. 삐뚤어진 갓과 남루한 도포, 그림 같은 눈썹, 어울리지 않는 병풍과 모양이 수상쩍은 막대… 바로 그 미친 녀석이었다!

'아니, 저놈이?'

장작빈이 얼른 일어나려는 순간, 흰 선이 죽 그어진 것 같은 굉장한 속도로 녀석이 지나갔다.

"으으……."

장작빈은 얼굴이 샛노래졌다. 녀석이 어깨를 툭 건드리고 지나갔기 때문에 뭔가 뜨끈한 덩어리를 깔고 앉아버린 것이다.

저만치 달려나갔다가 한 바퀴 원을 그리면서 다가온 녀석이 빙그레 웃었다.

"아! 이거 큰 결례를 범했소. 용서하시구려, 귀공."

"너, 너 이놈!"

"소생은 귀공께서 '큰 짓거리' 중인 걸 모르고 그만 살짝 건드리고 말았소이다. 그러니 다음부터 이런 일을 벌이실 땐 저 앞쪽에 뻔쩍뻔쩍한 표식을 하나 세우시고… 하하!"

"너, 너……!"

장작빈은 푸들푸들 떨었다.

"귀공, 그럼 열심히 '큰 짓거리' 하시오. 소생은 공사가 다망하여 이만!"

슝—

"아, 참! 깜박하고 말씀 안 드린 게 있어서."

다시 돌아온 녀석이 말했다.

"귀공, 표식에는 이렇게 써놓으시는 것이 어떻겠소? 공사다망중(公私多忙中)! 그리고 '큰 짓거리'를 마친 후엔 필히 손을 씻으시구랴. 안 그러면 만수무강에 매우 괴로운 꼴을 당하신다고 합디다. 그럼."

슝—

어찌어찌해서 간신히 일어선 장작빈은 정말 심하게 어금니를 갈아붙였다.

콰직!

"난 네놈을 지옥 끝까지라도 쫓아간다! 그래서 반드시 그 두꺼운 낯짝을 벗겨놓고야 말겠다! 으으……!"

장작빈 말고도 어금니를 갈아붙여야 하는 자들은 참 많았다.

"네 이놈들!"

불의(不義)를 그냥 넘어가지 못하는 뚝심의 고장, 산동(山東) 출신 무장 가달은 호통 먼저 내질렀다.

"죄인 주제로 진중에서 싸움을 벌이면 대명률에 의거, 참형감이라는 걸 모르느냐! 합하께서 너희들이 추울까 봐 특별히 선처를 베푸셔서 군막을 내려주셨거늘, 그걸 감사는 못할망정 하는 짓이 겨우 서로 치고 받고 싸우다가 군막을 무너뜨리는 일이냐!"

가달은 도적이 분명한 이 녀석들을 당장 참수하지 않는 장약기의 처사를 매우 마음에 안 들어하던 참이었다. 그런데 이 녀석들은 벌써 두 번씩이나 군막을 무너뜨리며 소란을 떨었다.

뿐만 아니라 이놈들은 감히 봉황군 참모인 야소를 흠씬 두들겨 패기까지 한 대책없는 놈들이었다.

"내 뜨거운 맛을 보여주리라, 이놈들!"

가달은 비장에게 눈짓했다.

"예? 아, 예, 장군!"

얼굴을 굳힌 비장이 어디론가 급히 뛰어갔다.

"생각보다 마귀들이 완강하오, 가달 장군."

어디서 구했는지는 모르겠지만, 찐 계란으로 시퍼런 눈두덩을 문지르면서 야소가 어물거렸다.

"사탄으로부터 이 세상을 멸해 버리라는 가공할 임무를 부여받은 마귀들이 틀림없소이다. 아멘."

"흠, 그렇소?"

가달은 내심 찐 계란을 굴리는 야소를 동정하면서도 야소가 입만 열면 풀어놓는 이야기의 진위를 의심했다. 말이야 '야소' 께 불비를 맞고 거듭난 '성스러운 전도자' 라지만 가달은 맹세코 이 '야소' 라는 신을 이해하지 못했고, '성령' 이나 '불비', '삼위일체' 니 하는 말들 또한 이해할 생각이 전혀 없었다.

"장군, 제가 무진 애를 써보았는데 아무래도 이 마귀들은 죄를 자복하고 예수님을 영접하기는 영 글러 버린 마귀들이오. 성령으로 거듭나긴 글러 버렸다, 이런 말씀이지요. 주님께서 보내신 어린 양인 줄 알았는데… 그게 아니라 바로 마귀 중의 대마귀, 사탄 떨거지들이 분명하오이다!"

"흠, 그렇소이까?"

야소는 이 녀석들에게 이상하리만큼 강한 집착을 보이고 있었다. 가달은 야소를 다시 보지 않을 수 없었다.

"으음."

말로는 정식 서품을 받은 '신실하고도 정직한 신부' 라지만, 소문이 맞다면 야소는 대양을 돌아다니며 노략질을 일삼다가 폭풍 때문에 이리로 흘러 들어온 해적.

"아, 글쎄 열심히 찬송을 부르면서 주님께 이 마귀들 죄를 사해달라고 간구하는 중인데 바로 저자, 저 왕특이라는 마귀대장이 냅다 달려들어서 다짜고짜 박치기를 두어 번 해버리지 뭐외까."

"호오! 박치기요?"

야소는 얇고 괴이하게 생긴 검을 귀신처럼 잘 쓰는 재주도 재주였지만, 박치기에서도 타의 추종을 불허했다.

"박치기라면 공도 한가락 하시지 않소이까?"

가달은 야소가 가리킨 마귀대장 왕특을 보았다. 그러자 쪽 찢어진 실눈에 이마가 먹물처럼 검고 입이 툭 튀어나온 자가 얼른 고개를 수그린다.

"으음, 저렇게 생긴 자와 한바탕하셨다니 굉장하오. 실로 우려되는 인상을 가진 자가 아닐 수 없소이다."

"바로 그것이오이다, 장군!"

"예?"

"아, 저 마귀대장이 누구 머리가 더 단단한가… 뻗을 때까지 한번 박아보자고 대들었소이다."

"그래서요?"

"끄음."

아주 비참한 표정으로 잠시 침묵을 지켰던 야소가 대답했다.

"장군, 이 제라르 드 리데포르트 4세는 주님께서 보내신 성스러운 신앙의 수호자요. 또한 신실한 전도자이고 성령으로로 거듭난 신부외다. 그런 제가 마귀들처럼 무자비한 폭력을 행사할 수야 없질 않소이까?"

"거 매우 험악한 꼴을 당하셨소이다."

"이보시오, 가달 장군. 장군께서 합하께 잘 말씀을 하셔서 저 마귀들을 당장 화형(火刑)시킬 수 있도록 힘을 써주시오."

"예?"

"물론 이런 초원에서 장작이 그리 쉽게 구해지는 물건이 아니라서 고민이오이다만… 아, 화약과 쇠기름이 있질 않소이까? 쇠기름을 온몸에 끼얹고 화약에 불을 당긴다면 참 잘 탈 거외다!"

"……."

"장군께서 그리만 해주신다면 우리 예수님께서도 아주 기쁘게 생각하시겠지요. 어차피 천벌받을 자들이오. 예수님께선 이 야소에게 가달 장군이 지닌 의지를 시험해 보고 싶으시다는 응답을 주셨소이다. 아멘 할렐루야!"

가달은 기분이 나빠졌다.

이때 왕특이 나섰다.

"저어… 자, 장군 나으리."

이야기가 매우 심상치 않게 돌아가고 있으니, '장남'으로서 안 나설 수 없었던 것이다.

"자, 장군 나으리! 저희들이 마귀라니요! 당치 않사옵니다요. 저희는 사실 마귀도 아니고 마귀의 제자도 아닙니다. 마귀가 어찌 생겼는지 알지도 못하옵니다요!"

지금도 마찬가지지만, 정말 살기 어려운 시절이었다. 다섯이나 되는 동생들을 부양키 위해 변방에서 장남이 선택할 수 있는 직업은 몇 개 없었다. 그래 남들이 죄다 꺼려하는 직업에 종사하면서 비지땀을 좀 흘렸기로, 그게 무슨 대죄라고 마귀니 뭐니 하며 참형에 화형까지 지껄이는가.

"사실 저, 저희 형제는 말이옵니다, 변방에 사는 착하고 선량하며 우매한 백성들이온데 우연히 이곳을 지나다 성격 이상한 거지 놈과 시비가 붙어서 그만……."

"시끄럽다, 이 흉악한 마귀대장아!"

야소가 소리 지르자 왕특은 장남으로서 체면도 잊고 떨었다.

"아이고, 나으리! 자세히 제 얼굴을 보시옵소서. 아, 이렇게 착하고 선량한 얼굴을 지닌 마귀대장이 세상에 어디 있습니까요. 예?"

"뭐? 착하고 선량한 얼굴? 오오! 저 험악한 메기 주둥이에 엄청난 불벼락과 저주가 영원할 것이로다!"

야소는 정말 집요했다.

"마귀대장, 네 이놈! 주님께서 보내신 성스러운 종을 이렇게까지 핍박해 놓고도 전혀 회개함이 없도다. 예수님께선 하늘나라에서 네 녀석이 저지른 패악하고 얍삽한 행위를 다 보셨나니, 지옥에서 훨훨 타는 불덩이는 바로 메기, 네 녀석을 위해 준비하신 거로다. 이 마귀대장 개스키야! 아멘!"

"어흠."

가달은 헛기침을 했다.

야소가 평소 입버릇처럼 되뇌는 말과는 전혀 안 어울리지만, 외모와는 기막히게 어울리는 육두문자에 또 속이 거북해진 것이다.

"에이, 씨."

왕특도 야소를 노려보았다. 순간 아까처럼 파란 눈과 맹한 눈이 몇 번이나 얽혔다가 떨어지고 또다시 얽혔다가 떨어지기를 거듭했다.

둘이 이렇게 신경전을 벌이자 끔찍한 악몽이 다시 시작될 것 같은 예감에 요양휘가 나섰다.

"이보시오, 장군."

가달은 요양휘를 봤다.

"할 말이 있으면 해보아라."

"대체 이 요양휘를 핍박해서 얻을 게 뭐가 있소이까?"

"뭐라?"

"변방 특성상 직할 병력이 대단히 많은 만큼 그 권한도 막강하다는 것을 잘 아오. 아무리 그래도 그렇지, 대도독부에서 파견된 전령을 이

런 도적 놈들과 똑같이 취급한다면 장군께서도 결코 무사하시진 못할
거외다.”

“헹! 네가 대도독부 전령이면 난 대도독이다, 임마!”

요양휘에게 엄청난 원한을 가진 왕이였다. 순간 왕씨 육 형제가 일
제히 웃었다.

“울칼칼칼!”

“께크께크께크!”

“꺽껵꺽… 켁!”

“장군님 나으리!”

이번에는 웃음을 뚝 그친 왕오였다.

“뭐냐, 이놈아!”

가달은 필암어처럼 생긴 녀석에게 소리부터 질렀다.

장군님이면 장군님이고 나으리면 나으리이지, 장군님 나으리는 또
뭔가.

“요즘 시절이 하도 어렵고 수상쩍다지만, 원 세상에! 거지도 모자라
서 이렇게 사기까지 치는 놈이 있으리라고는 도저히 생각지 못했사옵
니다.”

“……?”

“그러니 제발 저 대도독부 어쩌고 하는 자식을 당장 참형에 처해주
옵소서. 이건 정말 착하고 선량한 백성으로서 간절히 드리는 바람이…
어흑!”

왕오는 눈을 커다랗게 떴다.

아까 어디론가 사라졌던 비장이 나타났기 때문이다.

문제는 그 비장이 아니라 그가 인솔해 온 병사들 여섯 명이 문제였

다. 더 정확히 말하면, 세 명씩 두 패로 갈라진 병사들이 끙끙거리며 들고 온 대부 두 자루가 문제였다.

"저… 저… 아이고!"

왕오는 일단 머리부터 땅에 처박았다.

그러자 슬금슬금 눈치를 보던 왕씨 형제들도 하나씩 둘씩 머리를 처박았다. 그러나 요양휘는 대부를 뚫어져라 쳐다보기로 작정을 한 것 같았다.

"이 자식! 어서 대가리 박아!"

모진 놈 옆에 있다가 괜히 날벼락을 맞을까 봐 염려한 왕이가 으르렁댔지만, 요양휘는 유서 깊은 명문, 명가의 제자답게 오연했다.

"너나 잘 박아라, 이 도적 놈아."

"끄음."

어쩔 수 없어진 왕이가 저놈 좀 보라는 눈으로 왕삼을 건드렸다. 왕삼 역시 같은 눈으로 왕사를 건드렸다.

툭툭.

왕사가 왕오를 건드리자 왕오는 마땅찮은 눈으로 장남 왕특을 건드렸다. 왕특은 왕육을 아예 들이받았다.

빡!

"아이쿠!"

"야, 저 거지식끼 네 선에서 처치해라!"

"맨날……."

"시끄럽다!"

"끄음."

왕육이라고 별다른 방법이 있을 리 없다. 그래도 머리를 짜내려고 눈을 감자 성질 급한 왕특이 가만있지를 못했다.

꿍!

"아이, 씨팔! 생각 좀 하게 가만히 있어보쇼."

꿍꿍!

"조금만 기다려 달라니까!"

"……."

빡!

"아무것도 안 든 머린데 짠다고 뭐가 나오냐?"

'아니!'

가달은 기가 막혔다.

수탉처럼 뻣뻣하게 고개를 쳐들고 대도독부를 파는 놈이나 이런 상황에서도 거리낌없이 괴이한 신호를 주고받는 놈들에게 질린 것이다. 그리고 저 비명은 어떻게 해석한단 말인가.

"아이고, 큰형 호박덩어리는 참말로 무적이외다!"

아무튼 왕씨 육 형제도 어쩌지 못하는 거지, 요양휘의 천적은 따로 있었다. 그는 바로 이런 트집을 잡고자 호시탐탐 기회를 노렸던 야소. 야소는 비호처럼 요양휘 머리를 끌어안았다.

"놔라, 이놈아. 노란내 난다!"

요양휘는 마구 버르적거렸지만 역부족이었다.

빡!

"주님께서 집을 세우지 아니하시면 모든 수고가 헛되도다. 주님께서 성을 지키지 아니하시면 파수꾼이 아무리 많아도 허사로다. 주님의 성스러운 전도자는 졸지도 아니하고 자지도 아니하리니, 주님께서 주신 불칼을 받들어서 마귀를 차례로 거꾸러뜨리노라. 할렐루야!"

다음은 왕씨 육 형제 차례였다.

"으헉!"

"으으……."

그러나 모든 것을 각오한 자들은 하늘이 시련을 안 주는 모양이었다. 야소에게 잡힌 얍삽한 왕오가 막 오줌을 지리려는 순간, 전령이 급히 달려왔다.

"장군, 합하께서 급히 찾으시옵니다!"

"무슨 일로 찾으신다고 하더냐?"

"본대보다 삼십 리를 앞서 나간 척후대(斥候隊:순찰병)에서 보고를 올렸사온데, 혁철씨족(赫鐵氏族:흑수말갈족) 기병대가 이리로 치달아 온다고 하옵니다!"

"뭐라, 혁철씨족이?"

전령은 말을 계속했다.

"뿐만이 아니옵니다. 악륜춘씨족(鄂倫春氏族:사슴을 숭상하는 요동 부족)과 달알이씨족(達斡爾氏族:거란족)의 게르(천막)에서 피워 올린 화톳불이 지평에 가득하다 하옵니다!"

"이런! 그들은 며칠 전까지만 해도 우수리강 인근에 머무르고 있었다. 대체 그들이 왜 우리에게 치달아 온단 말이냐?"

뒤따르는 전령도, 야소도 영문을 모르기는 마찬가지였다. 덕분에 대부를 들고 뒤따르는 병사들만 죽어났다.

4

요동에서 힘깨나 쓰는 부족들이 나타난 덕에 가달과 야소가 사라졌다. 뿐만 아니라 병사들까지 우왕좌왕하는 기미가 보이자 왕특은 기세가 불끈 살아났다.

"야, 모두 잘 들어라!"

왕특은 어깨까지 으스대면서 동생들에게 일장 연설을 시작했다.

"커험! 요동에서 제일 잘 나가던 우리 형제가 조선 거지에게 홀려 지금은 요 모양 요 꼴로 불우해졌지만… 우리 왕씨 육 형제에게 애초부터 불가능이란 없었다! 막힌 길은 뚫었고, 굽은 길은 펴서 희망찬 미래를 설계해 왔다는 말씀이다!"

"……?"

순간 동생들은 도무지 이해할 수 없다는 표정으로 왕특을 보았다. 왕특이 갑자기 쏟아낸 이 유식한 말을 도무지 이해할 수 없었던 것이다. 이런 이상한 표정을 동생들이 보이면 약간 기세를 죽여서 이야기를 해야 정상인 왕특은 더욱 유식한 소리를 남발했다.

"에, 그간 우리는 세상의 온갖 핍박에도 굴하지 않고 묵묵히 주어진 본분에 충실해 왔다. 삶을 보다 풍요롭게 가꾸기 위해서 남에게 욕을 먹더라도 덜 먹으려고 노력해 왔다는 말씀이다!"

"……?"

왕특은 더 비장하게 외쳤다.

"우리 형제는 금전을 부처님처럼 귀히 여겼다. 금전을 위해선 어떤 수모도 참아냈으며 경우에 따라선 살인도 불사했다. 커험!"

왕특은 이제 대책이 없어졌다. 더 이상 유식한 말이 떠오르지 않았던 것이다.

"에, 까짓 살인이 대수냐? 칵! 목을 조르고 서걱! 베어버리면 바로 살인이다. 야, 왕오!"

“예?”

“넌 수장시킨 놈이 떠오르면 빨랫줄을 꺼내 턱! 목걸이를 맹글어서 걸고 다녀도 그것을 시비 거는 개식끼가 없었지? 에, 뿐이냐! 우리 왕씨 육 형제 하면 온 요동이 다 떠르르했다. 에, 그랬는데 오늘 이 꼴이 도대체 뭐냐? 어흐흑!”

“으음.”

얍삽한 왕오는 결국 신음을 흘렸다.

수장을 시킨 건 사실이었지만, 그렇다고 왕특의 말처럼 창자를 꺼내서 목에 걸고 다니는 무식하고 몰상식한 행위는 저지르지 않았다. 문제는 그런 게 아니었다.

왕특이 저런 억지 소리 끝에 거짓 눈물을 보일 때는 동생들에게 뭔가 아주 음흉한 요구를 할 때 말고는 없었다는 게 문제였다.

“그래서 하는 말인데… 크흐흐흑!”

왕오는 물었다.

“큰형.”

“오냐, 머리 좋은 다섯째야. 어흑! 크흑!”

“형님은 지금 우리에게 무슨 수작을 부리려는 거요?”

“응?”

깜짝 놀란 왕특이 왕오를 노려보다가 불쑥 철두를 들이밀었다.

빡!

“동생으로서 형님 말씀을 중간에 딱 분지르는 행위는 극히 싹수없는 짓이지. 커험험! 가만, 내가 어디까지 얘기했더라?”

“예, 혀, 형님. 그래서 하는 말인데… 까지 했는디유?”

겁먹은 왕이가 얼른 대답했다.

“흐음, 그래?”

텅!

왕이도 자빠졌다.

“야, 왕삼. 너도 그렇게 들었냐?”

“……!”

텅!

왕삼도 누웠다.

“우리 왕씨 육 형제 하면 온 요동이 다 떠르르르했다. 에, 그랬는데 오늘 이 꼴이 도대체 뭐냐? 어흐흑! 여기까지 말씀을 하셨습니다요, 형님. 에헤헤헷!”

왕사가 비굴하게 웃었다. 왕특은 가차없이 철두를 들이밀었다.

빡!

“어흐흑. 넌 이 개식꺄! 이것도 말씀이라고 생각하냐?”

“절대 아, 아닙니다요!”

왕육이 얼른 맞장구를 치자 왕특은 또 흐느꼈다.

“그래서 말인데… 어흐흑! 막내, 네가 이 위대한 형님의 포박을 좀 풀어줘야겠다. 크흐흑!”

“묶인 손 때문에 어, 어떻게 포박을 풀어!”

왕육은 자신도 모르게 악을 써놓고 내심 뜨끔했다.

당장 철두가 날아올 게 틀림없었다. 왕육은 얼른 눈을 꼭 감았다. 그러나 어떻게 된 일인지 왕특은 철두를 날리지도 않았고 소리를 지르지도 않았다.

“……?”

살그머니 눈을 뜬 왕육에게 왕특이 곰살 맞은 목소리를 냈다.

"사랑스런 막내 육이야, 이는 됐다가 뭐 할 거냐?"

"으으!"

왕육은 괴이한 엉덩이 냄새를 참으면서 포박을 풀었다. 정말 이건 사람이 할 짓이 아니었다. 포박을 다 풀자 왕특은 갑자기 옷을 벗어 던지기 시작했다. 마침내 속곳까지 훌훌 다 벗어 던진 왕특은 왕육에게 지시했다.

"육이야, 저 개식끼한테 이 형님 옷을 입혀주지 않겠니?"

왕육은 왕특 손가락 끝에 걸린 요양휘를 보았다.

"왜요?"

"육이야, 사랑스러운 것도 좋지만 어지간하면 호박에 기름칠 좀 해라. 호박이 잘 돌아가야 세상이 편해진단다. 응? 그래야 호박 안 돌아가는 병사 놈들이 저 개식끼를 이 형님인 줄 알 게 아니냐?"

"끄음."

"에, 다시 말하면 도망은 이 왕특 형님이 아니라 저 개식끼가 간 거라는 이야기지. 이제 알아듣겠지? 이렇게 자세히 설명을 했는데도 못 알아듣는다면 말이지, 이 형님이 언제 육도를 한 자루 구해다 줄 모양이니까 당장 호박을 떼어서 기름칠을 한번 하자꾸나."

"헹! 거, 그런 말씀 마슈. 내가 알기론 형님도 호박에 대해서는 별 할 말이 없는 걸로… 헉! 흠흠, 그것은 그렇다 치고 어떻게 옷을 입혀요?"

"사랑하는 육이야."

"……!"

"이는 됐다 뭐 하냐니까!"

왕육은 요양휘에게 어찌어찌해서 옷을 입히고 또 물었다.

"형님, 그럼 우리는 이제 어떡하우?"

"여기서 꼼짝 말고 이 형님을 기다리도록 해라. 이 형님이 애들을 소집해서 당장 구출하러 올 모양이니까. 하지만 워낙 봉황군이 숫자가 많아서 애들이 와줄지 모르겠다. 형님이 만약 안 오더라도 그리 서운해하지는 마라. 예로부터 잘되는 집안은 장남 수명이 엄청 길다고 하지 않든?"

"으으……."

"아마 병사 놈들이 인원 파악을 할지도 모르겠다. 그럼 잘 알아서 대답해 주기를 바란다. 커흠! 그러면 우선 몸에 흙을 잔뜩 바르고 자세를 바짝 낮춰서 이목을 가린 다음에……."

벌거벗은 왕특이 엎드리자 볼썽사나운 양물이 덜렁거린다. 그걸 본 요양휘와 왕육이 막 광분하려는 순간, 묘한 뒷걸음질로 다가온 왕특은 갑자기 철두를 들이밀었다.

빠빡!

왕육과 요양휘가 뻗었다.

"철두멸구(鐵頭滅口)! 이런 일은 구경꾼이 필요없지."

그러나 구경꾼은 이미 와 있었다.

"어험."

박린은 왕특이 몸에 진흙을 더 바르기 위해 마구 굴러다니는 걸 보고 큰 소리로 탄식했다.

"대국은 왜 이렇게 특이한 성격을 가진 자들이 많을꼬!"

"아니! 너, 너, 네놈은?!"

왕특은 벌떡 일어나 양물을 가렸다. 하지만 박린은 탄식을 멈추지 않았다.

"하긴 천자께옵서 황음(荒淫)을 일삼으시니 어쩔 수 없도다. 그래서
일개 도적에 불과한 자도 이렇게 아무 데서나 옷을 훌훌 벗고 별 볼일
없는 양물을 무쟈게 자랑 삼네. 이런 한심한 작태야말로 천벌받아 마
땅한 짓거리가 아니뇨?"

'으?'

왕오는 귀를 쫑긋 세웠다. 보초병의 두런거림이나 말 울음소리가 들
릴 법도 한데 사방이 쥐 죽은 듯 고요하다. 왕오는 세차게 머리를 털었
다. 그러자 푸르게 붓질된 달빛이 흔들리면서 머리 속까지 푸르게 흔
들렸다.

'아이고… 아파라!'

왕오는 벌써 몇 번이나 이렇게 혼절을 거듭했는지 따져 보다가 주변
공기가 많이 달라졌다는 걸 느꼈다. 안개 속을 거니는 듯한 묘한 축축
함이 녹슨 병기에서 은근히 피어오른 살기와 섞여 있다.

펄럭펄럭.

군막을 흔드는 바람을 따라 은모래처럼 뿌려진 서리가 흩날린다. 이
런 풍경은 꿈속을 현실로 옮겨놓은 듯한 착각마저 일으킨다. 왕오는
다시 몽롱해지려는 정신을 꼭 붙들고 침을 꿀꺽 삼켰다. 동시에 다리
를 오그렸고 어깨를 비틀어서 비척비척 일어났다.

'끙! 천하의 이 왕오가 이 빌어먹을 초원에서 이런 꼴로 객사당할 순
없지!'

왕오는 두리번거리면서 형제들을 찾았다. 그리고 어느 한곳에 눈동
자를 고정시켰다.

'한놈, 두식끼, 석삼, 너구리, 오징어……'

육시럴까지 센 왕오는 숫자 세기를 멈췄다. 여섯이니 저들은 자신을 제외한 오 형제와 자칭 대도독부 전령이라는 거지가 분명했다. 그들은 이쪽으로 등을 돌리고 둥그렇게 모여 앉아 무엇인가를 열심히 구경하고 있었다. 그들 너머에서 너울거리는 도포 자락을 본 왕오는… 거품을 물었다.

"조, 조선 거지!"

애라하에서 성업 중이던 장사를 망쳐 놓고, 괴이한 잔머리를 굴려서 돈을 몽땅 강탈한 다음, 각종 고문으로 심각한 정신적인 타격을 가하고, 지금까지…….

"쿠워—어!"

왕오가 이리처럼 큰 소리를 내며 조선 거지, 아니, 사기꾼에게 막 달려들려는 순간,

"쉿!"

힐끔 고개를 돌린 벌거숭이 왕특이 손가락을 입에 댔다.

"……?"

왕오는 왜 장남 왕특이 벌거벗고 있는지, 그 옷을 왜 요양휘가 입고 있는지, 어떻게 자신을 억압했던 포박이 풀렸는지를 왕특에게 물어보려고 생각했다. 그러나 물을 수 없었다.

"조용히 하고 이리로 와, 짜샤!"

'잉? 으음.'

왕오는 형제들 틈에 끼어 앉았고 이내 왕특과 마찬가지로 넋을 놔버렸다.

어렵게 만난 사이 헤어지고 애태우나니, 어차피 질 꽃이라면 따스한 바

람도 어쩌지 못하지.

　[相見時難別亦難 東風無力百花殘]

　세상을 다 사위어 버릴 듯 푸른 달빛을 헤집으며, 너울너울 춤사위
를 벌이는 박린은 꼭 신선 같았다. 추켜올려진 어깨를 따라서 살짝 구
부러진 손끝이 한 움큼 움켜쥔 별들을 흩뿌릴 때, 둥글게 말린 발은 달
을 끌어안으면서 땅으로 내려앉는다.

　아침마다 머리 빗으면서 거울 보고 한숨을 쉰다네. 잠을 이룰 수 없어
홀로 뜰을 거닐면 달빛만 차갑게 온 세상을 비추지.

　[曉鏡但愁雲鬢改 夜吟應覺月光寒]

　왕오는 그 어떤 기루에서도 이렇게 아름다운 춤을 본 적이 없었다.
뿐만 아니라 앞으로도 못 볼 것이라고 생각했다.

　분분히 날리는 서리와 달빛이 손짓과 발짓에 합쳐졌다가 떨어지고
다시 합쳐지기를 거듭하면서 물처럼 스적였다. 정말 그런 건 아닐 테
지만, 바람도 춤사위를 따라서 밀려갔다가 밀려오는 것 같았다.

　임 계신 봉래산은 예서 그리 멀지 않거니, 파랑새야, 파랑새야, 이 몸을
위해 훌쩍 날아갔다 오너라.

　[蓬山此去無多路 靑鳥殷勤爲探看]

　"……."

　춤이 다 끝났는데도 왕씨 육 형제와 요양휘는 여전히 허공을 보고

있었다. 침을 흘리는 걸로 미루어본다면, 넋이 꽤 먼 곳까지 진출해서 돌아오려면 아직도 많은 시간이 필요할 것 같았다.

"쳇!"

박린은 입을 삐죽거렸다.

"도무지 풍류(風流)를 모르는 작자들이 아닌가? 얼른 일어나서 술을 한잔 권하지는 못할망정 멀거니 뜬 눈에 침을 질질 흘리는 따위로 추레한 사례를 하다니. 어험험!"

이내 박린은 씁쓸하게 웃었다.

"하하! 굳이 보여주기 위한 풍류는 아니었지 않은가? 그러고 보면 아도 참 속물이로세. 명색이 선비라는 자가 어찌 기녀의 마음을 가졌단 말인가? 으음, 말은 이렇게 했지만… 생각할수록 무쟈게 서운하네, 이거?"

박린은 다짜고짜 요양휘가 입은 왕특의 옷을 벗겨냈다.

박린은 옷을 허공에 던졌다.

휙!

다음 순간 저마포로 감싼 막대가 기이한 빛살로 치솟았다.

추릿!

그뿐이었다. 막대는 언제 빛을 뿜어냈냐 싶게 침묵했다. 하지만 옷은 아니었다. 가루로 변한 옷이 억새꽃처럼 분분히 어둠을 수놓으면서 사라졌다.

탁탁.

손을 턴 박린은 시간을 가늠하는 것처럼 달을 보았고, 이내 그림 같은 눈을 내려서 바람이 몰려가는 지평을 보았다.

그 그림같이 시원한 눈매에 언뜻 그늘이 스쳤다가 가라앉았다.

"이제 얼마 안 있으면 요동이 피로 물들겠구나! 하지만 그런 일은 이 선비가 여기 있는 한 절대 좌시하지 않을 게다. 혁철씨족은 다소 서운하더라도 아직 때가 이르지 않았으니 다음을 준비해야 할 게야. 선비를 흠모하는 무리들이 한둘도 아니고 내 가연(佳緣)도 여기 있다네, 어험험!"

스윽—

박린이 사라졌어도 왕씨 육 형제와 요양휘는 정신을 차리지 못했다. 기이한 일이었지만, 텅 빈 머리 속에 박린이 펼친 춤사위가 머물고 있었다.

그래서 요양휘는 장작빈이 바지를 벗겨가는 줄도 몰랐다.

"에헴! 요놈, 요 나쁜 놈! 너도 말똥을 훔쳐 간 놈이지? 어디, 이 추위에 양물을 꽁꽁 얼려봐라. 아니면 똥 묻은 바지를 입던가. 캇캇캇!"

요양휘의 바지를 다 벗기고 자신이 입고 있던 바지를 벗어버린 장작빈은 얼른 무한투를 펼쳤다.

스윽—

군막 그늘에 숨어서 열심히 바지를 입던 장작빈은 문득 박린이 사라진 쪽을 보았다.

"녀석이 춘 춤이 어째 영… 수상쩍다?"

멀리서 지켜봤지만 정말 아름다웠고 시원시원했던 춤.

손짓 한 번으로 별들을 휘어잡고, 발짓 한 번으로 달을 끌어 내릴 수 있다니! 장작빈은 그 춤사위를 생각하느라 바지가 흘러내려서 발목을 덮은 줄 모르고 크게 한 걸음을 내디뎠다.

철푸덕.

"아이쿠!"

엉금엉금 일어난 장작빈은 또 한 걸음을 내딛다 말고 생각했다. 바람을 따라 흘러서 마침내 바람이 되고, 별빛이 되고, 달빛이 되어버렸던 춤사위.

"아무래도 내가 꿈을 꾼 게야."

쿵!

장작빈은 다시 한 번 솟구쳐 오른 땅이 코를 후려 때리는 불상사를 겪고 나서야 퍼뜩 정신을 차렸다.

"이… 이, 씨팔! 이거 코피잖아?!"

삐득!

장작빈은 이부터 갈아붙이고 열 손가락을 죽 펴서 손톱 길이를 측정했다. 요양휘를 한번 할퀴어줄 생각이었다.

"으음."

지난 몇 달간 말똥을 줍느라고 전혀 관리하지 못한 손톱은 자신이 봐도 흉악했다. 엄청난 길이도 그랬지만, 끝으로 갈수록 배배 꼬여 돌아간 게 매우 무시무시한 형상.

"으흐흐흐."

장작빈은 웃음을 어쩌지 못했다.

하지만 요양휘에게로 가는 길이 이렇게 험난할 줄은 몰랐다. 문제는 아직도 발목에 걸려 있는 바지, 더 정확히 말하면 박린이 추었던 춤사위로 온통 채워져 있어서 바지 추스르는 걸 아예 망각해 버린 머리가 문제였다. 장작빈은 허공으로 펄쩍 뛰어올라 가공할 기세를 북돋았다.

"에잇!"

꽈직!

덕분에 날벼락을 맞은 자들은 병사들이었다.

병사들은 오랜만에 술을 한잔씩 마시고 잘 자다가 혁철씨족이 쳐들어온다는 기별을 받았다. 그래서 부지런히 병기를 손질하고 대기하던 중인데 갑자기 군막이 무너져 버린 것이다.

"뭐야, 이 자식은? 아니, 왜 바지를 내렸지?"

"왜 이런 데서 자빠져 자는 거야?"

"희한한 자식이네. 혹시 용두질하다 기절한 거 아냐?"

장작빈은 충격이 너무 극심해서 일어날 수조차 없었다. 정신이 가물가물하는 이런 상황에서도 춤사위는 머리 속 한 켠을 차지하고 불꽃처럼 일렁이고 있었다. 장작빈은 또 이를 갈았다.

빠드득!

'으… 어디 두고 보라지, 요 약아빠진 놈! 허술한 춤사위로 감히 이 장작빈을 홀려?'

5

펄럭펄럭.

달빛이 흔들릴 때마다 푸르게 채색된 지평이 먼저 흔들린다.

그 지평 어디쯤에서 하늘을 그으며 떨어져 내린 별똥이 침몰하고 있었다. 박린은 지평을 바라보다가 이내 눈을 돌렸다.

"어험."

병사들이 묵는 군막 한가운데 유난히 작고 하얀 군막이 보인다. 옆에 세워진 함거로 미루어본다면, 연연이 진청자 일행과 함께 묵는 군막이었다.

"이보게, 설 서방."

설사자가 소매 속에서 머리를 쏙 내밀고 올려다본다.

까오?

"배필 만나기가 참 어렵네. 노인네들이 이번에도 핍박하겠지? 선비가 월하노인(月下老人)을 자처했기로서니, 대뜸 주먹질부터 퍼부어대는 노인네들이 세상에 어디 있단 말인가."

끼잉.

"이번에도 핍박하면 참지 않을 것이야. 이 선비가 쓴맛을 단단히 보여주겠노라! 그땐 설 서방도 한몫을 단단히 거들어야 하네."

까웅!

설사자가 그런 염려는 하지 말라는 뜻으로 발톱을 쫘악 펴 보여주면서 독니를 쭉 내밀었다.

"좋아! 역시 설 서방은 선비 될 자격이 충분하구먼."

설사자가 과연 그렇다는 뜻으로 고개를 두 번 끄덕였다.

그리고 조심스럽게 물었다.

…왈?

순간 박린은 약간 창백해졌다. 설사자도 박린이 왜 창백해졌는지 이해한다는 듯 망연한 눈으로 지평을 주시했다.

"어험, 자네도 봤겠지만 그녀는 그림 같은 미인이었지. 그러나 눈동자만큼은 보통 사람과 많이 달랐네. 연한 나뭇잎 색깔이었어!"

까오?

"세간에선 그 색깔을 연녹빛이라고들 하지. 그 연녹빛 눈동자가 영혼을 빨아들일 것처럼 명멸을 거듭했네. 어험, 어쨌든 한 번 보면 도저히 잊지 못할 그런 괴이하고도 아름다운 눈동자였지. 한참을 보고 있으려니 등에 식은땀이 다 나더구먼."

……

설사자가 머리를 숙이고 침묵했다. 박린도 침묵하면서 연연이 묵고 있는 군막에 당도했다. 하얀 양 가죽에 하얀 비단을 덧대서 만든 군막은 연연처럼 작고 앙증맞았다.

으르르.

막 뛰쳐나가려는 설사자를 진정시킨 박린은 우선 소리쳤다.

"이리 오너라! 게 아무도 없느냐!"

"……"

군막에서는 아무런 대꾸가 없었다. 새어 나오는 불빛을 봐서 안에는 분명 사람이 들어 있는데.

"어험, 이럴 리가?"

고개를 갸웃거린 박린이 다시 입을 열려는 순간,

팡!

좌우에서 쏘아진 강맹한 바람이 옆구리를 치고 들어왔다. 다음 순간 몸을 살짝 비튼 박린은 어깨를 반 바퀴 돌리면서 세로로 공중제비를 넘었다.

펄럭펄럭.

남루한 도포 자락이 날리면서 부드럽고도 아름다운 선이 생겨나 밤 하늘을 수놓았다.

"춥!"

착지한 박린은 머리를 좌우로 흔들었다. 그러자 저 앞쪽, 군막이 지 펴놓은 어스름 속에서 검은 그림자가 나타났다. 그림자 역시 머리를 좌우로 흔든 다음 바로 손을 휘둘렀다.

순간 폭사된 둥그런 철반(鐵盤:철로 만든 소반)이 달빛을 좌악 찢어발
기면서 박린에게 날아들었다.

스앗.

박린은 빙그레 웃고 다시 몸을 비틀었다. 순간 한쪽으로 기울어져
있던 병풍이 우연처럼 회전하면서 철반을 빨아들었다.

텅!

소리와 동시에 섬광이 번쩍 일었다. 그때쯤 철반은 우아한 호선을
그리면서 달을 향해 날아가고 있었다. 한껏 치솟아서 정점에서 꺾인
철반은 다시 굉장한 속도로 떨어져 내렸다. 얼마나 강력한 회전이 걸
렸는지, 철반은 달에서 흘러나온 흰 선 한 줄이 쭉 이어진 것 같았다.
박린도 병풍을 한 바퀴 돌렸다.

깡!

다시 불쑥 튀어 올라온 병풍에 철반이 팔랑거리며 날아가 저쪽 구릉
에 처박혔다.

풀썩!

둥근 테를 빙 돌아가면서 몽고 문자를 음각한 철반이 회전을 멈췄
다. 다음 순간 박린은 왼발을 들었다. 기이한 각도로 꺾인 그 발에 막
장검을 빼 들고 흘러 들어온 그림자가 목을 걸었다.

퍽!

경쾌한 타격음이 일고 그림자가 실이 끊어진 연처럼 뒤로 날아갔다.
박린은 공중제비로 그림자를 쫓으면서 다시 한 번 발을 뻗었고, 그 발
이 그림자의 턱을 갈랐다.

퍽!

소리가 일어난 지점으로부터 삼 장을 더 날아간 그림자는 땅에 쑤셔

박혔다. 박린은 그제야 여유있게 귀밑머리를 뱉어냈다.

"풋! 간신히 한 대 더 때렸네. 선비는 암습을 싫어하거든?"

순간 널브러진 그림자를 밟고 튀어 오른 다른 그림자가 흠칫 몸을 빼내면서 양손으로 허공을 한 번 긁어내렸다.

화르르—

그가 뿌린 섬광 백여 개가 주변 사 장을 가득 메우며 밀어닥쳤다. 섬광의 정체는 길이가 두 치도 안 되는 소도였지만, 한 자루당 발려진 독이 물소 스무 마리를 죽인다는 마병! 화도(火刀)였다. 그런 화도 백여 자루라면 사람쯤은 한 줌 핏물로 만들 수 있다 해도 과언이 아니었다.

"참 한심하네. 선비가 어찌 한 가지 재주만 익히랴."

박린이 어깨를 한 번 출썩이자 바로 병풍이 넘어왔고 촤악! 소리와 함께 펼쳐진 병풍에서 현란한 매화(梅花)가 피어났다. 다음 순간 다시 촤악! 소리와 동시에 펼쳐진 병풍에서 고고한 난초(蘭草)가 드러났다.

촤악촤악!

소리를 따라 우아한 국화(菊花)가 만개했고, 깔끔한 청죽(靑竹)이 하늘을 찔러 버린 건 순간이었다.

깡깡깡! 후두두드.

매란국죽이 퉁겨낸 화도가 발 밑에 수북이 쌓였다.

"어험험, 이런 잡병 따위로 감히 선비를 우롱하다니! 당문 만천화우(滿天花雨)가 일절이라고 떠들지만, 사실은 아무것도 아니로세. 시전자가 제아무리 설쳐도 선비가 지닌 도에는 어림없으니."

범인 같으면 암습한 자를 쫓아서 근원을 알고자 할 것이지만 박린은 태평했다.

"어험."

박린은 병풍을 거두고 느긋한 걸음걸이로 군막을 향해 다가갔다. 순간 아까 턱을 가격당해 널브러졌던 그림자가 소리없이 뛰어올라서 이쪽으로 흘렀다.

스윽—

박린은 그걸 전혀 눈치 채지 못한 것처럼, 막 군막을 열기 직전이었다. 그림자는 박린 뒷덜미로 떨어져 내렸고, 그렇게 떨어져 내리면서 박린의 목에 은사를 감는 데 성공했다.

은사의 정체는 그저 스치기만 해도 치명적인 결과를 초래하는 마병, 칠보단혼사(七寶斷魂絲)! 씨익 웃은 그림자가 칠보단혼사를 힘껏 죄었다.

촤악!

철선의 강력한 탄성이 고스란히 튕겨지는 소리. 칠보단혼사가 댕강 잘라 버린 건 애꿎은 달빛 한 움큼이었다. 당황한 그림자는 얼른 몸을 비틀었다. 그림자는 퇴로(退路)를 먼저 확보하고 빠르게 좌우익을 견제한 다음 박린을 찾았다.

“으?”

박린은 없었다. 아니, 있었다. 어느새 사 장이나 물러나서 아무 일도 없었다는 듯 초연하게 뒷짐을 지고 하늘을 보고 있었다.

‘저놈은 내 상대가 아니다!’

그림자가 깨달은 순간, 박린이 그림자를 보았다.

“으으…….”

그림자는 식은땀을 쫙 흘리면서 이를 갈았다. 놈은 저런 허깨비 같은 모습으로 철반을 무력화시켰다. 이어 장검을 꺾었으며 화도와 칠보단혼사를 막아냈다. 빠르다는 것을 알고 각오했지만, 이것은 각오 정도로 해결될 수 있는 문제가 아니었다.

'화탄(火彈:폭약)을 터뜨려서 동귀어진하자!'

그림자는 만약을 대비해 사방 오 장을 날려 버릴 위력을 지닌 화탄을 품고 왔다. 그러나 그림자는 화탄을 터뜨릴 수 없었다.

빙그레—

놈이 던진 투명한 웃음이 머리 속을 꽉 채우면서 화탄을 터뜨려야겠다는 생각이 죽 멀어진 것이다.

"어이?"

박린은 그림자를 향해 검지를 까닥거렸다. 그림자는 홀린 것처럼 주춤주춤 다가갔다. 박린은 한 팔로 그림자를 끌어안고 아주 다정하게 속삭였다.

"돌아가서 똑바로 전하시게."

끄덕끄덕.

그림자는 멍하게 입을 벌린 채 제 의지와 무관한 고갯짓을 반복했다. 박린은 천천히 말을 이었다.

"원래 선비를 핍박하면 천벌을 받는 것이거든?"

끄덕끄덕.

"그 실력으로 세상을 십 년이나 지배했으면 과분한 줄 알아야지. 안 그런가? 천벌이 겁나면 이제라도 늦지 않았네. 그만 은거하라고 전해 주시게. 그래 준다면 십 년 전 혈채를 받을 생각이 없다 하더라고."

끄덕끄덕.

"알았으면 이만 가보시게."

툭툭.

그림자는 어깨를 쳐주고 멀어진 박린을 보았다.

　방금 어떻게 해서 무슨 일이 벌어졌는지를 도통 알 수 없었다. 머리 속에는 오직 놈이 전하라는 말만 확실하게 각인되어 있을 뿐, 아무 생각도 나지 않았다.

　어슬렁어슬렁.

　박린은 다시 돌아와서 그림자가 들고 있는 장검을 잡았다.

　"참, 가다가 힘들면 하늘을 한번 보게나. 별이 참 무수하게 떠 있지 않은가? 달빛 역시 공평하게 초원을 비추네. 사람이 건들지만 않으면 세상은 이렇게 아름답지."

　박린이 사라지자 손을 내려다본 그림자는 또 절망했다.

　장검은 만월처럼 휘어져 있었다. 그림자는 장검을 버리려다가 무슨 생각이 들었는지 잘 갈무리하고 빠르게 모습을 지웠다.

　스윽—

　박린은 군막을 향해 다만 길게 외칠 뿐이었다.

　"어험, 이리 오너라! 게 아무도 없느냐? 없어도 그냥 나와주었으면 좋겠는데?"

〈제1권 끝〉

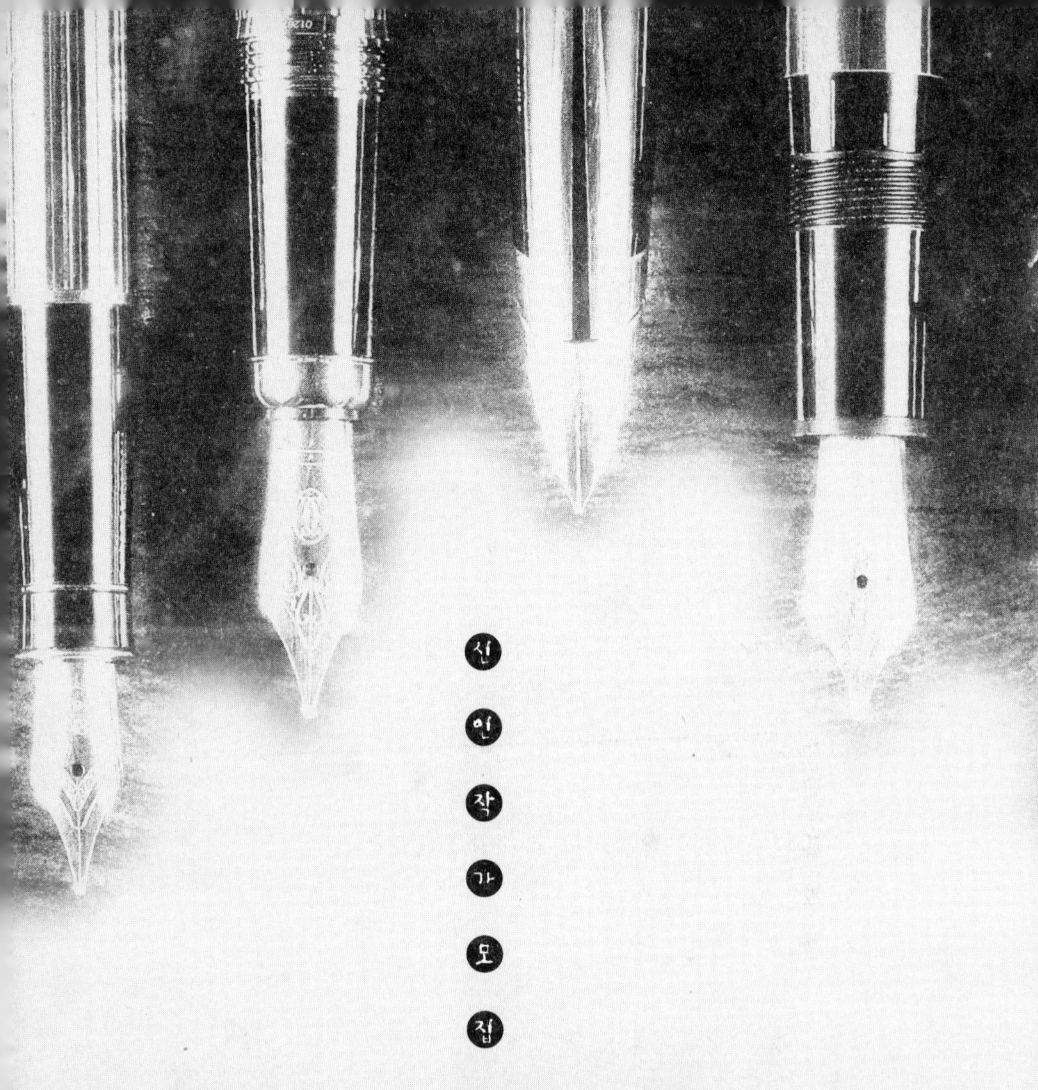